大智 51

三國演義

白話本

下

原著◎羅貫中

高寶書版集團

大智系列51

白話本三國演義【下】

原　　著：羅貫中
改　　寫：苗　洪
總 編 輯：林秀禎
編　　輯：李國祥
插　　圖：趙成偉　等
出 版 者：英屬維京群島商高寶國際有限公司台灣分公司
Global Group Holdings, Ltd.
地　　址：台北市內湖區洲子街88號3樓
網　　址：gobooks.com.tw
電　　話：(02) 27992788
E-mail：readers@gobooks.com.tw（讀者服務部）
pr@gobooks.com.tw（公關諮詢部）
電　　傳：出版部 (02) 27990909　行銷部（02）27993088
郵政劃撥：19394552
戶　　名：英屬維京群島商高寶國際有限公司台灣分公司
發　　行：希代多媒體書版股份有限公司/Printed in Taiwan
初版日期：2008 年 8 月
原出版人：中國少年兒童新聞出版總社（中國少年兒童出版社）

國家圖書館出版品預行編目資料

白話本三國演義　【下】／羅貫中著. --初版. --　臺北市：高寶國際出版；希代多媒體發行，2008. 8
冊；公分.　--（大智系列；BI051）

ISBN 978-986-185-213-3(下冊；平裝)

857. 4523　　　　　　97013281

目錄【下】

目錄【下】

競瑜亮孔明哭周郎

訪荊州張松獻西川

趙子龍截江奪阿斗

落鳳坡龐統殞命

5.葭萌關張飛鬥馬超

關雲長單刀赴會

施神術刮骨療傷

責范張翼德授首

陸都督火燒連營

永安宮先帝託孤

失街亭孔明斬馬謖

巧機關木牛流馬

第三十一回　收黃忠關羽戰長沙　欺魯肅劉備借荊州

且說劉備得了零陵，賞勞三軍。接著，又派趙雲取了桂陽，張飛取了武陵，轉眼四郡已經得了三郡。於是劉備寫信給留守荊州的關羽，說翼德、子龍已經各得一郡。關羽很快回信，請求讓他去取長沙。劉備大喜，便叫張飛星夜趕去守荊州，替換關羽來取長沙。

關羽來到武陵，入見劉備、孔明。孔明對他說：「子龍取桂陽，翼德取武陵，都是帶三千人去。但如今雲長去取長沙，必須多帶些軍馬。因為長沙太守韓玄雖然沒什麼本事，他手下卻有一員大將，姓黃，名忠，字漢升，年紀雖近六十，卻有萬夫不當之勇，不可輕敵。」關羽不屑地說：「軍師為什麼長別人銳氣，滅自己威風？想那黃忠不過是一老卒，能有多大本事？我三千軍卒也不需要，只帶著部下五百名校刀手，一定能斬下黃忠、韓玄的腦袋，獻來麾下。」劉備苦苦勸阻，關羽就是聽不進去，終究只帶著五百名校刀手就出發了。孔明擔心關羽會有閃失，就請劉備帶兵接應，隨後望長沙進發。

卻說長沙太守韓玄，生性急躁好殺，不得人心。這時聽說關羽軍到，便找老將黃忠商議。這黃忠雖然上了年紀，依然刀法精熟，還能拉開二石力的弓，百發百中。當下對韓玄說：「主公不必憂慮。就憑我這口刀，這張弓，管叫他一千個來，一千個死！」話音剛落，階下又有一人應聲而出，大喊：「不須老將軍出戰，只憑我這一雙手，就能活捉關羽。」韓玄望去，原來是管軍校尉楊齡。韓玄大喜，便令楊齡帶領一千軍馬，出城迎敵。在離城大約五十里的地方，正好遇上關羽的軍馬。楊齡挺槍出馬，站在陣前罵戰。關羽大怒，也不答話，飛馬舞刀直取楊齡。不到三個回合，關羽手起刀落，將楊齡斬於馬下。隨後揮軍追殺敗兵，一路趕到長沙城下。

韓玄大驚，忙令黃忠出馬，自己登上城樓觀戰。黃忠提刀縱馬，帶著五百名騎兵衝過吊橋，飛一般奔出城來。關羽見對方是一老將出馬，知道就是黃忠，便把五百名校刀手一字擺開，橫刀立馬，在陣前等待。兩人通過姓名，便動起手來。大戰了一百多個回合，不分勝負。韓玄擔心黃忠有閃失，主動鳴金收軍。黃忠收軍入城，關羽也退後十里下寨，心中暗想：「老將黃忠，果然名不虛傳。鬥了上百回合，刀法竟然毫無破綻。來日當用拖刀計勝他。」

第二天吃過早飯，關羽又到城下挑戰。韓玄仍命黃忠出馬，自己坐在城上觀看。兩人鬥了五、六十個回合，還是難分高下，兩邊軍卒看得眼花繚亂，都忍不住喝起采來。打到最激烈的時候，關羽突然撥馬退走，黃忠隨後趕來。關羽正要用拖刀砍他，忽聽得腦後一聲響，急回頭看時，只見黃忠馬失前蹄，被掀落在地上。關羽勒住馬頭，雙手舉刀，猛喝道：「我且饒你性命，快回去換了馬匹，再來廝殺！」黃忠急忙提起馬韁，上馬奔回城中。韓玄好言安慰一番，把自己騎的一匹青馬送給黃忠，又提醒他說：「你的箭法百發百中，為什麼不用箭射他？」黃忠口中答應，謝過韓玄退下，心裡卻暗自為難，尋思：「難得雲長如此義氣！他不忍殺害我，我又怎麼忍心射他？但要不射，又違抗了將令。」當夜翻來覆去，拿不定主意。

第二天清早，關羽又來討戰，黃忠領兵出城。關羽一連兩天沒有贏下黃忠，心中焦躁，今天抖擻威風，分外賣力。兩人戰了三十來個回合，黃忠假裝氣力不濟，回馬敗走，關羽在後面緊緊追趕。黃忠感念關羽昨日不殺之恩，不忍一箭射死他，在馬上掛住大刀，拉開大弓，回身朝關羽虛拽一下。關羽聽見弓弦響，急忙側身閃避，卻不見箭到；關羽又策馬追趕，黃忠又虛拽弓弦，關羽急忙躲閃，又不見箭到；關羽只道黃忠不會射箭，放心趕來。將近吊橋，黃忠在橋上搭箭開弓，弦響箭到，正射在關羽的盔纓根上。眾軍齊聲吶喊，關羽吃了一驚，急忙帶箭回寨，這才知道黃忠的確有百步穿楊的本事，今日只射盔纓，是手下留情了。

黃忠回到城上來見韓玄，韓玄喝令左右捉下黃忠，怒道：「我看了三天，他不殺你，你也不射他，不是內外勾結又是什麼？不殺了你，必為後患！」便命刀斧手把黃忠推到城門外斬首，不准任何人求情。

刀斧手將黃忠押到城門口，剛要舉刀行刑，忽然有個將軍提刀趕來，一刀將刀斧手砍死，救起黃忠。眾人一看，原來是義陽人魏延。魏延自從上次在襄陽沒有趕上劉備，就來投奔韓玄，但一直不得重用。此時救下黃忠，振臂大呼道：「黃漢升是長沙之保障，誰要殺他，就是殺長沙百姓！韓玄殘暴不仁，該殺的是他！願去殺韓玄的，都隨我來！」一時聚集了好幾百人。黃忠攔擋不住。魏延率先殺上城頭，一刀將韓玄砍為兩段，提著韓玄的腦袋，帶著百姓出城向關羽投降。關羽大喜，入城安撫百姓，又派人去請黃忠相見，黃忠託病不出。

不久，劉備、孔明帶領大隊人馬也趕到了長沙。關羽迎入城中，把黃忠的事說給兄長聽了，劉備就帶著關羽，親自到黃忠家相請，黃忠這才答應歸降。劉備按照黃忠的請求，把韓玄的屍首埋葬在長沙城東。關羽又引薦魏延來見。孔明一見魏延，就喝令刀斧手將他推出斬首。

劉備忙問孔明：「魏延有功無罪，軍師為何要殺他？」孔明說：「魏延賣主求榮，不忠不義，將來一定還會反叛，不如趁早殺了，以絕禍根。」劉備說：「如果殺了魏延，恐怕以後就沒有人敢投降了，還是饒過他吧。」孔明這才厲聲儆戒了一番，將魏延留在軍中。

長沙等四郡相繼平定，劉備班師回荊州，將軍馬分派到各地駐紮。從此錢糧富足，人心歸附，基業一天天建立起來。

再說東吳方面，周瑜自回柴桑養病，令甘寧守巴陵郡，凌統守漢陽郡，程普帶領其餘將士奔合淝去助孫權。原來孫權自從赤壁鏖兵之後，一直在合淝與張遼交鋒，大大小小打了十幾仗，始終未分勝負。當下聽說程普帶兵趕到，立刻親自出營勞軍，大設酒宴，犒勞赤壁大戰的有功將士，商議破合淝之策。

正在此時，張遼忽然派人來下戰書。孫權拆開一看，不禁勃然大怒，氣沖沖地說：「張遼欺人太甚！他聽說程普的大軍來了，故意上門挑戰！明天我偏不用新軍上陣，就帶著原班人馬大戰一場！」傳令當夜五更，三軍出寨，望合淝進發。軍馬行至半途，與曹兵相遇，各自布成陣勢。孫權金盔金甲，披掛出馬，左有宋謙，右有賈華，二將各持方天畫戟隨身護衛。三通鼓罷，只見曹軍陣中門旗分開，三員大將全副戎裝，立在陣前：中央張遼，左邊李典，右邊樂進。張遼縱馬當先，專挑孫權決戰。孫權正要親自出陣，身後太史慈挺槍躍馬，與張遼戰在一處。打了七、八十個回合，不分勝負。

曹軍陣上，李典對樂進說：「對面戴金盔的就是孫權。如果捉住孫權，足以為八十三萬大軍報仇雪恨。」話音未落，樂進一騎馬，一口刀，從斜刺裡直取孫權，像一道閃電一樣，轉眼衝到孫權面前，手起刀落。宋謙、賈華急忙用畫戟遮架，只見刀光一閃，兩枝畫戟齊被砍斷。

二人只得用戟桿朝著樂進的馬頭上亂打。樂進偷襲不成，回馬便走，宋謙從身邊軍士手中抄過一桿長槍，隨後趕來。不防對面陣中，李典悄悄搭弓上箭，瞄準宋謙心窩一箭射來，宋謙應弦落馬。太史慈見背後有人墮馬，丟下張遼，望本陣便回。張遼乘勢掩殺過來，吳兵大亂，四散奔走。張遼死死盯住孫權，縱馬追趕。眼看就要趕上，斜刺裡殺出一支軍馬，卻是程普趕來救援，截住張遼廝殺一陣，救下孫權。張遼收軍自回合淝。

程普保護著孫權回到大寨，敗軍也陸續回營。孫權見折了宋謙，放聲大哭，痛悔自己輕敵恃勇，遭此大敗。這時，太史慈來見孫權，稟報說：「我部下有一個叫戈定的，與張遼手下後槽養馬的馬夫是弟兄。那馬夫因小事被張遼責罰，心中懷恨，今晚派人送信過來，打算舉火為號，趁亂刺殺張遼。我已命戈定混入合淝城中去了。請您給我五千兵馬，前去接應。」謀士諸葛瑾說：「張遼足智多謀，恐怕會有準備，不宜輕舉妄動。」太史慈堅持要去。孫權因傷感宋謙之死，報仇心切，就同意了。

那戈定是太史慈的同鄉，當天混雜在曹軍中進入合淝城，尋見後槽馬夫，兩人商議，由馬夫趁夜在草料堆上放起一把火，戈定到前面煽動混亂，尋機刺殺張遼。當晚張遼得勝回城，賞勞三軍，傳令加緊宿衛。左右問道：「今日大獲全勝，吳兵逃得遠遠的，將軍為什麼不好好休息一晚呢？」張遼說：「為將之道，不以勝喜，不以敗憂。倘若吳兵趁我不備，乘虛攻擊，如何應對？今夜防備，應當比平日更加謹慎。」話音剛落，後寨突然起火，反聲四起。張遼出帳上馬，帶領十幾名親隨將校站在街道上穩定軍心。隨從勸他：「後營的喊聲甚急，應趕快過去查看。」張遼卻說：「哪有全城同時造反的道理？這一定是造反者在故意擾亂軍心。」不久，李典把戈定和後槽馬夫抓獲。張遼問明情況，當場將他們處死。此時，只聽得城門外鳴鑼擊鼓，喊聲大震。張遼料定這是吳兵趕來接應，就將計就計，叫人在城門內放起一把火，大叫造反，打開城門，放下吊橋。太史慈見城門大開，只道裡面已經得手，挺槍縱馬，第一個衝進城門。忽聽得城上一聲炮響，亂箭射下，太史慈急忙後退，身上已經中了好幾箭。背後李典、樂進一齊殺出，吳兵損失過半，狼狽逃回本寨。太史慈身負重傷，不治身亡。孫權傷感不已，只好聽從張昭的建議，收兵下船，回南徐去了。

卻說劉備在荊州整頓軍馬，得知孫權在合淝戰敗，正與孔明商議對策，忽然有人來報，公子劉琦病故。劉備聽了，傷心痛哭。孔明一面好言勸慰，一面派關羽趕往襄陽料理劉琦後事，就留在那裡駐守。劉備擔心地問：「劉琦一死，東吳必來討還荊州，該怎麼應對呢？」孔明說：「如有人來，我自有話對答。」

不出半月，果然東吳派魯肅前來弔喪。孔明與劉備親自出城迎接。魯肅祭奠過劉琦，又獻上禮物，轉達孫權和周瑜的問候。劉備再三稱謝，設宴款待。酒過三巡，魯肅果然提起前言，要求劉備歸還荊州。劉備卻不答話，只是一個勁地勸酒。魯肅勉強喝了幾杯，又開口相問。劉備還沒說話，孔明在一旁把臉一變，氣呼呼地指責魯肅：「子敬，你這個人好不通情理！劉景升是我家主公的同宗兄長，弟承兄業，名正言順。難道漢家天下，我們主公姓劉的不應該有分，你家姓孫的反而要強爭？再說赤壁一戰，我們也出兵出力，怎麼成了你們東吳一家的功勞？要不是我借來東風，周郎哪能成功？恐怕這時二喬早就被曹操安置到銅雀宮裡了！剛才我家主人沒有馬上答話，是看你是個聰明人，不用多說就明白，怎麼你這麼沒完沒了地糾纏不休？」一席話，說得魯肅啞口無言。

過了好半天，魯肅才愁眉苦臉地說：「孔明的話也許有些道理，只是對我來說，很不方便。」孔明問：「你有什麼不方便？」魯肅便把自己怎樣勸阻周瑜動武，擔保討還荊州的事說了，又道：「我受點牽累不算什麼，就怕你們惹惱了東吳，大動干戈，皇叔最終也保不住荊州，還會被天下人恥笑呀。」孔明說：「曹操百萬大軍，我都沒放在眼裡，還會怕周郎嗎？既然先生覺得面子上不好看，我勸主公立張文書，暫借荊州立足；等我家主公打下西川，就把荊州還給東吳，你看怎樣？」魯肅無奈，只得勉強答應。

劉備當即寫成一紙文書，押了字，又叫孔明、魯肅分頭在文書上押字作保。魯肅收好文書，起身告辭。劉備和孔明親自將他送到江邊上船。孔明悄悄囑咐魯肅說：「子敬回去，要好好地開導吳侯，休生妄想。要是不批准這份文書，惹我翻了臉，把江東八十一州都奪了。只要兩家和氣，休叫曹賊笑話。」

魯肅回到江東，先到柴桑郡去見周瑜。周瑜急忙向他打聽討還荊州的事。魯肅呈上劉備的文書，周瑜接過一看，氣得直頓腳，說：「子敬又上諸葛亮的當了！這哪裡是借地，根本是混賴嘛。他說取了西川便還，你知他什麼時候去取西川？假如十年不得西川，就十年不還荊州了嗎？這樣的文書一點用都沒有，你還為他作保！他要是不還荊州，一定會連累到你，主公怪罪下來，看你怎麼應付！」魯肅聽了這番話，呆了半晌，才說：「我想劉備不會騙我吧。」周瑜又好氣又好笑地說：「子敬真是個誠實人。那劉備是當世梟雄，諸葛亮更是奸猾無比，恐怕他們不會像你這樣忠厚呢！不過我們這麼好的交情，我一定會想法幫助你，你先在我這裡住幾天散散心吧。」魯肅這才忐忑不安地在柴桑住了下來。

沒過多久，細作來報：「劉備死了甘夫人，正在安排殯葬。」周瑜聽了，高興地說：「荊州到手了！」便對魯肅說：「劉備中年喪妻，一定還要續娶。主公有個妹妹孫尚香，性格極其剛勇，喜歡舞刀弄劍，還沒出嫁。如今我上書主公，叫他派人去荊州提親，把劉備騙到南徐，囚禁起來，逼他用荊州來交換。這樣一來，你不是就沒有干係了嗎？」魯肅聽了，連連稱妙。

周瑜當即寫了書信，用快船送魯肅到南徐去見孫權。魯肅先說借荊州的事，呈上劉備的文書。孫權果然責怪魯肅糊塗。魯肅不慌不忙，又遞上周瑜的書信，說：「周都督說，用這條計策，可得荊州。」孫權看了，暗自點頭歡喜。考慮了一會兒，便叫人把謀士呂範找來，派他到荊州提親，願和劉備結成親家，同心協力對付曹操。呂範領命，當即收拾船隻，帶著幾個從人，渡江望荊州而來。

卻說劉備自從沒了甘夫人，日夜煩惱。這一天，正和孔明閒談，人報東吳差呂範到來。孔明笑道：「這一定又是周瑜的計策，來打荊州的主意。我躲到屏風後面竊聽，來人不管說什麼，主公都先應承下來，再作商議。」說完，起身轉到屏風背後去了。

劉備叫人請呂範進來，見禮坐定，便詢問呂範的來意。呂範說：「聽說皇叔夫人去世，我這裡現有一門好親，特來作媒。」劉備說：「中年喪妻，確實是人生一大不幸。只是甘氏剛死不久，我還沒有心情議親再娶。」呂範說：「家中沒有妻子，就好比房屋缺少棟梁，一刻也不能耽擱。吳侯有一個妹妹，美麗賢慧，是個持家的好配偶。如果兩家能結成親家，曹操就再也不敢打東南的主意了。這事對個人、對國家都有好處，皇叔不要再猶豫了。只是我家吳太夫人很喜愛這個幼女，不肯讓她遠嫁，想請皇叔到東吳成婚。」劉備問：「這件事吳侯知道嗎？」呂範說：「不先稟告吳侯，我怎敢貿然來說媒呢？」劉備說：「我已年過半百，鬢角已經花白了，吳侯的妹妹正當妙齡，恐怕不太合適。」呂範笑道：「吳侯的妹妹雖然是個女子，見識不輸男兒，常說非天下英雄不嫁。皇叔名聞四海，正好匹配。年齡相差幾歲，又算什麼？」劉備聽了，不覺有幾分動心，可不敢貿然答應，就推說再考慮考慮，派人把呂範送到館驛安歇。

當晚，劉備與孔明商議。孔明說：「這是一樁好事，主公現在就可以答應下來，派孫乾隨呂範去見吳侯，當面說定，擇日便去成親。」劉備說：「這一定是周瑜設計害我，我怎麼能去冒險呢？」孔明大笑道：「周瑜那點小伎倆，還能瞞得過我嗎？看我略施小計，管教主公娶得吳侯之妹，荊州又萬無一失。」劉備聽了，將信將疑。

當下孔明作主，派孫乾隨呂範過江，說合親事。沒過幾天，孫乾見過孫權回來，說孫權專等劉備前去結親。劉備還是有些害怕，不敢去。孔明說：「我已定下三條計策，叫子龍保護主公，萬無一失。」私下交給趙雲三個錦囊，囑咐他過江後按計而行。

第三十二回　劉備相親甘露寺　孔明二氣周公瑾

建安十四年（西元二〇九年）十月，劉備與趙雲、孫乾帶了五百多人，坐上快船離開荊州，過江來到南徐。船一靠岸，趙雲便打開孔明交給他的第一個錦囊，看了計策，隨即命隨行的五百名軍士披紅掛綵，進入南徐城中採購物品，見人就說劉皇叔入贅東吳，與吳侯妹妹結親。不多時，城中百姓無人不知此事。趙雲又叫劉備準備了一份厚禮，牽羊擔酒，前去拜見喬國老。那喬國老是二喬的父親，孫策和周瑜的丈人。劉備登門拜訪，把呂範作媒到東吳招親的事告訴了他，然後才回館舍安歇。

喬國老一送走劉備，就興沖沖地趕到吳國太那裡賀喜。吳國太莫名其妙，說：「我有什麼喜事？」喬國老說：「令嬡許配給劉備為夫人，現在劉備已到南徐迎親來了，妳幹嘛還要瞞我？」吳國太驚訝地說：「我怎麼不知此事！」連忙派人去請吳侯來問話，一面叫人到城中探聽消息。

誰知探聽消息的人回來報告說，確實有這麼一回事。女婿已在館驛安歇，五百名隨行軍士都在城中買豬羊果品，準備成親。作媒的女家是呂範，男家是孫乾，都在館驛中相待。國太聽了，更是吃驚。恰巧此時孫權來到後堂，吳國太一見孫權，氣得渾身發抖，拍著胸口大哭起來。孫權忙問：「母親為什麼煩惱？」國太氣憤地說：「你的眼裡還有我這個母親嗎？女兒是我親生的，你招劉玄德為婿，為何瞞我？」孫權吃了一驚，還想抵賴，喬國老在一旁說：「滿城百姓，哪一個不知？老夫今天就是特地來賀喜的。」孫權急忙辯說：「這不是真的。這是周瑜想出的一條計策，要借此為名，把劉備騙來，要他拿荊州來換；他要是不從，就先把他殺了。這是計策，不是真的要把妹妹嫁給劉備。」吳國太一聽，更加惱怒，叫著周瑜的名字放聲大罵：「虧你還是六郡八十一州的大都督，想不出辦法去取荊州，卻以我女兒為誘餌，使美人計！殺了劉備，我女兒就是沒過門的寡婦，以後還怎麼給她說親？這不是要耽誤我女兒一輩子嗎！這就是你們幹的好事！」喬國老也說：「要用了此計，即使得到荊州，也要被天下人恥笑。此事萬萬行不得！」說得孫權進退兩難，默然無語。

國太不住口地罵周瑜。喬國老勸道：「事已至此，不如真的招他為婿，免得出醜。劉皇叔也是漢室宗親，當世豪傑，招得這個女婿，也不算辱沒了令妹。」孫權忙說：「年紀恐怕不相當。」吳國太說：「我沒有見過劉皇叔。明日約在甘露寺相見，如果不中我意，任憑你們處置；要是中我的意，我就把女兒嫁他！」孫權是個孝子，見母親這麼說了，只好應承下來，出來找到呂範，吩咐他明日在甘露寺內準備酒宴，國太要相看劉備。呂範建議說：「乾脆叫賈華帶領三百名刀斧手埋伏在兩廊，如果國太相不中劉備，一聲號令，就衝出來把他拿下。」孫權就叫他去找賈華，預先準備。

卻說喬國老辭別吳國太歸家，就派人先去通知劉備，說：「明日吳侯、國太要親自接見，請早做準備！」劉備便與孫乾、趙雲商議。趙雲說：「明天的會面吉凶難料，我帶著五百名軍卒保護，主公要多加小心。」劉備點頭稱是。

第二天，吳國太、喬國老先在甘露寺方丈裡坐定，孫權帶著一班謀士也隨後到齊，叫呂範來館驛中請劉備。劉備內披細鎧，外穿錦袍，上馬往甘露寺來。趙雲全副武裝，帶領五百軍士隨行。來到寺前下馬，先見孫權。孫權見劉備儀表非凡，心中先有幾分不安。二人客套了幾句，孫權就引著劉備進入方丈來見國太。吳國太見了劉備，非常滿意，笑著對喬國老說：「真是我的女婿啊！」喬國老也連聲稱賀。當即吩咐在方丈中擺下酒宴，招待劉備。

過了一會兒，趙雲腰帶寶劍，匆匆走了進來，伏在劉備的耳邊悄聲稟告：「剛才我在廊下巡視，見廂房內有刀斧手埋伏，必定不懷好意。可告知國太。」劉備便起身跪在國太面前，流著眼淚說：「國太要殺劉備，就請動手。」吳國太驚訝地問：「這話從何說起？」劉備就把廊下暗伏刀斧手的事說了出來。國太大怒，責罵孫權：「劉備既做了我的女婿，就是我的兒女，為什麼要在廊下埋伏刀斧手？」孫權只推作不知，喚呂範來問，呂範又都把責任推在賈華身上。國太把賈華找來，責罵一場，喝令推出去殺了。劉備連忙求情，喬國老也竭力相勸，國太這才饒了賈華性命，把他和刀斧手都轟出寺外。

喝了一會兒酒，劉備起身告便，走出殿外。看見庭院中有一塊大石，劉備走過去，從隨從手裡要過一把佩劍，仰天祝禱說：「如果我劉備能夠返回荊州，成就王霸之業，就一劍將這塊石頭剁為兩段。如果注定要死在此地，就剁不開石頭。」說完，手起劍落，火光迸濺，將巨石砍為兩段。正巧孫權隨後出來，看見劉備砍石，就走過來笑著問道：「玄德公為什麼跟這塊石頭較勁啊？」劉備遮掩著說：「我年近五旬，不能為國家剿除賊黨，心中常常自恨。剛才向天祈禱，如果天意讓我能夠破曹興漢，就一劍砍斷此石。結果真的就砍斷了。」孫權知道劉備在拿話敷衍他，也抽出寶劍對劉備說：「我也來求求老天，如果能讓我打敗曹操，也劍斷此石。」心裡卻暗暗祝告道：「如果能再取得荊州，興旺東吳，砍石為兩半！」手起劍落，巨石也裂開了。兩人彼此心照不宣，丟下寶劍，牽著手重新入席去了。

又喝了幾杯，孫乾朝劉備使了個眼色，劉備會意，便起身告退。孫權送劉備出來，兩人並肩站在寺前，眺望風景。只見江風浩蕩，洪波滾雪，白浪掀天，水光山色，十分壯觀。劉備不禁讚嘆道：「此處真可稱是天下第一江山啊！」至今甘露寺的牌匾上還留著這幾個大字：天下第一江山。

二人正在觀賞，忽見江面上有一葉扁舟，逐浪飛駛，如行平地。劉備脫口讚道：「南人駕船，北人乘馬，這句話真說得不錯啊！」孫權心想：「劉備這話，分明是在譏笑我不會騎馬。」便令左右牽過馬來，飛身上馬，奔下山去，轉眼之間，又加鞭跑上嶺來。孫權坐在馬上，笑著對劉備說：「你看，南人不能乘馬嗎？」劉備也不答話，撩起衣襟，也躍上馬背，飛走下山，又馳騁而上。二人立馬在山坡之上，揚鞭大笑。當日二人並轡而回，南徐百姓，無不稱賀。

劉備回到館驛，與孫乾商議。孫乾說：「主公去求求喬國老，早早完婚，免得別生枝節。」

第二天，喬國老應劉備之託，去見國太，說劉備害怕被人謀害，急著要回荊州。國太一聽，就發起火來，道：「劉備是我的女婿，誰敢害他！」當時就叫劉備搬進國太府中，在書院暫住。劉備又求得國太同意，將趙雲和五百軍士也一齊搬入府中安歇。

過了幾天，府中大擺宴席，孫夫人與劉備正式結親。到了晚上，賓客都漸漸散去，兩排侍女手提紅燈，接引劉備進入新房。燈光之下，只見房中擺滿了刀槍兵器，房中的侍婢也人人佩劍懸刀，站立兩旁，劉備不覺嚇得變了臉色。管家婆笑道：「貴人不必驚慌。夫人自幼喜愛習武，平時常令侍婢練槍擊劍，以為娛樂，所以房中如此擺設。」劉備看著這些兵器，終究心中不安，要將兵器撤去。管家婆去請示孫夫人，孫夫人笑道：「打了半輩子仗，還怕兵器嗎？」便令侍婢把兵器全部撤去，隨身佩帶的刀劍也一併解下，劉備這才安心。

劉備與孫夫人成親後，感情很好。國太十分喜歡這個女婿，劉備又常用金銀籠絡孫夫人的侍婢，上上下下都很融洽。劉備就把孫乾遣回荊州報喜，自己天天和孫夫人飲酒開心。

孫權派人到柴桑送信給周瑜，說：「由我母親作主，已經把我妹妹嫁給了劉備。這件事想不到弄假成真了，下一步該怎麼辦呢？」很快，周瑜的回信到了。孫權打開一看，信中大意是說：「既然已經弄假成真，我們不妨將計就計，把劉備軟禁在東吳，用安逸的生活瓦解他的意志，疏遠他和關、張、孔明之間的感情，隔斷他們的聯絡，然後出兵攻打荊州，大事可定。」又叮囑孫權切不可放走劉備，縱虎歸山。孫權把周瑜的信拿給張昭看，張昭也覺得這個辦法很好。孫權便修建了一座駙馬府，布置得十分華麗，請劉備和孫夫人居住。又送了許多女樂、珍玩給他。劉備果然被聲色所迷，把荊州忘在腦後。吳國太以為是孫權的好意，也很高興。

再說趙雲，與五百軍士終日閒住無事，只去城外射箭走馬。看看到了年底，趙雲猛然想到：「臨行前軍師交給我三個錦囊，囑咐我一到南徐，打開第一個；住到年終，打開第二個；臨到危急無路之時，打開第三個：照裡面的妙計行事，可保主公平安回家。如今已到了年終，主公貪戀女色，根本不提回荊州的事，看來是拆開第二個錦囊的時候了。」於是打開錦囊觀看，準備依計行事。

第二天，趙雲逕直闖入府堂來見劉備，故意裝出驚慌的樣子說：「今早軍師派人來報，說曹操要報赤壁大敗之仇，率領五十萬精兵，正朝荊州殺來，形勢十分危急，請主公趕快回去。」劉備說：「我要和夫人商量一下。」趙雲說：「要和夫人商量，夫人保準不讓主公回去。不如不告訴她，今晚就起程動身，遲了就會耽誤大事！」劉備道：「你先回去，我自有道理。」趙雲又故意催逼了好幾次，才退了出去。

劉備回到房中，避著孫夫人暗暗落淚。孫夫人問：「夫君有什麼煩心事嗎？」劉備說：「我一生四處飄蕩，沒有好好在父母面前侍奉，實在是大逆不孝。眼看年節將近，更加思念親人，所以心中煩悶。」孫夫人說：「你不要再瞞我了，剛才你和趙雲的談話，我都聽到了。你到底打算怎麼辦呢？」劉備忙說：「夫人既然已經知道，我就不再隱瞞。我有心不回，怕萬一荊州有個閃失，被天下人恥笑；想要回去，又捨不得夫人。所以正為此事煩惱。」夫人說：「我既然跟你結為夫婦，不管你去哪裡，我都會跟隨在你身邊。」劉備很是感動，又擔心國太和孫權從中阻攔。孫夫人考慮了半天，想出一條計策，說：「我們在元旦拜賀時，推說到江邊祭祖，悄悄跑回荊州，你看怎樣？」劉備聽了，連聲稱謝。兩人商議定了，劉備就暗地把趙雲找來，吩咐他在元旦那天，事先帶著那五百軍士出城，在官道等候。

轉眼到了正月初一，孫權召集文武百官在大堂上飲酒慶祝，劉備夫婦卻來向國太拜年。孫夫人說：「夫君想起他父母和祖宗的墳墓遠在涿州，很是傷感，今天想到江邊去拜祭，特來向母親請示。」國太欣然同意，還特意囑咐孫夫人一同前去，不要失了禮數。二人辭別國太出來，孫夫人帶著隨身細軟上了車子，劉備騎馬跟隨，出城與趙雲會合，五百軍士前簇後擁，一行人匆匆離了南徐，兼程向江邊進發。

這一天，孫權喝得大醉，早早回到後堂休息。等到眾官得知劉備和孫夫人潛逃的消息，已經是晚上了。想要報告孫權，他卻酣然沉睡，怎麼也叫不醒。等到孫權睡醒，已經快到第二天早晨了。孫權得知劉備逃走，急忙召集文武百官商議。張昭說：「此人一走，遲早必生禍亂。應該趕緊派人把他們追回來。」孫權便令陳武、潘璋挑選五百精兵，不分晝夜，務必要追上劉備，把他捉回來。二將領命去了。

孫權深恨劉備，將案上玉硯摔為粉碎。程普說：「我料陳武、潘璋必定捉不回劉備。郡主自幼好武，性格剛烈，眾將都有幾分怕她。陳、潘二人追上去見到郡主，哪敢下手？」孫權大怒，立刻掣出身上的佩劍交給蔣欽、周泰，命道：「你二人拿著這口劍，去把劉備和我妹妹的腦袋殺了來！違令者立斬！」蔣欽、周泰領命，帶著一千軍馬趕去。

再說劉備一行，連夜趕路，眼看來到柴桑地界，忽見背後塵頭大起，料是追兵到了，趙雲叫劉備先走，自己斷後。剛轉過一個山腳，前面又有一彪軍馬攔住去路。原來是周瑜怕劉備逃走，預先派徐盛、丁奉引三千軍馬在陸路必經之處紮營等候。劉備慌忙勒住馬頭，問趙雲道：「前有攔截，後有追兵，該怎麼辦才好？」趙雲說：「主公休慌。臨來時軍師給我準備了三條錦囊妙計，已經拆了兩個，最後一個，軍師吩咐我在遇到危難時才能拆開。如今情勢緊急，我們可以打開了。」便將錦囊拆開，遞給劉備。劉備看了，急忙趕到孫夫人車前，將孫權與周瑜合謀奪取荊州，用招親為誘餌，將自己騙到江東，如今又前堵後追，要害他性命的經過如實說了一遍，懇請孫夫人出面解救。孫夫人聽了，怒不可遏，罵道：「我哥哥既然不當我為親骨肉，我也不想再見他了！今天的事，我來解決！」說著喝令從人把車子推到前面，捲起車簾，指著徐盛、丁奉喝問：「你們二人要造反嗎？」徐、丁二將慌忙棄了兵器，下馬行禮，連稱不敢，推說：「奉周都督將令，在此專等劉備。」孫夫人大怒，罵道：「周瑜逆賊！我東吳不曾虧負你！劉玄德是我丈夫，我已對母親、哥哥說明回荊州去，你們兩個帶著這麼多軍馬攔截道路，是想劫掠我夫妻的財物嗎？」徐盛、丁奉不敢抗辯，把責任都推在周瑜身上。孫夫人叱道：「你們只怕周瑜，就不怕我？周瑜能殺了你們，我就殺不得周瑜？」把周瑜大罵一場，喝令推車前進。徐盛、丁奉不敢硬攔，又看見趙雲在一旁怒氣沖沖的樣子，只得把軍兵喝住，放條大路讓他們過去。

剛剛走出不到五、六里，背後陳武、潘璋趕到。徐盛、丁奉把剛才的情形告訴他們。陳、潘二將說：「你們不該放劉備過去，我們就是奉吳侯旨意，特來追捉他回去的。」於是四將合兵一處，又急急趕上前去。轉眼追上，卻不見劉備，只見孫夫人氣沖沖地坐在車上，問陳武、潘璋來做什麼。二將答道：「奉主公之命，請夫人和劉備回去。」孫夫人把臉一沉，罵道：「都是你們這夥人，離間我們兄妹不和！我奉母親之命，隨丈夫回荊州，又不是與人私奔。就是我哥哥來，也得講道理。你們倚仗兵威，還想殺害我嗎？」罵得四人面面相覷，各自尋思：「郡主和吳侯終究是兄妹，更有國太作主，吳侯也不敢違背。將來翻過臉來，還是我們的不是。不如做個人情。」此時劉備已帶了三百名軍士先到江邊去了。四將尋不到劉備，但見趙雲威風凜凜地站在車旁，怒目橫眉，等待廝殺，都不敢動手，眼看著趙雲保護著孫夫人走了。

四人猶豫不定，正打算一同去見周瑜，忽見又有一隊軍馬像旋風一樣飛奔而來，卻是蔣欽、周泰到了。蔣欽手捧寶劍，傳達吳侯的命令，先殺他妹妹，後斬劉備。四將說：「他們已經走遠，追不上了。」蔣欽便叫徐盛、丁奉飛報周瑜，從水路調快船追趕；其他四人領兵沿江趕來。

此時劉備一行已經來到劉郎浦，看看離柴桑比較遠了，心裡才稍稍放鬆。正在沿著江岸尋找渡口，忽見後面塵土沖天，追兵鋪天蓋地而來。劉備嘆道：「連日奔走，人困馬乏，追兵又緊隨不捨，我們這回是沒有活路了！」趙雲連忙安慰說：「主公不要著急，我料軍師一定會有安排。」正慌急間，忽見江岸邊一字兒停著二十多隻拖篷船。趙雲連忙保護著劉備與孫夫人奔上船去，準備渡到對岸，再作打算。卻見一人綸巾道服，大笑著從船艙中迎了出來，口稱：「恭喜主公！諸葛亮在此等候多時了。」船中扮作客人的都是荊州水軍。劉備不禁喜出望外。

船隊剛剛駛離江岸，蔣欽等四將就趕到了。孔明笑著對岸上眾將說：「回去告訴你們周都督，不要再使美人計了。」岸上亂箭射來，船已開得遠了。蔣欽等四將，只好眼睜睜地望著江水發呆。

就在這時，忽然江面上喊聲大震。只見無數戰船破浪飛駛而來。原來是周瑜接到報告，親自帶領水軍精銳來追劉備。眼看吳軍越追越近，孔明命令船靠北岸，棄船上岸。周瑜趕到江邊，也下令上岸追襲。周瑜一馬當先，黃蓋、韓當、徐盛、丁奉等將緊緊跟隨，但大部分水兵只能步行，漸漸落在後面。追到黃州地界，遠遠望見劉備的車馬就在前面，周瑜下令全力追襲。正趕之間，忽然一聲鼓響，山坳內衝出一隊刀斧手，為首一員大將，正是關羽。周瑜舉止失措，急忙撥馬逃走，關羽隨後趕來。正奔走間，黃忠、魏延兩軍又從左右殺出，吳兵大敗。周瑜急忙下船，只聽岸上軍士齊聲大叫：「周郎妙計安天下，賠了夫人又折兵！」周瑜不禁怒火攻心，大叫一聲，箭瘡迸裂，昏倒在船上。眾將急忙救起，開船逃回南岸。孔明也不追趕，自和劉備回荊州賀喜慶功去了。

第三十三回　曹操大宴銅雀臺　孔明三氣周公瑾

且說周瑜回到柴桑，立即上書孫權，請求興兵雪恨。孫權也不勝憤怒，要拜程普為都督，起兵奪取荊州。張昭勸道：「曹操怕我們與劉備聯合，所以一直不敢來報赤壁之仇。如今我們自相吞併，曹操必然趁虛來攻，那就危險了。」顧雍獻上一計，建議孫權派人到許都，舉薦劉備為荊州牧，使曹操知道孫、劉交好，不敢用兵江南。然後再設法挑動曹操、劉備相互攻擊，乘機奪回荊州。孫權大喜，便寫好奏章，派華歆送到許都去。

卻說曹操，自從赤壁大敗之後，一心想要報仇，只是顧忌孫、劉兩家聯合，不敢輕舉妄動。轉眼到了建安十五年春天，銅雀臺終於建成了。曹操召聚文武臣僚大會於漳河岸邊，設宴慶賀。這一天，曹操頭戴嵌寶金冠，身穿綠錦羅袍，腰圍玉帶，足踏珠履，高高地坐在銅雀臺上，文臣武將侍立臺下。曹操命人將一領紅錦戰袍高掛在垂楊枝頭做為綵頭，下設一箭垛，以百步為界，將武將分為紅綠兩隊，比賽射箭。一聲令下，只見眾將各逞才能，曹休、文聘、曹洪、張郃、夏侯淵、徐晃、許褚等人依次出馬，箭箭不離紅心，觀者喝采不絕。曹操大喜，各賜蜀錦一匹，又命文官各進詩章，以紀一時之勝。

不一會兒，王朗、鍾繇、王粲、陳琳等一班文官各獻詩章，詩中多有稱頌曹操功德之意。曹操逐一看過，笑道：「各位詩作俱佳，只是對我稱譽太過了。我年輕的時候什麼也不懂，後來被推舉為孝廉，正趕上天下大亂，在家鄉譙郡東面五十里的地方修建了一座學舍，打算在那裡讀書習武，等到天下太平了，再出來做事。不想被朝廷任命為典軍校尉，於是改變了志向，一心想為國家出力，建功立業，只求死後的墓碑上能刻上『漢故征西將軍曹侯之墓』，平生的志願就得以滿足了。想我自從征黃巾、討董卓以來，除袁術、破呂布、滅袁紹、定劉表，平定了大半個國家，身為宰相，已達到了臣子尊榮的頂點，還能有什麼不滿足呢？如果國家沒有我這個人，不知道會有多少人稱王稱帝呢！有人見我位高權重，妄自猜度，懷疑我有篡位的野心，實在是大錯特錯啊。按照我的本心，巴不得放棄兵權，回到我武平侯的封國去，可是現實不允許啊。我一放棄兵權，肯定會被人謀害；我垮臺不要緊，國家可就危險了！我不能為了自己能博得好名聲，把國家往火坑裡推呀！諸位誰能體諒我的苦心啊！」眾人聽了曹操這番話，都拜倒在他面前說：「丞相的賢德，即使是古代的名相伊尹、周公，也望塵莫及！」

曹操十分高興，又一連喝了幾大杯酒，不知不覺已經酩酊大醉，叫左右捧過筆硯，也想作一首〈銅雀臺詩〉。剛要下筆，忽然接到報告：「東吳派華歆送來孫權的表章，舉薦劉備為荊州牧。孫權把妹妹嫁給了劉備，荊襄九郡一多半已經屬於劉備了。」曹操一聽，慌得手足失措，手中的毛筆也掉在地上。

程昱在一旁問：「丞相在萬馬軍中，面對槍林箭雨，都能鎮定自若；如今聽說劉備得了荊州，為什麼驚成這樣？」曹操說：「劉備得了荊州，好比困龍終於游進了大海，我怎能不驚呢？」程昱說：「丞相知道華歆的來意嗎？」曹操說：「你說說看。」程昱道：「孫權派華歆來許都，上表舉薦劉備，一方面是想穩住劉備，同時也是在向丞相暗示，不要再打江東的主意。我有一計，可以使孫、劉兩家自相吞併，丞相從中得益。」曹操忙問是何妙計。程昱說：

「丞相不妨把華歆留在許都，委以重用，再表奏周瑜為南郡太守，程普為江夏太守。這兩處地方都在劉備手裡，周瑜、程普接受了任命，自然會去找劉備的麻煩，我們不就有機可乘了嗎？」曹操大喜，當即召見華歆，重加賞賜。第二天回到許都，曹操就表奏獻帝，任命周瑜為南郡太守、程普為江夏太守。封華歆為大理少卿，留在許都。

周瑜接到南郡太守的任命，果然報復孔明的心情更加強烈，立即上書孫權，請他責令魯肅去討還荊州。孫權就找來魯肅，責問道：「上次你做保人，將荊州借給劉備，說好取了西川便還，我等得頭髮都白了，怎麼一直不見劉備出兵？你去催催看。」魯肅無奈，只得過江來見劉備。不料劉備早與孔明商議好了對策，見了魯肅，不等他開口，就放聲大哭起來，嚇得魯肅不知所措。

孔明卻不慌不忙地從屏風後轉出來，對魯肅說：「子敬知道我家主公為什麼傷心嗎？」魯肅說：「不知道。」孔明說：「當初我家主人借荊州時，確實許諾取得西川便還。但回頭仔細一想，益州牧劉璋和我家主人是同宗兄弟，要是興兵去奪取他的城池，一定會被外人唾罵；但要是不去，還了荊州，我們到哪裡安身？不還荊州，和吳侯是郎舅姻親，情面上又不好看。我家主人左右為難，所以淚出痛腸。」一番話觸動劉備的痛處，真的捶胸頓足，放聲大哭起來。魯肅反過來勸道：「皇叔先別煩惱，我們從長計議。」孔明說：「請子敬回去，將此中的難處回報吳侯，懇請吳侯再寬容一段時間。」魯肅為難地說：「倘若吳侯不答應，怎麼辦呢？」孔明笑道：「吳侯把親妹妹都嫁給了皇叔，這點事怎麼會不答應呢？子敬多多美言吧。」魯肅是個忠厚的人，見劉備如此哀痛，只得答應下來。

坐船回到江東，魯肅先到柴桑來見周瑜。把經過一說，周瑜急得直跺腳，說：「子敬又上諸葛亮的當了！劉備連劉表的荊州都不放過，怎麼會顧及和西川劉璋的同宗情誼呢？你不必去見吳侯了，再返回荊州一趟，對劉備說：孫、劉兩家既然結為親戚，就是一家人了；如果劉皇叔不忍心去取西川，我東吳派兵去取，打下西川做為陪嫁送給皇叔，卻把荊州交還東吳。」魯肅問：「西川路途遙遠，想奪下不容易，都督一定要這麼做嗎？」周瑜笑道：「子敬真是個老實人！你以為我真去取下西川送他？我只是以此為名，讓劉備不做防備，等東吳軍馬路過荊州時，劉備一定會出城勞軍，我們就乘機把他殺了，奪取荊州。」魯肅這才恍然大悟。

孔明聽說魯肅去而復返，笑著對劉備說：「魯肅回來得這麼快，一定沒有去見孫權，只是到柴桑和周瑜商量了什麼計策，來哄我上當了。不管他說什麼，主公只要看見我點頭，就滿口應承下來。」兩人商量好了，請魯肅入見。雙方見禮坐定，魯肅就把吳侯打算替皇叔收取西川的意思說了，孔明聽了，連連點頭致謝，劉備也隨聲附和。魯肅以為孔明中計，心中暗暗高興。

送走魯肅，劉備問孔明：「這是什麼意思？」孔明大笑道：「周瑜的死期不遠了！他表面上要取西川，實際上是要奪荊州，想趁主公出城勞軍的時候，當場拿下，再出其不意殺入城中。這種『假途滅虢』的伎倆，連小孩子也騙不過！周瑜只要敢來，管教他有去無回！」說完，叫過趙雲，祕密囑咐一番：「如此如此，其餘我自有擺布。」

魯肅回去見到周瑜，說劉備、孔明聽說都督要取西川，十分歡喜，準備東吳大軍路過荊州的時候，親自出城勞軍。周瑜聽了哈哈大笑，道：「孔明這次終於中了我的計策！」便叫魯肅去稟報吳侯，請他派程普領軍接應。

周瑜此時箭瘡已經漸漸痊癒，身體也復原得差不多了，便命甘寧為先鋒，凌統、呂蒙為後隊，自己與徐盛、丁奉統領中軍，點起五萬水陸精兵，浩浩蕩蕩地朝荊州而來。到了夏口，劉備派糜竺前來迎接。周瑜把糜竺叫到跟前，詢問勞軍的準備情況，糜竺說：「我家主公都準備好了，正在荊州城門外恭候，為都督擺酒接風。」周瑜說：「這次出兵遠征，完全是為了你家主人，勞軍的禮數可不能太馬虎了！」糜竺答應著先回去了。

東吳的戰船沿江而上，眼看快到公安縣境，卻再看不到有一人一船來接。直到離荊州城只有十幾里路了，江面上還是靜蕩蕩的。探馬回報說：「荊州城上插著兩面白旗，卻看不到一個人影。」周瑜心裡疑惑，就下令戰船靠岸，親自上岸騎馬，帶著甘寧、徐盛、丁奉等一班軍官，以及三千名親隨精兵，直奔荊州而來。來到荊州城下，仍然不見城中有什麼動靜。周瑜勒住馬頭，令軍士上前叫門。城上問是何人，吳軍回答：「是東吳周都督來了。」話音未落，忽聽一聲梆子響，城上守卒一齊亮出槍刀。只見趙雲站在敵樓上問道：「都督這次興兵，到底是為了什麼？」周瑜便把借道討伐西川的事說了，趙雲卻說：「你的詭計早已被孔明軍師識破了，特意派我在這裡阻攔。請你們都回去吧。」周瑜見計謀敗露，勒馬便走。卻見一名軍士打著令字旗，來到馬前報告：「關羽、張飛、黃忠、魏延分四路一齊殺到，數不清到底有多少軍馬，只聽得喊殺聲震動一百多里，都說要活捉周瑜。」周瑜不禁怒氣填胸，大叫一聲，箭瘡復裂，摔落馬下。左右急忙把他救回船上。

過了好久，周瑜漸漸甦醒，耳聽得軍士們紛紛傳說：「劉備、孔明就在前面山頂上飲酒取樂。」周瑜大怒，咬牙切齒地說：「你們以為我取不得西川，我非要取給你們看看！」便催動船隊向長江上游進發。走到巴丘，又被劉封、關平二人領軍截住水路，周瑜更加氣惱。忽然報說孔明派人送來一封書信，周瑜拆開一看，卻是勸他以大局為重，不要冒險去取西川。周瑜看了，長嘆一聲，喚左右取來紙筆，給孫權寫了一封信，然後把眾將叫到面前，說：「我不是不想盡忠報國，怎奈生命已到了盡頭。你們要好好輔佐吳侯，共成大業。」說完，就昏了過去。過了一會兒，又慢慢清醒過來，仰天長嘆道：「既生瑜，何生亮！」一連叫了幾聲，就嚥了氣。死時年僅三十六歲。

孫權得知周瑜的死訊，放聲大哭。拆開周瑜的遺書一看，原來是舉薦魯肅代替他的職位。孫權含淚應允，當即任命魯肅為都督，總領東吳兵馬；一面派人將周瑜的靈柩送回他的家鄉安葬。

消息傳到荊州，孔明便和劉備商議，要以弔喪為由，去江東走一遭，探聽情況。劉備擔心周瑜的部下加害孔明，孔明卻說：「周瑜活著的時候，我都不怕；如今周瑜已死，更沒有什麼可擔心的了。」便備好祭禮，和趙雲帶領五百軍士，下船赴巴丘弔喪。

半路上打聽到孫權任命魯肅為都督，已經將周瑜的靈柩運回柴桑，孔明便掉轉方向，直奔柴桑而來。魯肅以禮迎接。周瑜手下部將都恨不得殺了孔明，只因看到趙雲帶劍相隨，才不敢下手。孔明來到周瑜的靈前，擺好祭品，親自奠酒，然後跪在地上，流著眼淚誦讀祭文，言詞沉痛懇切，動人肺腑。讀完，孔明拜倒在地，放聲大哭。一旁的東吳將領聽了，也深受感動，私下議論說：「人們都說周都督與孔明不和，現在看孔明如此傷心的樣子，才知道傳言都不是真的。」魯肅見孔明如此悲切，也暗自感傷，心想：「孔明真是有情有義，可惜公瑾器量太窄，想不開啊！」

祭拜完畢，魯肅設宴款待孔明。吃完飯，孔明告辭回去。來到江邊，剛要下船，忽然一個隱士打扮的人走過來，一把揪住孔明，大笑著說：「你氣死周郎，又來弔孝，真是欺負東吳沒人啊！」孔明急忙回頭一看，卻是鳳雛先生龐統，便也大笑起來。兩人拉著手來到船艙中坐下，相互訴說心事。孔明留下一封舉薦信給龐統，叮囑他說：「我料定你在孫權這裡不會得到重用。如果感到不稱心，可以到荊州來，和我一同輔佐劉玄德。這個人寬厚仁德，一定不會辜負你的才學。」龐統滿口答應著，把孔明送走了。

過了幾天，魯肅料理完周瑜的喪事，就向孫權舉薦龐統。孫權也早就聽說過「鳳雛先生」的大名，聽說龐統就在江東，忙叫魯肅請來相見。誰知二人一見面，孫權見龐統濃眉毛，翻鼻孔，黑臉膛，短髭鬚，相貌古怪，心裡先有幾分不喜歡。勉強搭問道：「請問先生，平生所學以什麼為主？」龐統回答：「不拘一格，隨機應變。」孫權又問：「先生的才學，和周瑜相比怎麼樣？」龐統一笑，說：「我學的東西，和周瑜有很大不同。」孫權一生最佩服的就是周瑜，見龐統輕視周瑜，心中更不高興，便說：「先生先回去吧，等到有用得著先生的地方，再去相請。」龐統心裡明白，長嘆一聲，走了出去。

魯肅問孫權為什麼不重用龐統。孫權說：「這樣一個狂妄的書獃子，沒什麼用處。」魯肅說：「赤壁大戰時，此人曾獻連環計，為打敗曹操立下大功，主公想必聽說過吧？」孫權道：「那是曹操自己想把戰船連在一起，未必是他的功勞。這個人我堅決不用。」魯肅只好退出大帳，對龐統說：「不是我不舉薦先生，無奈吳侯不肯重用先生，請先生再耐心等待幾天。」龐統低頭不語，只是不住地嘆氣。魯肅便問：「先生莫非不想在東吳待下去了嗎？」龐統沒答話。魯肅就說：「以先生的曠世才學，不論到什麼地方都會出人頭地。請先生告訴我實話，究竟打算去哪裡呢？」龐統說：「我想去投奔曹操。」魯肅說：「那就好比把明珠扔到黑暗的角落裡，枉自埋沒了才華。不如到荊州去投劉皇叔，一定會得到重用。」龐統這才說了實話：自己也是這樣打算。魯肅便寫了一封舉薦信，交給龐統，叫他到荊州來見劉備。

此時孔明正巧到屬郡巡察，不在荊州。劉備早就聽說「鳳雛」的大名，得知龐統來投，忙叫人請入相見。龐統見到劉備，長揖為禮，劉備見他相貌醜陋，心裡也不喜歡，勉強問候道：「先生遠道而來，辛苦了。」龐統察言觀色，並不急著拿出魯肅、孔明的推薦信，只說：「聽說皇叔正在招攬人才，特來投效。」劉備說：「你來得不巧，荊楚地區剛剛安定，沒有什麼空閒的職位。由此往東北一百三十里，有一個耒陽縣，還缺少一名縣令，不如委屈先生先到那裡就任，等日後有了空缺，再重用先生。」龐統覺出劉備有些輕視他，本想用自己的才學打動劉備，但孔明又不在，只好勉強告別劉備，到耒陽上任去了。

不久，有人報告劉備，說龐統自從來到耒陽縣，大小政事一概不理，整天飲酒作樂。劉備十分生氣，就派張飛帶人去耒陽巡視，如果情況屬實，就追究龐統的責任。劉備怕張飛對政務有不明白的地方，特意叫孫乾隨行。張飛領命，與孫乾來到耒陽縣，全城軍民官吏，全都出城迎接，唯獨不見縣令龐統。張飛問縣吏：「你們縣令在哪裡？」縣吏回答說：「龐縣令自從到任至今，已經有一百多天，從不過問縣中事務，只知道喝酒，每天都喝得醉醺醺的。昨天晚上酒又喝多了，現在還在睡覺。」張飛大怒，就要去抓龐統問罪，卻被孫乾攔住。孫乾說：「龐士元是個高明的人，不可草率行事，不如我們先到縣衙打聽打聽，如果確實像傳言的一樣，再治他罪也不遲。」

於是張飛來到縣衙，在正廳主位上坐下，叫人把縣令找來。不一會兒，見龐統衣冠不整，匆匆趕來，還帶著幾分酒意。張飛大怒，喝道：「我哥哥把你當個人物，讓你出任縣令，你怎麼竟敢把縣中事務全都丟下不管？」龐統笑著回答：「將軍說說，我耽誤縣中什麼事了？」張飛說：「你到任一百多天來，每天喝得爛醉，怎麼能不耽誤政事？」龐統說：「耒陽一個方圓不到百里的小縣，那點公事有什麼難辦的！請將軍稍坐一會兒，看我發落。」隨即叫縣吏把近一百多天來所積壓的公務，都拿來審理。只見縣吏們抱著文書案卷一趟趟送上大堂，原告被告和涉案有關人員圍著跪在堂下，龐統耳聽訟詞，隨口發落，同時手中已經把判詞寫好，是非曲直明明白白，沒有半點差錯。旁觀的百姓見了，都打心裡佩服。

不出半天的時間，將一百多天積壓的公務都處理完了，龐統把手中的毛筆往地下一扔，對張飛說：「請看，哪件事被耽誤了？曹操、孫權在我眼裡都像手掌上的紋路一樣清楚，這樣一個小小的縣城，還真沒放在我心上！」張飛大吃一驚，連忙起身道歉說：「先生真是大才，我剛才失禮了。等回到荊州，我一定在哥哥面前極力舉薦。」龐統這才拿出魯肅的推薦信。張飛詫異地問：「先生上次見我哥哥的時候，為什麼不把信拿出來？」龐統笑道：「那樣，我不就成了拿著舉薦信討官做了嗎？」張飛回頭對孫乾說：「要不是你，我幾乎錯過了一位大賢人。」

張飛回到荊州，在劉備面前極力誇讚龐統的才學，劉備大驚，懊悔地說：「屈待了賢士，是我的過錯！」又打開魯肅的薦信，信中提醒他不要以貌取人，埋沒了龐統的才學，劉備看後，感嘆不已。就在此時，孔明回來了。一見到劉備，孔明就迫不及待地問：「龐軍師近來好嗎？」劉備就把龐統任職耒陽，整天貪杯誤事的情況說了，孔明笑道：「龐士元的才幹，不在於治理地方事務上。他胸中的學問，勝我十倍。我曾經寫了一封舉薦書在他那裡，主公看到了嗎？」劉備說：「今天才看到子敬的信，沒有見到你的薦信啊？要不是翼德親自去了一趟，差點錯過一位大賢人！」當即派張飛將龐統請到荊州，劉備親自下階相迎，賠禮道歉。龐統這才拿出孔明的薦信。劉備高興地說：「當初水鏡先生曾對我說：『伏龍、鳳雛，兩人得一，可安天下。』如今兩個人都到了我這裡，漢室復興就有希望了！」於是任命龐統為副軍師、中郎將，與孔明共同主持大計，訓練軍士，為下一步征伐做準備。

第三十四回　勇馬超興兵復仇　莽虎侯裸衣大戰

話說周瑜病故的消息傳到許昌，曹操大喜，立即召聚眾謀士商議，準備再次南征。荀攸建議先取孫權，後攻劉備。曹操卻擔心大軍遠征，割據西涼的征西將軍馬騰會乘虛偷襲許都。荀攸便出了個主意，叫曹操以皇帝的名義下一道詔書，加封馬騰為征南將軍，假說調他去征討孫權，把他騙到許昌殺了，永絕後患。曹操覺得此計很好，就派人帶著詔書，到西涼徵召馬騰。

馬騰自從與董承、劉備等人密受衣帶詔以來，一直在西涼積蓄力量，準備討伐曹操。只是因為董承等人很快被曹操殺害，劉備又逃到南方去了，一直沒有找到合適的時機。這時接到詔書，心中疑慮，便召集子姪商議對策。長子馬超認為，曹操既以天子名義徵召，不去恐怕會給曹操留下興兵討伐的藉口，勸馬騰進京相機行事。姪子馬岱卻認為曹操居心叵測，進京一定會遭他毒手。馬騰思慮再三，決定還是去走一遭，便命馬超留守西涼，自己和兩個小兒子馬休、馬鐵以及姪子馬岱，帶著五千兵馬趕赴許昌。

馬騰走後多日，沒有音信，在西涼留守的馬超時常心中驚疑不定。這一天，正與心腹裨將龐德商議對策，忽然有一人跌跌撞撞地跑進來，撲倒在馬超面前，放聲大哭。馬超見是馬岱，連忙追問出了什麼事，馬岱哭訴道：「叔父與侍郎黃奎合謀誅殺曹操，不幸走露了消息，都被曹操捉去殺了，兩位弟弟也都遭了毒手。我裝扮成客商連夜逃走，才撿了一條性命，趕回來報信。」馬超聽了，當即哭倒在地。

眾將慌忙把他救起。馬超咬牙切齒，發誓要殺死曹操，為父報仇。正在悲痛，忽然接到劉備從荊州派人送來的書信，約他南北夾攻，共破曹操。馬超揮淚寫了回信，隨即整頓軍馬，就要出發。

正在此時，西涼太守韓遂差人來請馬超，說有要事相商。馬超來到韓遂府上，韓遂取出一封書信遞給他，馬超打開一看，原來是曹操寫給韓遂的密信，上面寫著：「如將馬超擒赴許都，就封你為西涼侯。」馬超當即拜倒在韓遂面前，說：「不用叔父費力，請就在這裡把我綁了，解赴許昌。」韓遂扶起馬超，說：「我和你父親是結義兄弟，自當助你興兵報仇，怎麼會忍心害你呢？」說完，就命人將曹操的使者推出去殺了。隨即韓遂點起手下八部軍馬，和馬超合兵一處，共有二十多萬大軍，浩浩蕩蕩地殺奔長安。

長安郡守鍾繇得到消息，一面飛報曹操，一面引軍拒敵。剛在城外擺開陣勢，就見西涼軍先鋒馬岱，帶著一萬五千名西涼精兵，漫山遍野地殺了過來。鍾繇措手不及，大敗一場，連忙退入長安城固守。馬超、韓遂率領大軍趕到，將長安城團團圍住，怎奈長安城郭堅固，壕塹險深，急切攻打不下。

一連圍了十日，不能攻破。馬超採納龐德的計策，傳令退兵。長安城中土硬水鹼，缺柴少糧，被西涼軍圍困了十天，早已軍民饑荒。鍾繇見西涼軍已經退遠，便放心地大開城門，聽任軍民出城打柴取水。過了四、五天，人報馬超大軍捲土重來，軍卒百姓爭相奔進城中，鍾繇仍復閉城堅守。當夜三更時分，西門內突然失火。鍾繇的弟弟鍾進負責守把西門，得到報告，急忙趕來救火。剛到城邊，突然從暗影裡轉出一人，舉刀縱馬，大喝一聲：「龐德在此！」鍾進措手不及，被龐德一刀斬於馬下。龐德殺散守軍，斬關斷鎖，放馬超、韓遂軍馬入城。鍾繇見大勢已去，從東門棄城而逃，退守潼關，同時派人飛報曹操告急。

曹操聽說長安失守，忙令曹洪、徐晃帶一萬人馬，去接替鍾繇把守潼關。曹操吩咐二人道：「如果十天之內失了潼關，就殺了你們；超過十天，就沒你們倆的責任。我率大軍隨後就到。」曹仁擔心曹洪性情急躁，容易誤事，曹操便又叫曹仁押送糧草，隨後接應。

曹洪、徐晃來到潼關，依照曹操的指示，堅守不戰。馬超領軍在關下叫戰，把曹操祖宗三代都罵遍了。曹洪怒不可遏，幾次要提兵下關廝殺，都被徐晃苦苦擋住。到了第九天，曹洪在關上看到西涼軍都下馬坐在關前草地上，隨處睡臥，一副困乏疲憊的樣子，便趁徐晃正在查點糧草的機會，悄悄點起三千兵馬殺下關來。西涼兵見曹洪出擊，紛紛丟下軍械馬匹，掉頭逃竄，曹洪在後面緊緊追趕。此時徐晃得到消息，急忙帶兵隨後趕來，叫曹洪趕快回城。兩人剛剛會合，就聽見背後忽然喊聲大震，馬岱引軍殺到。曹洪、徐晃急忙掉頭回走，一棒鼓響，山背後又有兩軍截出：左是馬超，右是龐德，衝上來混殺一陣。曹洪抵擋不住，軍馬損折了一大半，只得拚死衝出重圍，向關上逃奔。西涼兵隨後緊追，曹洪、徐晃立不住腳，只得棄關而逃。龐德一直追過潼關，直到撞見曹仁接應的軍馬，才退回關上。

曹洪失了潼關，來見曹操。曹操問：「我給你十天期限，怎麼第九天就失了潼關？」曹洪說：「西涼軍兵百般辱罵，我心中氣憤，後來見敵人有些懈怠，就乘勢趕去，想不到中了敵人奸計。」曹操聽說徐晃曾多次勸阻，曹洪卻偷偷背著他出關，不由大怒，喝令將曹洪推出斬首。眾將苦苦求情，才饒過了他。

第二天，曹操親率大小將校，殺奔潼關。馬超也率領西涼軍馬，在關前布好陣勢。曹操立馬於門旗下，看西涼之兵，人人勇健，個個英雄；又見馬超生得面如敷粉，脣若塗紅，腰細膀寬，聲雄力猛，白袍銀鎧，手執長槍，立馬陣前，不禁暗暗稱嘆。馬超望見曹操，咬牙切齒，挺槍直殺過來。曹操背後于禁出迎，兩馬交戰，鬥了八、九個回合，于禁敗走。張郃上前接戰，打了二十來個回合，也敗下陣來，李通又迎上去交鋒。戰了幾個回合，馬超奮起神威，一槍刺死李通。馬超把槍望後一招，西涼兵一齊衝殺過來。曹兵大敗。

西涼兵來勢兇猛，左右將佐都抵擋不住。馬超、龐德、馬岱帶著一百多騎，直入中軍來捉曹操。曹操裹在亂軍中逃跑，只聽得西涼軍大叫：「穿紅袍的是曹操！」曹操慌忙脫下紅袍，縱馬奔逃。又聽得西涼兵大叫：「長鬚的是曹操！」曹操連忙拔出佩刀，把一綹鬚髯割掉。西涼兵在後面看到曹操割去鬍鬚，又齊聲高叫：「短鬍子的是曹操，不要讓他跑了！」曹操聽到，急忙扯過一角軍旗圍在脖頸上。

正在沒命狂奔，忽然聽到身後有人趕來，曹操回頭一看，正是馬超，不由得魂飛魄散。此時左右將校見馬超趕來，都各自逃命去了，只撇下曹操一人。馬超厲聲大叫：「曹操休走！」嚇得曹操把馬鞭都掉到了地上。二人追逐進一片樹林，馬超越追越近，眼看就要趕上，便提起銀槍，瞄準曹操後心搠去。曹操急忙繞樹躲避，馬超一槍搠在樹上。等他拔出槍尖，曹操已經逃遠了。馬超不肯放棄，縱馬趕來，轉過一處山坡，忽然衝出一員曹將，大叫：「休傷我主！曹洪在此！」掄刀縱馬，攔住馬超。曹操這才得以脫身。曹洪與馬超戰到四、五十個回合，漸漸刀法散亂，氣力不支，多虧夏侯淵帶著幾十騎趕到。馬超見敵人越來越多，自己人單力孤，就撥馬回關去了。

曹操回到營寨，先重賞了曹洪，感嘆地說：「上次我要是殺了曹洪，今天肯定就死在馬超手裡了！」然後檢點人馬。雖然吃了一場敗仗，但多虧曹仁死死守住寨柵，人馬損失並不嚴重。曹操收拾敗軍，下令堅守寨柵，不許出戰。此後幾天，任憑馬超每日在寨外辱罵挑戰，曹操只是堅壁不出。眾將私下議論紛紛，都感到很不理解。

又過了幾天，陸續有西涼各地的軍馬趕來潼關幫助馬超。每次聽到關上增兵的消息，曹操都異常高興。諸將不解地問：「馬超的兵馬越來越多，丞相為什麼反而很開心呢？」曹操卻說：「等我打敗了馬超，再向你們解釋。」

曹操向眾將徵求破敵之策。徐晃獻計說：「馬超將全部兵力集中在潼關，河西一帶必定防守空虛。如果派一支軍馬悄悄渡過渭河，截斷敵人的退路，丞相再從渭河北岸發動總攻，前後夾擊，馬超肯定支撐不住。」曹操道：「你的想法正合我意。」便命徐晃、朱靈帶領四千精兵，先去河西山谷埋伏；又令曹洪到蒲阪津準備船筏，留曹仁守寨，自己要親率大軍北渡渭河。

早有細作報知馬超。馬超與韓遂商議說：「曹操不攻潼關，卻要北渡渭河，一定是想切斷我們的後路。我打算帶領一支軍馬先去北岸堵截，阻止曹軍過河。曹操一旦不能渡河，用不了多久，糧食就會供應不上，軍心不穩。我們再沿著南岸發動攻擊，可以一舉擒獲曹操。」韓遂卻主張放曹軍渡河，等曹兵渡到一半的時候，從南岸突然出擊，便可大獲全勝。馬超接受了韓遂的意見，立即安排人去打探曹操幾時渡河。

這一天，日光初起，曹操將人馬分作三部，北渡渭河。曹操先把精銳渡過北岸，開營紮寨，自己帶著一百來名親隨兵將，坐在南岸，親自指揮兵士渡河。忽然身後一陣混亂，有人來報：「一個白袍將軍從後面殺上來了！」眾人都認得是馬超，紛紛擁上渡船逃命，河岸上亂作一團。曹操依然穩坐岸邊，手按寶劍，約束士兵不要亂動。船上一將躍身上岸，高呼：「敵人來了，請丞相趕快下船！」曹操見是許褚，口中還滿不在乎地說：「敵人來了又怎麼樣？」耳聽得人喊馬嘶，蜂擁而來，回頭一看，馬超離自己已不過百步遠近。許褚拉著曹操跑到岸邊，最後一隻渡船已經離開河岸一丈多遠，許褚見形勢危急，背起曹操，縱身一躍，跳上船頭，船上的將士紛紛被晃落水中。這些人都想上船逃命，都用手死死扳住船邊不放，小船晃來晃去，眼看就要被他們掀翻。許褚急得揮刀亂砍，把扳在船邊的兵士驅散，用木篙撐動小船，匆匆朝對岸划去。曹操伏在許褚身邊，一動也不敢動。

馬超趕到河岸，見曹操的小船已經划到河中央，立刻彎弓搭箭，帶領手下沿河追射。一時間箭如急雨，齊向船頭射來。許褚生怕傷到曹操，急忙用手舉起馬鞍遮擋。馬超箭不虛發，船中數十人都被他一一射落水中。小船無人撐划，不再前行，只在湍急的河水中團團打轉。許褚奮起神威，用兩腿夾舵搖撼，一手使篙撐船，一手舉鞍遮護曹操，努力向北岸划去。等眾將聽說曹操在河中遇險，紛紛趕來援救時，曹操已經平安登岸。許褚因為穿了好幾層護甲，敵人射中的箭都嵌在鎧甲上，居然沒有絲毫損傷。

眾將把曹操接到臨時搭建的大寨中，拜伏問安。曹操大笑道：「想不到我今天竟然差點斷送在馬超小賊的手上！」隨即傳令將渡船通通鑿沉，命眾將沿著河岸分頭修築甬道，挖掘壕溝，準備安營固守。

再說馬超回去見到韓遂，懊惱地說：「今天眼看就要捉住曹操，卻突然跑出一員勇將，把曹操背下船去了。也不知那人是誰？」韓遂說：「一定是許褚。典韋死後，他就是曹操身邊第一猛將，勇力過人，人們都稱他為『虎痴』；今後如遇到他，千萬不可輕敵。」

此後馬超、韓遂趁曹操剛剛渡過渭河，立足未穩，接二連三發動攻擊，雙方又打了幾場惡戰，互有勝負。西涼方面損折了不少兵將，而曹操也始終在北岸立不起營寨。曹操心中憂急，索性命令軍士擔土挖沙，要在渭河岸邊築起一座土城。可是河岸邊的沙土質地鬆散，隨築隨倒，怎麼也壘不起來。這時已經到了十一月末，天氣驟然變冷，連陰了好幾天。曹操採納當地土人的建議，在一個北風大作、天寒地凍的夜晚，連夜壘土築牆，一邊築一邊往牆上澆河水，讓水土凍結在一起。一夜工夫，竟然築起了一座堅固的土城。

次日馬超聞知消息，大吃一驚，急忙帶兵前來察看。曹操只帶著許褚一人走出營寨，遠遠地用馬鞭指著馬超，得意地喊：「你總欺負我立不起營寨，如今我一夜之間築起一座城池，你還有什麼話說？不如早早投降吧！」馬超大怒，當時就想衝過去活捉曹操，卻看到曹操背後站著一人，手提鋼刀，正瞪著兩隻怪眼怒視自己。馬超疑心那是許褚，就故意問道：「聽說你軍中有一員虎將許褚，現在哪裡？」許褚聽了，就提刀縱馬上前，大叫：「我就是譙郡許褚！」馬超見他兩眼炯炯放光，威風抖擻，也不敢輕舉妄動，就一句話也不說，掉轉馬頭回營去了。曹操也帶著許褚回歸大寨。兩軍將士看到這番架勢，無不駭然心驚。

曹操回到營中，對眾將說：「敵人也知道我們虎侯的名聲！」從此曹營中都把許褚稱作

「虎侯」。許褚很是得意，拍著胸口說：「明天我一定生擒馬超！」當即寫下戰書，派人送到西涼軍中，指明要與馬超單挑決戰。馬超接到戰書，勃然大怒，說：「簡直是欺人太甚！」當即在戰書上批了「來日誓殺虎痴」幾字，交來人帶回。

次日，兩軍出營布成陣勢。馬超分派龐德為左翼，馬岱為右翼，韓遂坐鎮中軍，自己挺槍縱馬，立於陣前，高叫：「虎痴快出來！」曹操要激勵許褚，故意回頭對眾將讚嘆說：「馬超的英勇，簡直與當年的呂布不相上下！」話音未落，許褚早已拍馬舞刀，衝出陣前。馬超挺槍接戰。兩人鬥了一百多個回合，不分勝負，坐下的馬匹卻都支撐不住了。兩人只好各回軍中換了馬匹，重新回到陣前，又鬥了一百多個回合，還是不分勝負。許褚殺得性起，飛馬奔回陣中，卸了盔甲，露出渾身筋肉，赤著上身再來與馬超決戰。又鬥了三十多回合，許褚奮勇舉刀，向馬超兜頭砍來。馬超側身閃過，回手一槍，朝許褚心窩刺去。許褚招架不及，索性丟了大刀，用手臂將馬超的槍桿挾住。兩個就在馬上奪起槍來。許褚力大，猛一用勁，只聽喀嚓一聲，竟將槍桿拗成兩段。兩人各拿半截槍桿，在馬上亂打。曹操唯恐許褚有閃失，忙令夏侯淵、曹洪兩將上前夾攻。對面龐德、馬岱見曹將一齊殺出，急忙揮動兩翼鐵騎掩殺過來，曹軍大亂。混戰中，許褚胳臂上也中了兩箭，眾將慌忙退入寨中。馬超一直殺到營壕邊，曹軍死傷慘重，拚死守住營寨，再也不敢出來。馬超得勝回營，和韓遂講起大戰許褚的情景，也不禁心有餘悸地說：「我從沒有見過像許褚這樣打仗不要命的，真不愧是個虎痴啊！」

曹操見馬超英勇過人，難以力取，開始考慮用計破他。不久，徐晃、朱靈的一路人馬偷偷繞到河西紮下營寨，對馬超形成前後夾攻的態勢。馬超有些驚慌，便與韓遂等人商議。韓遂的部將李堪建議暫且求和，雙方各自罷兵，挨過冬天，到明年春天天氣轉暖再作計議。馬超雖然有些猶豫，但見韓遂和部將楊秋、侯選等人都贊成求和，就勉強同意了。韓遂便派楊秋為使者，到曹營下書請和。

第三十五回　曹阿瞞離間韓遂　張永年反難楊修

話說楊秋奉命到曹營求和，見到曹操，遞上韓遂的書信。曹操看後，對楊秋說：「你先回去，我改天派人送信答覆。」楊秋走後，曹操找來謀士賈詡，徵求他的意見。賈詡建議先假裝答應退兵，然後行使反間計，使馬超、韓遂相互猜疑，就可一戰成功。曹操聽了非常高興，拍手大笑道：「英雄所見略同，我們想的都一樣！」於是回信通知韓遂，答應講和，一面叫兵卒搭建浮橋，做出要退兵的樣子。馬超看了曹操的回信，仍怕中了曹操的詭計，就和韓遂商量，二人分兵兩路，輪流防備曹操和徐晃兩個方向。

曹操得知韓、馬分兵的消息，高興地對賈詡說：「我的計策成功了！」輪到韓遂防備曹操這一邊的那天，曹操早早親自領兵出營，讓眾將圍繞在他身後，自己一個人騎馬站在中央。韓遂的部下有許多人沒見過曹操，都簇擁到陣前觀看。曹操高聲叫道：「你們是想見我嗎？我也是個普通人，沒有長著四隻眼睛兩張嘴，只不過胸中的智謀多一些罷了！」又派人過陣，請韓遂出來說話。韓遂見曹操不穿鎧甲不帶兵器，便也輕裝出陣，二人馬頭相交，各自挽住韁繩對話。曹操一句不提軍事，只拉拉雜雜地說了一大堆閒話，還不時在馬上放聲大笑。兩人談了有一個多時辰，才回馬作別，各自歸寨。馬超早已得到消息，忙趕來問韓遂都談了些什麼，韓遂說：「不過就聊了聊從前在京城時的舊事罷了。」馬超不相信地問：「難道就沒有談到眼前的戰事嗎？」韓遂說：「曹操不說，我提它幹什麼？」馬超心裡十分疑惑，但沒有多說什麼，就告辭了。

卻說曹操回到大寨，得意地對賈詡說：「你看出我在陣前這番對話的用意嗎？」賈詡卻說：「您的做法雖然巧妙，但還不足以離間韓、馬二人。我有一個辦法，管保教他們自相仇殺。」曹操忙問是何妙計。賈詡說：「馬超是一勇之夫，不識計謀。丞相可親筆給韓遂寫一封信，故意把中間關鍵的地方塗抹改寫，然後封起來送交韓遂。馬超知道消息，一定會索去觀看，看見上面要緊處都被改抹，必然猜疑是韓遂有什麼祕密怕被馬超知道，自己塗改的；我再暗中買通幾員韓遂的部將，讓他們從中挑撥，馬超一定會中計，和韓遂翻臉。」曹操聽了連聲稱妙，當即依計行事，派專人把信送到韓遂的寨中。

果然有人報知馬超。馬超更加疑心，馬上到韓遂的營寨索要信看。馬超見信上有許多塗改，便問韓遂，韓遂說：「原信就是這樣，不知是什麼原因。也許曹操錯將草稿裝進信封送來了。」馬超說：「曹操是多麼精細的人，豈能出這種差錯？一定是叔父有什麼祕密不想讓我知道，把信先塗改了。我和叔父正同心協力對付曹操，叔父為什麼忽然變心？」韓遂見解釋不清，也賭氣地說：「你要是不相信，明天我在陣前，把曹操騙出來說話，你衝出陣去把他一槍刺死，不就完了？」馬超道：「要真是這樣，才見得叔父是一片真心。」

第二天，韓遂叫馬超藏在門影裡，自己帶著侯選、李堪、梁興、馬玩、楊秋五將出陣，請曹操對話。曹操卻派曹洪出陣。曹洪來到韓遂面前欠身行禮，說：「昨夜丞相拜託將軍的事，請千萬不要耽誤。」說完轉身就走。馬超在門旗下聽得一清二楚，當即怒火上衝，飛馬直奔韓遂，舉槍就扎。侯選等五將急忙攔住，好言勸解，韓遂也一再表白自己沒有異心，馬超哪裡肯信，罵罵咧咧地走開了。

韓遂與五將商議，怎樣才能向馬超解釋清楚，楊秋卻說：「馬超倚仗自己英勇，時常欺凌主公，即使打敗了曹操，也不會把大權讓給主公。照我的意思，不如偷偷投降了曹操，還可保全富貴。」韓遂遲疑地說：「我和馬騰是結義兄弟，怎麼忍心背叛他呢？」楊秋說：「事已至此，顧不了那麼多了。」其他將領也紛紛附和。韓遂無奈，只得寫好降書，派楊秋送到曹營。曹操大喜，當場許諾保舉韓遂為西涼侯、楊秋為西涼太守，其餘降將，各加官爵。又令楊秋回去報知韓遂，約定當夜舉火為號，裡應外合，共謀馬超。

韓遂聽說曹操答應加官晉爵，非常滿意，當即吩咐軍士在中軍帳後堆積乾柴，準備舉火，又把侯選、李堪等五將都召在帳中，商議對付馬超。韓遂打算安排一桌酒宴，把馬超騙來，在酒席上動手殺他，又顧忌馬超英勇，猶豫不定。不料此時馬超已經聽到風聲，先叫龐德、馬岱去調撥人馬，自己帶了幾名親隨，悄悄潛入韓遂的營帳窺探動靜。只見五將正與韓遂密語，正聽得楊秋口中說道：「事不宜遲，得趕快動手！」馬超大怒，抽出寶劍直闖進去，大喝一聲，揮劍就朝韓遂的面門剁去，韓遂慌亂之中舉手一擋，整個左手被齊整整砍落下來。五將見勢頭不妙，一齊亮出兵刃。馬超縱步跳出帳外，五將隨後追來，圍住馬超廝殺。馬超手揮寶劍，力敵五將，只見劍光閃處，鮮血飛濺，轉眼間砍翻馬玩，剁倒梁興，其餘三將見勢不妙，各自逃生。

馬超再入帳中來殺韓遂時，韓遂已被手下人救走了。此時帳後燃起大火，各寨士兵都被驚動起來。馬超連忙上馬，龐德、馬岱也都到了，幾人一場混戰，好不容易殺出韓遂的營盤，曹操的大軍又從四面包圍上來。馬超又和龐德、馬岱走散，帶著一百來人衝到渭河橋上。此時天色已經開始發亮，馬超遠遠看見李堪正帶領一隊軍馬從橋下經過，立即挺槍縱馬追了過去，李堪見是馬超，拖槍就逃。恰好于禁從馬超背後趕來，拉開弓弦，衝著馬超背後就是一箭。馬超聽見背後弓弦響，急忙側身閃過，那枝箭恰好射中前面的李堪，落馬而死。馬超回馬來殺于禁，于禁拍馬就走。馬超重新回到渭橋上，曹軍像潮水般湧上前來，亂箭夾射馬超。馬超舞動銀槍撥打，箭矢紛紛落在地上。馬超命令隨從的兵士拚死突圍，無奈曹兵越聚越多，怎麼也衝不出去。馬超急了，在橋上大喝一聲，殺向河北岸的曹軍。隨從的兵士都被曹兵截在後面，只剩下馬超一人，在曹軍陣中左衝右突。突然一枝暗箭飛來，將馬超的坐騎射倒，馬超被一下掀在地上。曹軍從四面圍攏上來。正在危急關頭，龐德、馬岱帶著一支軍馬從西北角上殺了過來。二人救起馬超，找來一匹戰馬給馬超騎了，翻身殺條血路，往西北方向逃走。

曹操聽說馬超逃了，立刻命令眾將：「不分晝夜，一定要追上馬超。得到他腦袋的，賞千金，封萬戶侯；活捉他的，封大將軍。」眾將得了將令，都想爭功，在後面窮追不捨。馬超顧不得人馬困乏，拚命奔逃，隨從的軍士逐漸走散了，那些跟不上的步兵，大都成了曹軍的俘虜。最後馬超身邊只剩下三十餘騎，和龐德、馬岱逃到隴西臨洮去了。

曹操親自帶兵追到安定，看看馬超去遠，實在追不上了，才收兵返回長安。韓遂失去左手，已經成了廢人，曹操履行諾言，封韓遂為西涼侯，就讓他留在長安居住。然後留下夏侯淵鎮守長安，曹操帶著大隊人馬返回許昌。

半路上，眾將紛紛請教曹操：「當初馬超剛剛占據潼關的時候，渭北空虛，丞相不乘機進軍河東，反而在潼關和馬超相持，耽擱了很長時間才北渡渭河，這是什麼道理？」曹操說：「如果我一開始就進軍河東，馬超必然分兵把守各處渡口，徐晃、朱靈就沒有機會偷渡到河西，切斷敵人後路了。用兵之道，關鍵在於隨機應變，不能墨守成規啊。」眾將又問：「每次聽說敵人那邊來了援兵，丞相都好像很高興，這是為什麼呢？」曹操說：「關中地區幅員遼闊，如果敵人分頭占據險要地勢死守，恐怕一兩年也不能完全平定；如今讓他們都聚到一起，人數雖然眾多，但心思不一，容易離間，我可以一舉殲滅所有對手，當然歡喜了。」眾將都佩服地說：「丞相神機妙算，我等望塵莫及。」曹操笑道：「也全靠你們的努力才會成功啊！」曹操回到許昌，獻帝親自出城迎接，又下了一道詔命，特許曹操可以「不必通名，佩劍上朝」，給予他至高的禮遇。從此曹操的威勢更加不可一世。

這消息傳入漢中，卻驚動了漢寧太守張魯。這張魯祖籍沛縣，是漢高祖劉邦的同鄉。他的祖父張陵創建「五斗米道」起家，傳到張魯這一代，已經割據漢中三十多年。此時聽說曹操平定了西涼，擔心他會乘勝進取漢中，就找來他的弟弟張衛、軍師閻圃商議，打算南下奪取益州，吞併劉璋，壯大自己的勢力與曹操抗衡。

益州牧劉璋，字季玉，就是當初劉關張三兄弟從軍時，投靠的幽州太守劉焉的兒子。劉璋生性懦弱怕事，聽說張魯要興兵入川，心中大憂，急忙招聚文武眾官商議對策。忽見一人昂然而出，口稱：「主公放心。我雖不才，願憑三寸不爛之舌，使張魯從此不敢正眼來看西川。」劉璋一看，只見說話的是益州別駕張松。這張松表字永年，生得尖嘴猴腮，鼻塌齒露，相貌奇醜無比，身長不足五尺，嗓音卻十分宏亮。劉璋忙問他有何高見。張松說：「我聽說曹操新近打敗了馬超，聲勢正盛，請主公多備些進獻的禮物，讓我到許都去走一遭，說動曹操出兵進取漢中。張魯一旦全力抵抗曹操，就顧不上進犯西川了。」劉璋大喜，立刻準備了金珠錦緞，做為進獻之物，派張松出使許都。張松卻私下畫了一張西川地形圖，悄悄帶在身邊。

張松到了許都，在館驛中住下，就去相府求見曹操。原來曹操自從擊破馬超回來，更加驕傲自大，每天飲酒作樂，沒有大事很少外出，國家政務都在相府商議決定。張松在丞相府外等了三天，才得到機會把姓名通報進去，又給相府門官塞了許多賄賂，才被引進大堂。只見曹操高高坐在堂上，等張松拜伏行禮後，才大咧咧地問道：「你家主公劉璋這麼多年都不來進貢，是什麼原因啊？」張松說：「只為路途艱難，常有盜賊攔路搶劫，往來不便。」曹操厲聲叱道：「胡說！我已掃清中原，哪裡還有什麼盜賊？」張松滿心不快，也不客氣地回答：「南有孫權，北有張魯，西有劉備，都各據一方，怎麼能說是太平了呢？」曹操一見張松，看他相貌猥瑣，已有五分不喜；又聽他出言頂撞，更加惱怒，當即拂袖而起，轉入後堂去了。在場的官員都責備張松說：「你身為使者，怎麼一點禮貌都不懂，張口就頂撞丞相？虧得丞相看在你遠道而來的情面上，沒有追究你的罪責。你還是趕快回去吧！」張松冷笑道：「我們西川人性子直，不會阿諛奉承那一套！」

忽然階下有一人大聲喝道：「你們西川人不會阿諛奉承，難道我們中原人就愛阿諛奉承嗎？」張松抬眼望去，見說話的人生得單眉細眼，貌白神清，知道也是個能言善辯之士，便上前通問姓名。原來那人是太尉楊彪的兒子楊修，字德祖，現為丞相門下掌庫主簿。楊修博學善辯，智識過人，自恃才學，一向把天下讀書人都不放在眼裡，剛才見張松言語譏諷，忍不住開口責難。

楊修把張松請到外面書院中坐下，攀談起來。楊修問起蜀中的風土人物，張松有心責難楊修，趁機將蜀中險峻的地勢和傑出的人物大大渲染了一番。又問楊修：「你出身公卿世家，為什麼不出仕朝廷、輔佐天子，卻要在丞相府中做一名屬吏呢？」楊修聽了，不覺有些慚愧，勉強回答說：「我雖然位居下僚，卻很得丞相器重，委以調配軍政錢糧的重任。而且每天追隨在曹丞相身邊，能受到很多教益。」張松笑道：「我聽說曹丞相文不明孔孟之道，武不通孫吳兵法，只憑武力把持大權，跟著這樣的人，能得到什麼教益呢？」楊修說：「先生長年居住在邊遠地區，哪裡知道丞相的大才！我就讓您見識見識。」便命人從箱櫃中取出一部書稿，交到張松手裡。張松接過一看，封面上寫著《孟德新書》幾個字，便從頭至尾看了一遍，一共是一十三篇，講的都是用兵的方法。

張松看完，問楊修道：「先生覺得這是一本什麼書呢？」楊修說：「這是曹丞相酌取古代兵法的精要，參照自己的用兵經驗，仿效《孫子兵法》的體例完成的一部大作。你總說丞相無才，難道這部著作不能流傳後世嗎？」張松聽了哈哈大笑，對楊修說：「這部書是戰國時無名氏的作品，我們蜀中三尺高的小孩都會背誦，怎能稱是『新書』呢？曹丞相剽竊他人的著作充當自己的成果，這種手段只好騙騙你罷了！」楊修說：「這是曹丞相的手稿，從未刊行於世，你說蜀中小孩都會背誦，未免太欺人了吧？」張松見他不信，當場就把《孟德新書》從頭到尾背了一遍，竟然一字不差。楊修大驚，佩服地說：「先生過目不忘，真是天下罕見的奇才！」當即請張松暫且在館舍等候，自己趕去求見曹操，舉薦張松。

楊修見到曹操，問他為什麼要怠慢張松。曹操說：「這個人出言不遜，我不喜歡他。」楊修說：「丞相連禰衡那樣的狂士都能容忍，為什麼不接受張松呢？」曹操說：「禰衡文章寫得好，流傳天下，我愛惜他的才華，所以不忍心殺他。張松怎麼能和禰衡相比！」楊修便把剛才張松背誦《孟德新書》的事告訴曹操，稱讚他博聞強記，是少見的人才。曹操沉吟道：「難道是古人和我不謀而合?傳出去倒成了話柄！」便叫人把那部書稿扯碎燒了。楊修再三請求曹操向獻帝舉薦張松。曹操說：「這樣吧。明天我在西校場檢閱軍隊，你先把他帶來，讓他見識一下我們盛大的軍威，叫他回去傳話給劉璋，說等我平定了江南，就來收取西川。」楊修領命走了。

第二天，楊修陪張松一起來到西教場。曹操正聚集五萬虎衛軍在教場操練，但見金鼓震天，戈矛耀日，旌旗揚彩，人馬騰空，場面十分壯觀。張松知道曹操是有意炫耀，也故意擺出一副不屑一顧的樣子。過了一會兒，曹操把張松叫過去，指點著場內問：「你們西川有這樣雄壯的將士嗎？」張松說：「我們西川沒見過這麼多軍隊，全憑仁義待人。」一句話說得曹操變了臉色，狠狠地瞪著他，張松毫不畏懼，急得楊修在一旁向他不停地使眼色，張松只裝作沒看見。曹操壓了壓怒氣，又說：「我的大軍所到之處，戰無不勝，攻無不取，順我者生，逆我者死，你知道嗎？」張松說：「我早就聽說了。丞相濮陽攻呂布，宛城戰張繡，赤壁遇周郎，華容逢關羽，在潼關割鬚棄袍，在渭水奪船避箭，真稱得上是天下無敵了！」曹操見張松專揭他的短處，再也忍耐不住，勃然大怒，喝令左右把張松推出斬首。楊修連忙為張松求情說：「張松雖然該殺，但他是遠來進貢的使者，殺了他恐怕會有失民心。」荀彧等人也在一旁勸解，曹操才免了張松死罪，喝令手下將他亂棒打出。

張松回到館舍，收拾行李，連夜出城回川。半路上，張松暗自思量：「我本來想把西川獻給曹操，誰想到他對人如此傲慢無禮！出來的時候，我在劉璋面前誇下海口，如今灰頭土臉地空手回去，豈不是要被人恥笑？早聽說荊州劉玄德仁義待人，口碑很好，不如從那條路回去，順便看看劉備的為人到底怎樣，再作打算。」拿定主意，便帶著隨從，繞道向荊州地界走來。

第三十六回　劉玄德分兵入西川　趙子龍截江奪阿斗

話說孔明在荊州，時刻留意西川和許昌的動態，得知張松要取道荊州回川，早已做好布置。先派趙雲帶領五百人馬遠赴郢州迎接，陪同張松進入荊州地界，又命關羽在館驛相候，設酒款待，安排歇宿。張松受寵若驚，暗讚劉備寬仁好客，名不虛傳。

第二天用過早餐，三人一同上馬，行不到三、五里，只見一簇人馬迎面趕來。原來是劉備帶著孔明、龐統親自來接。張松慌忙下馬相見。劉備將張松請進荊州城，來到府堂坐定，設宴款待。酒席宴間，劉備只說閒話，一句也不提西川的事。反倒是張松按捺不住，故意用話語挑逗說：「皇叔據守荊州，共有幾郡？」孔明答道：「荊州是暫借東吳的，時常派人來催討。因為我家主公是東吳女婿，才得暫且在此安身。」張松說：「東吳已經有了六郡八十一州，還不知足嗎？」龐統接口說：「別人都依仗武力割據一方，我家主公是堂堂漢朝皇叔，反不能占據州郡，這太不公平了。」劉備忙說：「二位先生不要再說了。我德行淺薄，怎敢有過多非分的想法呢？」張松卻說：「話不能這麼說。皇叔是漢室宗親，仁義遍及四海，別說占據州郡，就算做了皇帝，也是名正言順。」劉備連連拱手辭謝，說：「先生說的太過了，我可擔當不起。」

就這樣，劉備留張松在荊州住了三天，每天陪著他喝酒閒話，就是不提西川的事。第四天，張松告辭，劉備親自在十里長亭設宴送行。劉備舉杯祝酒，對張松說：「今日一別，不知什麼時候才能再次相見。」說著，眼淚就撲簌簌地落了下來。張松見劉備如此仁厚，也有些依依不捨，終於下定決心，把自己去許都的真實想法和盤托出，勸劉備進取西川，自己願做內應。劉備謝過張松的美意，然後說：「劉璋和我是同宗弟兄，如果去奪他的地盤，恐怕會被天下人唾罵。」張松說：「大丈夫處世，當努力建功立業，走在別人前面。皇叔現在不肯去取西川，將來被別人取去，再後悔就晚了。」劉備說：「我聽說蜀中山川險峻，道路崎嶇，就算有心去取西川，也無從著手啊！」張松聽了，便從袖中取出一張地圖，遞給劉備說：「我被皇叔的盛德所感動，冒昧地獻上這張地圖。看了這張圖，蜀中的山川道路便瞭如指掌了。」劉備打開一看，只見上面將蜀中地理行程，遠近闊狹，山川險要，府庫錢糧，都標示得明明白白，不禁喜出望外，連聲稱謝。張松又說：「請皇叔早做準備。我有兩位心腹好友法正、孟達，我回到西川，會想法讓他們到荊州來協助您。」說完告辭啟程。

張松回到益州，先找來好友法正、孟達，把自己的心意說了。法正、孟達早就對劉璋的懦弱無能不滿，聽說張松要把西川獻給劉備，都很贊成。三人一起密謀了很久。

第二天，張松來見劉璋，說曹操不但不肯來救，反而有攻取西川之心。劉璋慌道：「這該如何是好？」張松說：「我有一個辦法，管教張魯、曹操不敢輕犯西川。」劉璋忙問有何辦法，張松說：「荊州劉皇叔與主公同宗，仁慈寬厚，有長者風範。赤壁一戰，打得曹操聞風喪膽，對付張魯就更不在話下了。主公何不派遣使者和他結好，請他出兵相助？」劉璋覺得這個辦法很好，又問張松可充任出使的人選，張松乘機舉薦了法正和孟達。劉璋便寫了一封書信，派法正為使者前往荊州，又命孟達帶領五千精兵接應，迎請劉備入川。主簿黃權、從事王累等人極力勸諫，都認為劉備是個有野心的人，不會甘心被人役使，請他入川無異於引狼入室。劉璋卻根本聽不進去。

法正來到荊州，見了劉備，呈上劉璋的書信。劉備見劉璋請他入川去幫助抵擋張魯，十分高興，親自設宴款待法正。酒席宴上，法正勸劉備乘機奪取西川，做為立足的根基，劉備卻顧慮奪取同宗土地，會被世人恥笑，沉吟不決。經不住龐統、孔明也在一旁鼓動，勸他不要坐失良機，劉備這才終於下定決心。

這一年十月，劉備以龐統為軍師，黃忠為先鋒，魏延為後軍，自己與劉封、關平在中軍，率領五萬馬步兵，起程西行。留下孔明坐鎮荊州，關羽、張飛、趙雲分守襄陽、江陵等地。大軍走了幾天，遇見孟達來接。劉備一進入益州地界，立即先派人通報劉璋，劉璋大喜，一面傳令沿途州郡供給錢糧，一面準備了一千多輛滿載物資糧草的大車，親自率領三萬人馬，趕到離成都三百六十里外的涪城迎接劉備。

此時劉備的先頭部隊已經到達墊沮。一路上號令嚴明，秋毫無犯，沿途百姓扶老攜幼，爭道瞻觀劉皇叔的風采，劉備皆用好言撫慰。不幾日，大軍來到涪城城外，劉璋已先到了。劉備把軍馬屯紮在涪江岸邊，自己進城去見劉璋。二人相見，互訴兄弟之情，都激動得落下淚來。劉璋親自設宴款待劉備，當日盡歡而散。劉璋送走劉備，高興地對眾官說：「劉備果然是個重仁義的人。我有他為外援，還怕什麼曹操、張魯嗎?多虧了張松，讓我結識了這樣一個好兄弟！」說著脫下身上穿的綠袍，連同黃金五百兩，派人到成都賞給張松。部將劉瑰、冷苞、張任、鄧賢等人都提醒說：「主公先別忙著歡喜。劉備柔中有剛，城府深不可測，我們還要留個心眼。」劉璋卻笑他們多慮，完全不以為意。

那邊法正卻接到張松的密信，叫他設法說動劉備，利用涪城相會的絕好時機，下手除去劉璋，奪取西川。法正便和軍師龐統商議，一同來見劉備，勸他次日藉口回請劉璋，預先在壁廂埋伏下刀斧手，席間擲杯為號，當場殺死劉璋，西川唾手可得。劉備聽了連連擺手說：「劉璋是我同宗，誠心實意地對待我，我怎能殺他？何況我剛到蜀中，恩信未立，就幹這種傷天害理的事，一定會遭到百姓的怨恨。此事絕不可行！」二人再三勸說，劉備始終不肯答應。

第二天，劉備又和劉璋一起飲酒歡聚。龐統私下與法正商議說：「事到如今，由不得主公了。」便找來魏延，叫他到酒宴上舞劍助興，尋機刺殺劉璋。又在堂下安排了許多武士，只等魏延一下手，就衝進去增援。劉璋手下眾將見魏延在酒宴上舞劍，又見階下武士個個手按刀劍，兩眼直勾勾地望著堂上，知道情勢不妙，大將張任掣出寶劍，說一聲：「舞劍必須有對，我願和魏將軍同舞。」便和魏延揮劍對舞起來。魏延向劉封使了個眼色，劉封也拔出佩劍，上前助舞。劉瑰、冷苞、鄧賢等人見了，也紛紛掣劍上前，說：「我們不妨群舞一場助興。」劉備見氣氛不對，大吃一驚，急忙抽出佩劍，站起身喝道：「這裡又不是鴻門宴，你們舞刀弄劍的幹什麼？趕快把手中的劍扔掉，不聽命令的立刻斬首！」劉璋也喝叱道：「我們兄弟相聚，你們帶刀幹什麼？」命令在場的人都把隨身佩帶的兵器摘掉。劉備把劉璋部下眾將叫到面前，親自為他們一一斟酒，撫慰道：「我與你們主公情同骨肉，在一起商議大事，沒有別的意思，你們不要疑心。」眾將只好拜謝過劉備，退下堂去。劉璋和劉備繼續歡飲，一直喝到天黑才各自散去。劉備回到大寨，責備龐統說：「難道先生非得把我陷入不仁不義的境地不可嗎？今後再也不許這樣了。」龐統口中答應，心裡卻暗叫「可惜」。

再說劉璋回到寨中，劉瑰等人都說：「主公見到今天席上的情景了吧？不如早點返回成都，免生後患。」劉璋卻說：「劉備是我兄長，非比他人，你們不必多疑。」眾將說：「即使劉備沒有此心，他手下人也都想吞併西川，以圖富貴。」劉璋根本聽不進去，還生氣地說：「你們不要離間我們兄弟的感情。」依舊每天和劉備飲酒歡敘。過了幾天，探馬報說張魯已經整頓兵馬，來犯葭萌關，劉璋便請劉備前往拒敵。劉備慨然允諾，當天就帶著本部人馬往葭萌關去了。劉瑰等將都勸劉璋派大將緊守各處關隘，以防劉備譁變。劉璋起初堅決不肯答應，後來經不住眾人苦苦相勸，便留下白水都督楊懷、高沛二人鎮守涪水關，自己返回成都去了。

劉備入川的消息傳到東吳，孫權立即召集文武商議，準備乘荊州空虛，盡起大軍來奪荊襄，只是顧慮妹妹孫夫人還在荊州，戰事一開，恐怕性命難保。張昭獻上一計，建議孫權派一名心腹悄悄潛入荊州去見郡主，謊稱吳國太病危，要見女兒最後一面，把郡主星夜騙回東吳。最好能把劉備的獨子阿斗一起帶來，要挾劉備用荊州來交換。孫權聽了連稱妙計，便找來家將周善，祕密叮囑一番，命他帶領五百軍士潛入荊州，將孫夫人接回東吳。

周善領命，將五百軍士裝扮成商人模樣，分乘五隻大船，船內暗藏兵器，沿水路來到荊州。周善命隨行軍士把船停泊在江邊等候，自己進城來見孫夫人。孫夫人聽門吏通報江東來人，急忙召入相見。周善遞上吳侯孫權的密信。孫夫人聽說國太病危，急得直落眼淚，追問詳情。周善早已準備好說詞，扯謊道：「國太病得十分厲害，終日思念夫人，回去遲了，恐怕來不及見上最後一面。請夫人帶上阿斗，隨我趕快返回江東。」孫夫人說：「皇叔帶兵遠出，我要回東吳，須派人通知諸葛軍師一聲，才能動身。」周善道：「倘若軍師回覆說：須報知皇叔才可下船。豈不耽誤了工夫？我已經在江邊準備好船隻，請夫人現在就上車出城吧。」孫夫人聽說母親病危，心中亂了方寸，就聽從了周善的主意，將七歲的孩子阿斗載在車中，帶著三十多名隨從，各跨刀劍，上馬出城。等到府中人向上通報時，孫夫人已到沙頭鎮，下在船中了。

周善正要開船，忽聽得岸上有人大叫：「不要開船，我來與夫人餞行！」原來趙雲剛剛巡邏回來，聽得這個消息，大吃一驚，急忙上馬，只帶著四、五騎隨從，匆匆沿江趕來。周善手執長戈，大聲喝道：「你是什麼人，敢攔擋夫人！」喝令手下一齊開船，又命隨行軍士各自亮出兵器，擺列在船上。幾隻大船順著風勢，急速地向下流駛去。趙雲沿著江岸一路追趕，邊趕邊叫：「任憑夫人回去，我不阻攔，只容我說一句話。」周善也不理睬，只是催動船隻快走。

趙雲沿江追了十多里，忽然看見江灘上斜纜著一隻漁船。趙雲立即棄了馬匹，提槍跳上漁船，只帶著兩名駕船的漁夫，飛一般地朝著孫夫人所坐的大船趕來。周善忙叫軍士放箭。趙雲用槍撥打，射來的箭都紛紛落進水裡。眼看離大船只有一丈多遠了，趙雲把長槍扔在小船上，掣出腰間的青釭寶劍，撥開吳兵亂刺過來的槍尖，瞄準大船縱身一躍，早已登上大船的船頭。船上的吳兵見了，都嚇得倒在地上。

趙雲進入船艙，只見孫夫人正懷抱阿斗坐在艙中，便收起寶劍，施禮問道：「夫人要去哪裡？為什麼不通知軍師一聲？」孫夫人說：「我母親病危，我急著趕去探望，來不及通知軍師。」趙雲說：「夫人過江探病，為什麼要帶著小主人？」孫夫人說：「阿斗是我的兒子，留在荊州，無人照看。」趙雲說：「主公一生，只有這一個親生骨肉，是小將當年在長阪坡百萬軍中拚命救出來的，不能讓夫人隨便抱走。」孫夫人惱怒地說：「你不過是皇叔帳下的一名將領，有什麼資格干涉我們的家事！」趙雲毫不畏縮，堅持說：「夫人要走就走，只請把小主人留下。」孫夫人喝道：「你半路上闖入船中，難道想造反嗎？」趙雲說：「不留下小主人，我就是豁上這條性命，也不敢放夫人離開。」孫夫人喝令侍婢上前揪打趙雲，被趙雲一把推倒，就勢從孫夫人懷中奪過阿斗，抱出船艙。想要停船靠岸，卻沒有幫手；想要動武，又似乎沒有道理，一時間竟然進退兩難。趙雲只得一手抱住阿斗，一手揮動寶劍，讓眾人不敢靠近。周善在後艄把舵，只顧放船快行。風順水急，眼見得大船離江岸越來越遠，趙雲站在船頭只能護住阿斗，卻是束手無策。

正在危急關頭，忽見下游港灣內一字兒駛出十多隻快船，當頭船上一員大將，手執長矛，高聲大叫：「嫂嫂把姪兒留下再走！」原來是張飛聽得消息，急忙趕來油江口，正好把東吳的船隻截住。當下張飛提劍跳上吳船。周善見張飛上船，提刀來迎，被張飛手起一劍砍倒，割下腦袋扔在孫夫人面前。孫夫人嚇了一跳，慌道：「叔叔為何如此無禮？」張飛說：「嫂嫂不以俺哥哥為重，私自回家，這才是無禮！」孫夫人說：「我母親得了重病，十分危急，如果等你哥哥同意再回去，事情就耽誤了。如果今天你不放我回去，我情願投江自盡！」

張飛和趙雲商議：「要真是逼死了夫人，也不好向哥哥交代，不如放她回去，只把阿斗留下就行了。」趙雲也是這個意思。張飛便回頭對孫夫人說：「俺哥哥是大漢皇叔，也不辱沒嫂嫂。嫂嫂回到江東，要是還感念哥哥的恩情，就早早回來。」說完，抱起阿斗，和趙雲跳回自己的戰船，放孫夫人的船隻走了。這時孔明也帶著大隊船隻趕來，見阿斗已經奪回，十分歡喜。三人一起返回荊州。孔明自去寫信送往葭萌關，報告劉備知道。

孫夫人回到東吳，把張飛、趙雲截江奪阿斗，殺了周善的經過告訴孫權。孫權大怒，當即就要起兵攻取荊州。正在調動軍馬，忽然接到急報，說曹操起軍四十萬來報赤壁之仇。孫權大驚，只得先把荊州放在一邊，商議拒敵曹操。

此時曹操已脅迫漢獻帝晉封自己為魏公，凌駕於百官之上，篡權奪位的野心暴露無遺，所作所為也一天天跋扈專橫起來。侍中荀彧對他的行徑表示不滿，多次直言勸諫，得罪了曹操，竟被他逼迫，服毒自盡。建安十七年冬，曹操興兵再下江南，與東吳在濡須口激戰數月，不能取勝。眼見天氣轉暖，春水漸漲，北方軍隊不習水戰，相持下去對己不利，就留下張遼、樂進、李典等人鎮守皖城，自引大軍回許昌去了。

卻說劉備在葭萌關駐守，時間一長，很得百姓擁戴。這一日聽說曹操興兵進犯濡須，便找來龐統商議。劉備說：「曹操攻擊孫權，不論哪方得勝，下一步都會進取荊州，我們有何對策呢？」龐統說：「有孔明在那裡留守，主公儘管放心。我們倒不妨藉機試探一下劉璋。請主公給劉璋寫封信，就說曹操攻擊孫權，孫權向荊州求救。荊州與江東唇齒相依，不能不出手相援。我們打算帶兵回荊州去救孫權，無奈兵少糧缺，希望劉璋看在同宗的情誼上，借給我們三、四萬精兵、十萬斛軍糧應急。等得到了軍馬錢糧，再作下一步打算。」

劉備於是派人去成都向劉璋求助。使者路過涪水關，守關將領楊懷、高沛得知使者此行的用意，就留下高沛守關，楊懷陪同使者一起來到成都。劉璋看過劉備的書信，問楊懷為什麼同來。楊懷說：「我專為此信而來。劉備自從入川以來，廣布恩德，收買民心，明顯居心不善。如今又求借軍馬錢糧，主公千萬不可答應，助長他的勢力。」劉璋說：「我和劉備情同兄弟，怎能不助？」但禁不住黃權、劉巴等眾多官員苦苦勸諫，劉璋也有些心動，最後只答應撥給劉備四千名老弱殘兵、一萬斛米，叫使者回報劉備。同時命令楊懷、高沛緊守關隘，密切監視劉備的動向。

使者回到葭萌關，將劉璋的回信交給劉備。劉備看罷，勃然大怒，大罵劉璋：「我為你抵禦敵人，費力勞心，你卻這樣吝惜財物，怎麼能使士卒出力呢！」當即撕毀回信，把使者轟了出去。龐統說：「主公一向以仁義為重，今日一怒之下撕毀了劉璋的書信，把以前的情誼都拋棄了。」劉備也覺得自己有些魯莽，便問龐統：「事已至此，該怎麼辦呢？」龐統說：「我有三條計策，請主公自己選擇。馬上挑選精兵，日夜兼程奔襲成都，是上策；裝作起程要回荊州，把楊懷、高沛騙來殺了，奪下涪水關，先占領涪城，再進兵成都，是中策；連夜撤回荊州，以後再尋找機會，是下策。」劉備想了想說：「上策太急，下策太緩，就採取中策好了。」便寫信給劉璋，假稱曹軍突襲荊州，自己急著回去迎敵，來不及當面告辭，派人送往成都。

不想張松在成都聽說劉備要回荊州，信以為真，連忙寫信勸阻，叫劉備不可半途而廢，趕快進兵成都，自己願作內應。信剛寫好，恰巧他的哥哥廣漢太守張肅來訪，張松急忙把信塞在衣袖中，陪張肅聊天說話。張肅見張松神色不定，心中疑惑。張松取酒和張肅共飲。敬酒的時候，無意中把那封信掉在地上，卻被張肅的從人拾起。席散後，從人把信呈給張肅，張肅一看信中內容，大吃一驚，連夜去向劉璋舉報，說張松和劉備同謀，要獻西川。劉璋大怒道：「我平日沒有虧待他，他竟然敢暗地謀反！」當即下令捉了張松全家，押到市曹全部斬首。劉璋這才相信劉備真的有心要奪他的基業，連忙傳令各處關隘，加緊把守，不許放荊州一人一騎入關。

第三十七回　落鳳坡中箭失龐統　巴郡城仗義收嚴顏

此時劉備已帶兵返回涪城，先派人上涪水關通報，請楊懷、高沛出關話別。龐統對劉備說：「楊懷、高沛如果欣然前來，要提防他們行刺；如果不肯來，我們便一刻也不能耽擱，馬上起兵奪關。」正說間，人報楊、高二將前來送行。劉備令軍馬歇定，自己身披重鎧，佩好寶劍防身。龐統吩咐魏延、黃忠：「只要是關上來的軍士，不問多少，一個也不要放回。」二將得令而去。

剛剛布置妥當，楊懷、高沛二人已經帶著二百軍兵，牽羊送酒，來到軍前。劉備、龐統迎入帳中，相互敬酒謝別。各飲一杯之後，劉備道：「我有密事要與二位將軍商議。」便叫人將隨他們同來的二百軍士帶出中軍。等從人散盡，劉備大喝一聲：「左右為我拿下二賊！」帳後劉封、關平應聲而出，一人一個，將楊、高二人捉住。劉備喝問二人：「我和你家主公是同宗兄弟，你二人為什麼要離間我們的親情？」龐統令左右搜他們身上，果然各搜出利刃一柄，便對劉備說：「二人意圖行刺，應該處死。」劉備還有些猶豫，龐統已經喝令刀斧手將楊懷、高沛推出帳外斬了。

此時黃忠、魏延早把同來的二百軍士全部拿下，不曾走脫一個。劉備把他們喚入大帳，賞賜酒食，好言撫慰了一番。龐統便許下重賞，要他們帶路取關。他們都表示願意，就連夜帶領大軍出發。前軍來到涪水關下，叫道：「二位將軍有急事回來，趕快開關。」城上聽得是自家軍馬，立刻打開關門，大軍一擁而入，兵不血刃，得了涪水關。城中的蜀兵都降順了劉備。

第二天，劉備大設酒宴，慰勞將士。喝到酒酣耳熱的時候，劉備興奮地對龐統說：「今天這頓酒喝得可真快樂啊！」龐統也有了幾分酒意，隨口說道：「把攻占別人的地盤當作自己的快樂，這可不是仁義的行為。」劉備被龐統頂撞了一句，很不高興地說：「你的話好沒有道理！快退出去！」龐統大笑一聲，離席而去。左右也把劉備扶入後堂歇息。劉備睡到半夜，酒醒了。身邊的侍從把酒席上發生的事對他說了，劉備十分懊悔。次日一早升堂，劉備一見到龐統，連忙道歉說：「昨天我喝醉了，如果言語上有冒犯先生的地方，請不要介意。」龐統笑著說：「我們都有失言，怎麼會是您一個人的錯呢？」說著兩人都大笑起來，依然和睦如初。

劉璋得知劉備殺了楊懷、高沛，奪了涪水關，心中大驚，忙令劉瑰、冷苞、張任、鄧賢四將率領五萬大軍趕往雒城把守。雒城是成都的重要屏障，此城一失，成都難保。四人商議，由劉瑰、張任留守雒城，冷苞、鄧賢則分兵兩萬，在離城六十里遠的地方，依山傍險，紮下兩座大寨，攔住劉備西進的道路。

劉備接到探報，決定先破城外營寨，再取雒城。他召集眾將問道：「誰敢去取冷苞、鄧賢寨柵，建立頭功？」老將黃忠第一個站出來應道：「老夫願往。」劉備勉勵了幾句，發下軍令。黃忠謝過劉備，轉身要走，忽然帳下一人喊道：「老將軍上了年紀，怎麼去得？不如讓給小將吧！」劉備一看，原來是魏延。黃忠說：「我已領下將令，你為何又來爭功？」魏延道：「人老不以筋骨為能。冷苞、鄧賢都是蜀中名將，血氣方剛，我怕老將軍勝不過他們，誤了主公大事，所以情願相替，原是一番好意。」黃忠大怒道：「你說我老，敢和我比試武藝嗎？」

魏延笑道：「好好，我們就在主公面前比試一場，贏得的便去，怎麼樣？」黃忠二話不說，快步跑下臺階，招呼小校趕快把他的大刀取來。劉備急忙攔住，說：「不可！我這次領兵入川，全仗你二人出力。如今兩虎相鬥，必有一傷，會耽誤了我的大事。」龐統說：「你二人不必相爭。如今冷苞、鄧賢紮下了兩座營寨，你們帶領本部軍馬各打一寨，誰先奪下營寨，便是頭功。」當下分定黃忠打冷苞寨，魏延打鄧賢寨。二人各自領命去了。龐統擔心二人半路又起爭執，又叫劉備帶著劉封、關平，率領五千軍馬隨後接應。

魏延一心要奪頭功，派人探清黃忠營中是四更造飯，五更起兵，便傳令本營將士，二更造飯，三更起兵，天亮之前要趕到鄧賢寨邊。當晚軍士都飽餐一頓，馬摘鈴，人銜枚，捲旗束甲，準備停當。次日三更前後，魏延拔寨出發。走到半路，魏延尋思：「只去打鄧賢的寨子，顯不出我的能耐，不如先去打冷苞寨，再乘勝攻打鄧賢。兩處功勞，都是我的。」便在馬上傳令，叫軍士改向左邊山路進發。

天色微明，已離冷苞寨不遠，魏延叫軍士稍作歇息，把金鼓旗旛、槍刀器械都拿出來備好。不料被敵人的巡哨發現，飛報入寨，冷苞已有準備了。一聲炮響，三軍上馬，殺將出來。魏延縱馬提刀，與冷苞接戰。戰到三十來個回合，川兵分兩路夾攻過來。魏延的人馬走了半夜，人困馬乏，抵擋不住，漸漸敗退下來。川兵隨後趕來，漢軍大敗。走不到五里，山背後鼓聲大震，鄧賢引一支軍馬從山谷裡截殺出來，大叫：「魏延快下馬投降！」魏延策馬飛奔。那馬忽然失了前蹄，一下跪倒在地，將魏延掀將下來。鄧賢飛馬趕到，挺槍就刺。眼見槍尖就要戳在魏延身上，忽然一箭飛來，將鄧賢射落馬下。後面冷苞正要來救，只見一員大將從山坡上躍馬衝來，大叫：「老將黃忠在此！」舞刀直取冷苞。冷苞抵敵不住，回馬敗走，黃忠乘勢追趕，一直殺到寨前。冷苞只得棄了左寨，帶著敗軍逃向右寨。

來到寨前，卻見寨中已經換了旗幟，寨前立著一員大將，金甲錦袍，正是劉備，左邊劉封，右邊關平，大喝道：「寨子已經被我奪了，你往哪裡逃！」冷苞大驚，見兩頭無路，慌忙轉進山間小路，向雒城逃竄。走了不到十里，狹路兩邊突然殺出一支伏兵，搭鉤齊舉，把冷苞活捉了。原來卻是魏延自知犯了軍令，罪責不小，便收拾後軍，找了一名投降的蜀兵帶路，在這裡埋伏，正好捉住了冷苞，押回劉備大營。劉備見魏延捉了冷苞，將功折罪，不再處罰他，只令他拜謝黃忠救命之恩，今後不許相爭。

劉備重賞了黃忠，又叫人把冷苞押到帳下，親自為他鬆綁，勸他投降。冷苞滿口答應，又主動請求回雒城，說動劉璝、張任獻城投降。劉備大喜，當即發還他的鞍馬兵器，放他回去。魏延說：「此人脫身一去，肯定不會再回來了。」劉備卻說：「我以仁義待他，他怎會辜負我呢！」

冷苞回到雒城，見了劉璝、張任，只說自己殺了十多個守衛，奪得馬匹逃回，絕口不提被劉備放回的事。不幾日，劉璋派妻舅吳懿，副將吳蘭、雷同帶著二萬軍馬來到雒城增援。冷苞建議掘開涪江，用江水淹沒劉備的營寨。吳懿便撥給冷苞五千士兵，讓他去涪江上游決水。不想蜀營中有位隨軍的參謀彭羕是法正的好友，聽到消息便溜出城來報知法正。劉備密令魏延、黃忠輪流巡守江岸，正遇川兵破堤決江，急忙引軍殺散。冷苞也被魏延活捉，解回大營。劉備痛責冷苞不守信義，下令把他殺了。

劉備整頓軍馬，準備進取雒城。龐統向法正打聽到前往雒城有兩條道路，就對劉備說：「我以魏延為先鋒，走山南小路；主公令黃忠做先鋒，走山北大路，我們在雒城城下會合。」劉備說：「我自幼熟習弓馬，慣走小路。還是軍師走大路吧。」龐統道：「大路必有敵軍攔截，主公可以迎戰。還是我走小路。」劉備見龐統執意堅持，只好答應。臨出發前，劉備見龐統的坐騎不太馴服，就把自己的白馬與他調換了，兩人分頭領軍而行。

卻說雒城中吳懿、劉等人見折了冷苞，知道劉備必來攻城，聚在一起商議對策。張任說：「城東南山間有一條小路，最為要緊，由我親自去把守。眾位留守雒城，不可大意。」就帶著三千軍馬，先來抄小路埋伏。剛剛隱蔽妥當，就見魏延帶兵走來，張任叫放他過去，不可打草驚蛇。不久，又見龐統大軍到來，張任手下軍士遠遠指著軍中主將告訴張任：「那個騎白馬的一定是劉備。」張任大喜，立刻傳令弓箭手準備。眼見龐統走到近前，張任一聲令下，兩邊山坡上箭如飛蝗，只望騎白馬的射來。龐統躲避不及，竟然被一陣亂箭射死在落鳳坡前，年僅三十六歲。漢軍擁塞在狹窄山路上，進退不得，死傷大半。

魏延在前隊得知消息，匆忙回馬來救，被張任用強弓硬弩阻住。魏延無奈，索性掉轉馬頭，仍向雒城殺去。雒城守將吳蘭、雷同出城迎戰，後面張任也引兵追來，前後夾攻，把魏延圍在垓心。正在危急，老將黃忠從大路殺到，救出魏延。此時蜀軍傾巢殺出，劉備抵敵不住，連連敗退，只得棄了兩座營寨，一路退回涪水關休整。

劉備一行退回涪水關，得知龐統連人帶馬被亂箭射死在落鳳坡下，不禁放聲大哭。眾將也紛紛落淚。黃忠道：「如今折了龐統軍師，張任必然來攻打涪水關，我們如何抵禦？不如趕緊差人回荊州，請諸葛軍師前來相助。」劉備便寫了一封書信，叫關平火速趕往荊州去請孔明。自己帶領黃忠、魏延固守涪水關，不再出戰。

卻說孔明在荊州，一直掛念西川戰事。這一天聞報關平趕到，孔明當即臉色大變，料知前線必然有重大變故發生，急忙召關平入內。孔明打開劉備的書信，見上面寫著：「七月初七日，龐軍師在落鳳坡前中箭身亡。」不禁痛哭失聲。哭罷，孔明把劉備的信給眾官傳看，說：「既然主公在涪水關進退兩難，我不得不去相助。」便叫過關羽，鄭重託付道：「保守荊州的重任，就交付在將軍身上。」關羽慨然允諾。孔明把荊州的印綬交給關羽，諄諄叮囑道：「我有八個大字送你：『北拒曹操，東和孫權。』希望將軍牢記在心。」關羽說：「軍師的囑咐我自當銘刻肺腑，請軍師放心。」

當下孔明交割了印綬，又令文官馬良、伊籍、向朗、糜竺，武將糜芳、廖化、關平、周倉，一班人輔佐關羽，同守荊州。隨即調兵遣將，準備入川。孔明分兵兩路，先命張飛帶領精兵一萬，從大路殺奔巴州、雒西；自己則親率一萬五千兵馬，以趙雲為先鋒，沿江而上，兩路約定在雒城會師。臨分手前，孔明叮囑張飛道：「西川人才很多，不可輕敵。在路上要體恤將士，愛撫百姓，希望能早日到雒城相會。」張飛欣然答應，各自上馬而去。

單說張飛領兵前進，果然謹記孔明的囑咐，所到之處秋毫無犯，收降了不少城池。這一天將到巴郡，細作回報：「巴郡太守嚴顏據住城郭，不豎降旗。」張飛大怒，便叫大軍離城十里紮下營寨，叫過一個小軍，吩咐道：「你進城去見那老匹夫，叫他早早投降，饒他滿城百姓性命；如拒不歸順，我就踏平城郭，殺他個老幼不留！」

那嚴顏是蜀中名將，雖然年紀已高，精力不衰，善開硬弓，使大刀，有萬夫不當之勇。當日聽說張飛兵到，正要出城迎敵，忽然有一名小軍來叫城門，聲稱是張將軍派來傳話的，嚴顏便叫人把他放進城中問話。那軍士見到嚴顏，把張飛的話照直轉述。嚴顏氣得暴跳如雷，大罵：「匹夫竟敢如此無禮！我嚴將軍豈是肯投降的人！」當即命令武士把送信人割下耳、鼻，放回城外。小軍回見張飛，把嚴顏毀罵的話哭訴一遍。張飛大怒，咬牙睜目，披掛上馬，帶著幾百名騎兵飛馬趕到巴郡城下，單挑嚴顏決戰。不料嚴顏早已打定主意，堅守不出，只叫軍士在城上百般痛罵。張飛性急，幾番殺到吊橋，要過護城河，都被亂箭射回。直到天黑，也沒有一個人出城應戰，張飛只得忍了一肚子氣，悻悻回寨。

次日早晨，張飛又引軍去城下挑戰。那嚴顏在城樓上看得清楚，瞄準張飛一箭射來，正中張飛頭盔。張飛怒不可遏，指著嚴顏恨聲大罵：「等我拿住你這老匹夫，吃你的肉！」到晚又是空回。第三天，張飛帶兵繞著城牆走了一圈，發現四周都被亂山包圍，便親自騎馬上山，觀察城中情形。只見西川軍士都披掛整齊，伏在城中；又見民夫來來往往，搬磚運石，相助守城。張飛便叫馬軍下馬，與步軍席地而坐，引誘嚴顏出戰，然而一連兩天，城中毫無動靜。張飛在寨中自思：「終日叫罵，敵人只不出戰，如何是好？」猛然想得一計，把精兵埋伏在營中，只派三、五十個老弱殘兵，到城下叫罵，想引嚴顏出城廝殺。不料一連罵了三天，嚴顏仍然不出。張飛眉頭一皺，又生一計，傳令軍士不要再去罵戰，都分散到四周山上砍打柴草，尋找繞過巴郡的捷徑。

嚴顏在城中，一連幾天不見張飛動靜，心中疑惑，便找來十幾個小軍，讓他們扮作張飛砍柴軍士的樣子，悄悄出城，探聽消息。當晚收軍回營，這些軍士混雜在張飛軍內，潛入大寨。只見張飛坐在寨中，頓足大罵：「嚴顏老匹夫，氣死我了！」卻見帳前有人稟報：「將軍不必焦躁，這幾天已經打探到一條小路，可以偷偷繞過巴郡。」張飛故意大叫：「既有這個去處，怎不早來報告？」軍士回答：「也是剛剛打探出來的。」張飛當即傳令：「事不宜遲，今晚二更造飯，三更起兵，悄悄出發，我親自在前面開路。」派人拿著令旗滿寨通報。

探細的川兵聽到這個消息，趕緊溜回城中，報告嚴顏。嚴顏大喜道：「我早料定這匹夫忍耐不住。你偷小路過去，糧草輜重必定落在後面，我截住你的後部，看你怎麼過去！」立刻傳令全軍，今夜也二更造飯，三更出城，準備迎敵。

看看將近午夜，嚴顏全軍飽餐一頓，披褂停當，悄悄出城，在山邊樹木叢雜的地方四散埋伏，只等張飛率領前隊過去，就擊鼓為號，劫住後隊，奪取糧草。約莫三更前後，遠遠望見張飛親自在前，橫矛縱馬，帶著一隊人馬悄悄走了過去。隔著不到三、四里的距離，後面的車仗人馬也陸續走了過來。嚴顏看得明白，傳令擂鼓，四下伏兵一齊殺出。嚴顏一馬當先，便來搶奪車仗。忽聽背後一聲鑼響，閃出一員大將，大喝：「老賊休走！我等的就是你！」嚴顏猛回頭一看，只見那人豹頭環眼，燕頷虎鬚，手使丈八矛，胯下深烏馬，正是張飛。此時四下裡鑼聲大震，有無數人馬殺到。嚴顏猛然見到張飛，手足無措，只得勉強上前迎戰。兩馬相交，戰了不到十個回合，張飛賣個破綻，嚴顏一刀砍來，張飛閃過，趁勢欺過身去，一把扯住嚴顏的勒甲絛，將他生擒過來，擲在地上。眾軍一擁而上，用繩索緊緊綁縛起來。

原來先前過去的是假張飛。張飛料到嚴顏會擊鼓為號，他卻用鳴鑼為號；鑼聲一響，各路人馬一齊殺到。川兵見主將被擒，紛紛放下兵器投降。張飛殺到巴郡城下，兵不血刃便奪下城池。

張飛傳令不許傷害百姓，一面出榜安民，一面來到官廳坐定，叫刀斧手將嚴顏推上大堂。張飛怒目咬牙，大聲喝問：「大軍到此，你為什麼拒不投降，反而興兵頑抗？」嚴顏全無懼色，回叱張飛道：「你們不顧信義，犯我州郡！我們西川只有斷頭將軍，沒有投降將軍！」張飛大怒，喝令刀斧手推出斬首。嚴顏喝道：「賊匹夫！要殺便殺，發什麼脾氣！」張飛見嚴顏聲音雄壯，面不改色，不由得化怒為喜，走下階來喝退左右，親自為嚴顏鬆開綁繩，把他扶到堂上正中位子坐下，然後低頭拜倒，口稱：「剛才言語多有冒犯，請不要見怪。我早知道老將軍是個英雄豪傑，十分敬仰。」嚴顏被張飛的誠意所打動，終於答應歸降。

當下張飛和嚴顏商議進兵之計。嚴顏道：「從這裡到雒城，沿途的守禦關隘都是老夫所管。為答報將軍的恩德，我情願充當前部，叫沿途守將都出來投降。」張飛連聲稱謝。於是以嚴顏為前部，張飛領軍隨後，所到之處，都由嚴顏招降。遇到有人猶豫不決，嚴顏就現身說法道：「連我都投降了，你還硬撐什麼？」於是一路望風歸順，不曾廝殺一場，就早早趕到雒城城下。

第三十八回　金雁橋孔明擒張任　葭萌關張飛鬥馬超

且說劉備在涪水關，早已得知孔明入川的探報，計算行程，這幾日就將趕到，便和黃忠、魏延分兵三路，二次殺向雒城，來與孔明會合。與張任等一連交戰三天，難分勝負。到第四日，劉備又引軍攻打了一整天，眼看紅日偏西，人馬漸漸疲乏，剛剛下令回師，不料張任帶領蜀軍突然殺出城門，反撲過來。漢兵猝不及防，被衝得七零八落。張任叫副將吳蘭、雷同敵住黃忠、魏延，自己直入中軍來捉劉備，劉備抵敵不過，只得撥馬望山間小路逃走，張任在後面緊追不捨。眼看要被張任趕上，忽然前面殺出一支軍馬，為首一員大將，正是張飛。劉備大喜。張飛殺退張任，過來與劉備相見。劉備驚異地問：「沿途有眾多關隘，你為何長驅大進，來得比諸葛軍師還快？」張飛就把義釋嚴顏的經過說了一遍，又把嚴顏引見給劉備，劉備鄭重地向嚴顏道謝，還把身上的黃金鎖子甲脫下，贈給嚴顏。

第二天，張任出城挑戰，張飛出馬迎敵。戰了不到十個回合，張任假裝敗退，繞城逃走。張飛竭力趕去，卻被吳懿帶領一支人馬截了後路，張任也回馬殺來，兩路夾攻，把張飛圍在垓心，進退不得。正在無可奈何之際，趙雲帶著一隊軍馬從江邊殺來，挺槍躍馬，與吳懿交鋒；只一個回合，就生擒吳懿，救出張飛。張任見敵人援軍趕到，退回城中去了。張飛、趙雲便押著吳懿回寨。

二人回到大寨，見孔明等人已在帳中。張飛趕忙下馬參見軍師。孔明已從劉備口中得知張飛義釋嚴顏的事，高興地稱讚張飛：「張將軍能用計謀，可喜可賀。」趙雲押上吳懿，劉備勸他投降，吳懿答應了。孔明向吳懿打探城中虛實，吳懿說：「城中的主將是劉璋的兒子劉循，實際領兵的是劉瑰、張任二人。劉瑰還不打緊，那張任是土生土長的蜀郡人，極有膽略，不可輕敵。」孔明當即決定：「先捉張任，後取雒城。」

孔明帶著吳懿等人親自到城邊查看地形，見城東有一座金雁橋，橋南五、六里有一片蘆葦叢，是埋伏兵馬的好地方，孔明便騎著馬，橋頭河邊仔細看了一圈。回到寨中，孔明調兵遣將，分頭埋伏停當，然後親自帶兵前去誘敵。

此時劉璋又派卓膺、張翼二將，前來雒城助戰。張任叫張翼與劉瑰守城，自己和卓膺分為前後二隊，出城退敵。遠遠望見孔明帶領一隊人馬，稀稀落落地走過金雁橋來。孔明坐在四輪車上，頭戴綸巾，手揮羽扇，指著張任勸他投降。張任見孔明軍容不整，不禁暗自冷笑道：「人說諸葛亮用兵如神，原來有名無實！」把槍一招，大小軍校一齊衝殺過來。孔明丟了四輪車，上馬退走，張任從背後追來。過了金雁橋，忽見劉備在左，嚴顏在右，各率一支人馬衝殺過來。張任知道中計，急忙回軍，橋已被人拆斷了；張任想向北去，只見趙雲一軍隔岸擺開，只得改向南方，沿河奔逃。走不到五、六里，來到那片叢生的蘆葦中間，只聽一聲吶喊，魏延帶領一千人從左邊躍出，用長槍朝著馬背上的騎兵亂戳；黃忠帶著一千人則躲藏在右邊的蘆葦裡，用長刀專剁馬蹄。一陣砍殺，川軍大敗。張任帶著幾十騎殘兵，朝山間小路逃去。繞過山腳，迎面正撞著張飛。張任回馬想逃，張飛大喝一聲，手下軍士一齊擁上，把張任生擒活捉。後隊的卓膺見張任中計被擒，也放棄抵抗，投降了趙雲。

張飛把張任押到大帳，劉備愛惜張任的英勇，好言勸他投降，張任瞪著兩眼怒叫道：「我今天即使假裝投降，將來也一定會造反，還是快點把我殺了吧！」說完厲聲大罵不止。孔明只好下令把他殺了。劉備感嘆不已，下令將張任的屍首安葬在金雁橋邊，以表彰他的忠烈。第二天，劉備率領大軍圍住雒城，張翼見大勢已去，便殺了劉瑰，獻城投降。劉循則趁亂從西門逃回成都去了。

劉備得了雒城，一面出榜安民，重賞有功將領，一面與孔明商議下一步行動。孔明認為雒城一破，成都指日可下，當務之急是收撫外地的州郡，便命降將張翼、吳懿帶著趙雲去招撫江陽、犍為等地，嚴顏、卓膺帶著張飛去招撫巴西、德陽一線州郡，囑咐他們就地委任官吏，穩定民心。張飛、趙雲等人領命，各自引兵去了。孔明又採納法正的建議，寫了一封書信，派人送往成都，勸劉璋投降。

劉璋見信大怒，大罵劉備忘恩負義，法正賣主求榮，當場撕毀來信，將使者趕了出去。隨即派妻弟費觀、大將李嚴帶兵前去拒守綿竹，一面派黃權出使漢中，向張魯求救，許諾以二十座州縣做為酬謝。張魯本不想出兵，但又貪圖二十州的厚利，正在猶豫，忽見帳下一人挺身而出，大聲說道：「我願領一支人馬攻取葭萌關，生擒劉備，保證教劉璋將二十州土地割讓主公。」張魯一看，說話的正是馬超。

原來馬超自從潼關一戰被曹操擊敗，投奔羌人部落安身。過了兩年，聯合羌兵捲土重來，奪取了隴西許多州縣，一直打到冀州城外，卻被曹操的大將夏侯淵用計殺敗，妻子兒女都被曹兵捉去殺了，只帶著馬岱、龐德等七人七騎，逃入漢中來投張魯。張魯起初很賞識馬超，打算把女兒嫁給他，不料遭到大將楊柏的嫉恨，串通他哥哥楊松，經常在張魯面前說馬超的壞話，張魯對他的態度也漸漸冷淡下來。馬超得不到重用，一直耿耿於懷，如今見有機會帶兵，便自告奮勇，願意領兵入川。張魯見馬超請戰，十分高興，當即打發黃權先回成都覆命，隨後撥給馬超兩萬人馬，又令楊柏為監軍，起程攻打葭萌關。此時龐德正在患病，馬超只好把他留在漢中，只帶馬岱隨行。

此時劉備已經收降了費觀、李嚴，得了綿竹，正與孔明商議分兵進取成都。忽然接到鎮守葭萌關的孟達、霍峻急報，說東川張魯派馬超領兵攻打葭萌關，情勢危急，請速派兵將前去增援。劉備大驚。孔明說：「馬超十分勇猛，只有張飛、趙雲二將，方是他的對手。」劉備說：「子龍帶兵在外，還沒回來。翼德現在這裡，就趕快派他去吧。」孔明卻微微一笑，說：「主公先不要對他說，讓我激他一下。」

正說話間，忽見張飛一陣風似地闖進大帳，口中叫嚷著：「我來向哥哥辭行，去和馬超大戰一場！」孔明裝作沒有聽見，對劉備說：「馬超厲害，這裡沒人是他的對手，除非到荊州調來關雲長，才能抵敵。」張飛大叫：「軍師為什麼要小瞧人！我曾獨擋曹操百萬大兵，還對付不了區區一個馬超嗎！」孔明說：「你當年拒水斷橋，因為曹操不知虛實，才得以僥倖成功；如果他知道你是在虛張聲勢，就不會那麼容易脫身了。如今馬超之勇，天下皆知，渭橋一戰，殺得曹操割鬚棄袍，差點丟了性命，絕不是一般人物可比，就是雲長親自來了，也不敢說有一定的把握呢。」一席話激得張飛跳將起來，嚷道：「我情願立下軍令狀，如果勝不得馬超，任憑處罰！」孔明這才答應。

孔明令魏延帶領五百哨馬先行，張飛為第二隊，劉備隨後接應，向葭萌關進發，自己留下，鎮守綿竹。魏延先到關下，正遇馬岱，只道就是馬超，舞刀躍馬殺上前去。戰了不到十個回合，馬岱敗走。魏延要搶頭功，催馬趕去，被馬岱回身一箭，正中左臂。魏延急忙撥馬回走。馬岱趕到關前，只見一將喊聲如雷，從關上飛奔至面前。原來是張飛剛到關上，聽說關前正在廝殺，便來觀看，正好見到魏延中箭，便驅馬衝下關來，救了魏延。張飛喝問敵將姓名，得知對手不是馬超，便大聲喝道：「你不是我的對手，趕快回去告訴馬超，就說燕人張飛在此，專等他過來廝殺。」馬岱見張飛小視自己，不禁勃然大怒，挺槍躍馬，直取張飛。戰了近十回，馬岱漸漸不支，敗下陣去。張飛正要追趕，劉備率領後隊也趕到了，攔住張飛，叫他好好休息一晚，明天好戰馬超。張飛只得遵命，收軍回關。

第二天天剛亮，就聽得關下鼓聲大震，馬超親來挑戰。劉備登上關樓一看，只見馬超獅盔獸帶，銀甲白袍，提槍騎馬立在陣前，英武非凡，不禁脫口稱讚：「人稱『錦馬超』，果然名不虛傳！」張飛便要下關交戰，劉備卻把他攔住，說要先消磨一下馬超的銳氣。馬超在關下點名要張飛出戰，張飛在關上也恨不得生吞了馬超，幾次要衝下關去，都被劉備擋住。

到了午後，劉備望見馬超陣上的人馬漸漸露出疲態，便挑選了五百精兵，跟著張飛，衝下關來。張飛來到陣前，挺槍大喊：「認得燕人張翼德嗎！」馬超冷冷答道：「我家世代公侯，怎會認識你這無名小輩！」張飛大怒，揮矛刺去，馬超舉槍架住，廝殺起來。兩人大戰了一百多個回合，不分勝負。劉備在關上觀戰，不住連聲讚嘆：「真是一雙虎將！」只怕張飛有失，吩咐鳴金收軍。

張飛回到陣中，略歇片刻，解掉頭盔，只包了塊頭巾，再次上馬出陣，繼續與馬超廝殺。劉備放心不下，也親自披掛下關，到陣前觀戰。轉眼之間張飛與馬超又鬥了一百多回合，兩人都是越戰越有精神，誰也不肯罷手。眼看天色已晚，劉備傳令鳴金收軍，準備明日再戰。不料張飛正殺得性起，哪肯罷休，大叫道：「多點火把，安排夜戰，不活捉馬超，我誓不上關！」馬超也大叫道：「我勝不了你，誓不回寨！」兩軍齊聲吶喊助威，點起千百枝火把，把戰場照耀得如同白日一般。兩將抖擻精神，又鏖戰在一處。

又打了二十多個回合，馬超見贏不得張飛，心生一計，撥馬便走。張飛大叫道：「走哪裡去！」縱馬緊追。馬超見騙得張飛趕來，暗暗抽出銅錘藏在手中，突然回身，照準張飛打將過來。張飛心中早有提防，見銅錘迎面打來，側身一閃，銅錘從耳朵邊擦了過去。張飛便勒馬回走，馬超卻又趕來。張飛帶住馬，拈弓搭箭，回射馬超，也被馬超閃過。劉備見此情景，急忙策馬來到陣前，高聲喊道：「我以仁義待人，不施詭詐。馬超，你先收兵歇息一晚，我不乘勢趕你。」馬超聽了，親自斷後，帶領軍馬緩緩退去，劉備也收兵上關。

次日，張飛正要下關再戰馬超，人報孔明軍師來到，劉備連忙迎進關內。原來孔明擔心張飛、馬超兩虎相爭，必有一傷，心中放心不下，所以留下趙雲、黃忠據守綿竹，自己星夜趕來，要設計收降馬超。孔明早已打聽到張魯很想自立為漢寧王，他手下的親信謀士楊松又十分貪圖錢財，便備下一份厚禮，派孫乾從小路趕奔漢中，用金銀結好楊松，要他勸說張魯召回馬超，並答應事成之後，保舉張魯為漢寧王。

孫乾到了漢中，先用賄賂買通了楊松，帶他去見張魯。孫乾說明來意，張魯有些不信，問道：「劉備自己只是個左將軍，怎麼能保奏我做漢寧王呢？」楊松在一旁幫腔說：「劉備是當今皇上親口認的皇叔，當然可以保奏。」一句話說得張魯疑慮盡消，當即派使者趕往前線，命馬超停戰撤兵。過了兩天，使者回報，說馬超聲稱使命尚未完成，不肯退兵。楊松素與馬超不和，趁機叫人散布流言，說馬超想奪下西川，自立為蜀王，不再臣服於漢中。張魯聽到傳言，果然起了疑心，一面嚴令馬超馬上班師，一面命自己的弟弟張衛，嚴密把守各處關隘，防備馬超譁變。馬超無奈，只得退兵。楊松又散布流言，說馬超突然回兵，是想圖謀不軌，於是張衛分兵七路，死死守住各處隘口，不放馬超入關。馬超進退不得，一時無計可施。

孔明得知馬超正在進退兩難之際，便找來馬超的一位熟人李恢，請他去勸說馬超歸降。馬超聽說李恢來訪，就知是來做說客，便事先找來二十名刀斧手埋伏在帳外，囑咐他們說：「聽我一聲號令，你們就衝出來，把他砍成肉醬！」然後傳令讓李恢入帳相見。過了一會兒，李恢昂然而入，只見馬超端坐帳中，也不起身迎接，卻用手指著李恢喝問：「你來幹什麼？」李恢笑道：「特來勸說將軍棄暗投明。」馬超說：「我匣中的寶劍剛剛磨好，且聽你說說看，說得不通，就用你試劍！」李恢哈哈一笑，說：「將軍眼看就要大禍臨頭，恐怕新磨的劍試不到我，就先試了自己吧！」馬超問：「我有什麼大禍？」李恢說：「將軍前不能救劉璋，擊退荊州之兵，後不能制楊松，見張魯的面，眼下四海難容，一身無主，如果再打一次敗仗，還有面目見天下人嗎？」一番話說到馬超心裡，連忙丟掉寶劍，施禮求教。李恢道：「既然想聽我的意見，帳外為什麼還埋伏著刀斧手呢？」馬超有些不好意思，連忙喝令刀斧手撤去，李恢這才說道：「劉皇叔禮賢下士，我看他一定能成就一番大事，所以捨棄劉璋而追隨他。你的父親當年曾和劉皇叔共受衣帶詔，相約討賊，你只有投靠他，才是出路。」馬超一聽，茅塞頓開，當即把監軍楊柏找來，一劍殺了，提著他的首級，和李恢一起上關來降劉備。

劉備收降了馬超，仍留霍峻、孟達守關，自己率領大軍，回師來取成都。馬超對劉備說：「不用主公軍馬廝殺，我自去召喚劉璋投降。如果他不肯投降，我就和兄弟馬岱攻下成都，做為進見之禮。」劉備大喜，便派他帶領人馬先去。

馬超來到成都城下，大叫：「請劉益州出來答話！」劉璋以為是張魯的救兵趕到，慌忙登上城樓，剛要問話，就聽馬超大聲喊道：「張魯聽信讒言，想要害我。如今我已歸降了劉皇叔，你也趕快開城投降吧，免得百姓遭受戰爭之苦！」劉璋嚇得面如土色，當即昏倒在城上。眾官慌忙將他救醒。劉璋嘆道：「我看錯了人，連累大家，現在後悔也來不及了！不如開城投降，免得百姓遭難。」文武官員有的要降，有的要戰，還在爭論不休，忽然有人來報，說蜀郡太守許靖已經出城投降。劉璋聽了放聲大哭，躲進府中再也不肯出來。

次日，劉備派幕僚簡雍進城來見劉璋，再三聲明劉備寬宏大度，絕不會害他性命。劉璋終於打定主意，親自捧著印綬文書，和簡雍一道出城投降。劉備出寨迎接，握住劉璋的手，流淚說道：「不是我不講仁義，實在是形勢所逼，迫不得已啊！」兩人交割了印綬文書，一起並馬入城。

劉備入了成都，來到公堂坐定，大多數蜀郡官員都表示願意歸順，只有黃權、劉巴二人閉門不出。劉備傳令保護好二人的家宅、性命，不許傷害，自己又親自登門，請二人出來做官。二人被劉備的仁德所感動，終於答應繼續出仕。劉備自立為益州牧，歸降的文武官員都論功行賞，量才擢用。而從荊州追隨入川的舊臣，也都得到了升賞。大局已定，劉備接受孔明的建議，請劉璋收拾財物，帶著一家老小，遷到南郡公安居住。從此安撫百姓，積蓄力量，在西川開創了一片基業。

第三十九回　關雲長單刀赴會　甘興霸百騎劫營

且說劉備得了西川，論功行賞，特地準備了五百斤黃金、一千斤白銀，以及蜀錦、錢幣等物，派專人送往荊州，賞賜關羽和留守荊襄的官員將領。這一天，劉備正與孔明閒談，忽報關羽派義子關平來成都謝賞。劉備忙令召入相見。關平行過大禮，又呈上一封書信，說：「父親聽說馬超武藝過人，想入川和他比試比試，讓我先來稟告伯父，請伯父批准。」劉備聽了大吃一驚，焦急地說：「兩人都是心高氣傲的性格，要是真的動起手來，恐怕會傷了和氣。」孔明卻微微一笑，說：「不礙事。我寫一封信回覆雲長就行了。」當即提筆寫了回信，交關平帶回荊州。關羽打開信一看，只見上面寫道：「馬孟起雖然勇烈過人，也只是黥布、彭越一類的人物，可以說與翼德難分高下，但和絕倫超群的美髯公就無法相比了。將軍如今鎮守荊州，責任重大，倘若輕易入川，萬一荊州有個閃失，罪過不小。希望將軍好好考慮一下。」關羽看畢，用手捋著鬍髯，滿意地說：「還是孔明了解我的心思。」把回信交給帳下文武傳閱了一遍，就打消了入川的念頭。

卻說東吳孫權得知劉備併吞了西川，就派諸葛瑾入川，向劉備討還荊州。諸葛瑾來到成都，先去見孔明，哭訴全家老小都被孫權關押在牢中，命自己來討還荊州，如果不能完成使命，家人就會遭難。孔明好言安慰兄長，答應幫諸葛瑾求情，請劉備歸還荊州。

第二天，孔明帶著諸葛瑾來見劉備，呈上孫權的書信。劉備早已和孔明暗中商議好對策，假裝生氣地說：「孫權既然把妹妹嫁給我，卻乘我不在荊州，偷偷把妹子接了回去，情理難容！我正要大起川兵，殺下江南，他卻還敢來索要荊州！」諸葛瑾再三懇求，孔明也在一旁為他說話，劉備才勉強答應說：「看在軍師的情面上，分荊州一半還給他罷。」便叫諸葛瑾到荊州去見關羽，將長沙、零陵、桂陽三郡交還東吳。劉備提醒諸葛瑾說：「我二弟性如烈火，連我都有幾分怕他。你到了荊州，一定要好言相求，多加小心。」

諸葛瑾辭別劉備、孔明，來到荊州，關羽迎入中堂，以禮相待。賓主說了幾句閒話，諸葛瑾取出劉備的書信，對關羽說：「皇叔答應先把三郡還給東吳，望將軍早日交割，我好回去交差。」關羽一聽，立刻把臉一沉，說：「荊州是漢朝的疆土，怎能隨便交給外人？將在外，君命有所不受。即使有我兄長的書信，我也不答應。」諸葛瑾懇求說：「如今吳侯抓了我一家老小，要是我收不回荊州，他們性命難保。希望將軍體諒！」關羽冷笑道：「這是吳侯使的詭計，怎麼騙得過我！」諸葛瑾急了，說：「將軍怎麼這麼不講情面？」關羽大怒，抽出寶劍握在手中，喝道：「你別再說了！這把劍可不講情面！要不是看在軍師的面上，今天就教你回不得東吳！」說完喝令送客。

諸葛瑾慜了一肚子悶氣，再入西川來找孔明，不料孔明已到各地巡視去了。諸葛瑾只得再次來見劉備，哭訴關羽不肯歸還三郡，反將自己折辱一番。劉備說：「我二弟性情急躁，很難講通道理。不如你先回去，等我奪了東川、漢中，把雲長調去駐守，再把荊州還給江東好了。」

諸葛瑾無奈，只得回東吳見孫權，說明經過。孫權大怒道：「你這一趟往來奔走，卻徒勞無功，莫非都是諸葛亮在背後搗鬼？」諸葛瑾說：「那倒不是。我弟弟也極力向劉備懇求，劉備才答應先還三郡，誰知關羽又耍賴不肯。」孫權說：「既然劉備答應先還三郡，就委派官吏到長沙、零陵、桂陽三郡赴任，看看情況再說。」不料沒過幾天，派出去的官員都被關羽轟了回來。孫權更加惱火，派人把魯肅找來，責怪他當初不該答應把荊州借給劉備，要他趕緊設法要回荊州。魯肅說：「我已想好一個辦法。我打算帶領軍馬進駐陸口，派人請關羽過江談判。關羽如果肯來，先好言相商，他若不肯答應，就埋伏下刀斧手將他殺了；如果他不肯前來，我就隨即驅動大軍，用武力奪取荊州。」孫權說：「這個辦法很好，你就趕快去實施吧。」

於是魯肅屯兵陸口，在寨外臨江亭上設下一席酒宴，派人乘船到荊州，請關羽過江赴會。關羽欣然答應，打發使者先回覆命。

送走使者，關平說：「魯肅相邀，一定不懷好意，父親為什麼這麼痛快就答應下來？」關羽笑道：「我豈不知魯肅的用心？這必定是諸葛瑾回報孫權，說我不肯歸還三郡，所以命魯肅屯兵陸口，邀我赴會，在酒席宴上索討荊州。我如推辭不去，倒顯得膽怯了。明天我只乘一隻小船，帶十幾名親隨單刀赴會，看魯肅能把我怎麼樣！」關平勸阻道：「這樣太冒險了，伯父把荊州託付給父親，怎能親身冒險呢？」謀士馬良也勸道：「魯肅雖然為人忠厚，但如今情勢所逼，也難保他不生歹心。將軍還是不要輕易前往。」關羽說：「我縱橫千軍萬馬之中，如入無人之境，還怕東吳這些鼠輩不成？何況我已經親口答應赴會，不能失信。」馬良見攔阻不住，只好說：「將軍即便要去，也當有所準備。」關羽便叫關平準備十隻快船，五百名水軍，在江邊等候，見到紅旗搖動，便過江接應。關平領命，自去準備。

卻說使者回報魯肅，說關羽應允明日準時赴會，魯肅便和呂蒙商議，叫呂蒙和甘寧各領一支軍馬埋伏在江邊，又在臨江亭後埋伏下五十名刀斧手，布置妥當，單等關羽過江。

第二天一早，魯肅就派人在江邊瞭望。辰時過後，見江面上駛來一隻小船，船頭一面紅旗，迎風招展，顯出一個大大的「關」字。不一會兒，小船漸漸駛近岸邊，只見關羽青巾綠袍，端坐船上；旁邊周倉捧著大刀；八、九個關西大漢，各跨腰刀一口，站立身後。魯肅將關羽迎到亭內，相互道了一些客套話，入席飲酒。魯肅舉杯勸酒，心中有鬼，不敢抬頭仰視。關羽卻談笑自若，像什麼事也沒發生一樣。

酒喝得差不多了，魯肅便把話題引向討還荊州這件事上。關羽卻說：「這是國家大事，不便在酒宴上談論。」魯肅裝作沒有聽見，自顧說下去：「當初我家主公見劉皇叔吃了敗仗，沒有立足之地，好心將荊州借給皇叔，說好皇叔得到益州，就把荊州歸還東吳。如今皇叔只肯先還三郡，而將軍還不答應，恐怕道理上說不過去吧。」關羽說：「當年赤壁一戰，我家兄長也曾親臨前線，冒著槍林箭雨，奮力殺敵，難道就不應分得幾座城池？你們何苦三番五次追討不休呢？」魯肅道：「話不是這樣說。當年劉皇叔在長阪坡被曹操打敗，走投無路，要不是我家吳侯好心援手，早就不知道逃到什麼地方去了。如今皇叔已經得了西川，還捨不得荊州，這種見利忘義的行為，恐怕要被天下人恥笑。請將軍明察。」關羽說：「這都是我哥哥的事，不是我應該過問的。」魯肅說：「誰不知道將軍與皇叔桃園結義，發誓同生共死，皇叔的事就是將軍的事，將軍何必推托呢？」

關羽還沒來得及回答，周倉站在階下大聲叫道：「天下土地，誰有仁德歸誰，難道只有你們東吳才配擁有嗎？」關羽把臉一沉，霍地起身，奪過周倉手中的大刀，站在庭中，瞪著周倉大聲呵斥道：「我們在這裡商議國家大事，哪有你多嘴的地方！還不趕快退下！」周倉會意，便先到江邊，把紅旗一招。關平望見信號，立即催動戰船，像箭一樣向江東飛駛過來。

關羽右手提刀，左手挽住魯肅的手，佯醉說道：「我多喝了幾杯，恐怕言語不當，傷害我們的友情。荊州的事今天就不要再提了。改天請你到荊州赴會，再作商議。」魯肅身不由己，被關羽拉到江邊。呂蒙、甘寧帶領埋伏的軍馬本想出來廝殺，但見關羽手提大刀，緊緊拉著魯肅，恐怕魯肅被傷害，終於不敢發動。關羽一直來到船邊，才放開魯肅的手，轉身跳上船頭，與魯肅揮手告別。魯肅像傻子一樣，呆呆地站在江邊，眼睜睜地望著關羽的小船乘風而去。後人有詩贊關公道：「藐視吳臣若小兒，單刀赴會敢平欺。當年一段英雄氣，尤勝相如在澠池。」

魯肅無功而返，只好把經過如實上報孫權。孫權大怒，正要調集全部兵力，奪取荊州，忽然接到急報，說曹操又徵調了三十萬大軍來征東吳，孫權大驚，連忙移兵向合淝、濡須一線，準備對付曹操。不料曹操接受了參軍傅幹的勸諫，放棄了南征的計畫。荊州的事也就被暫且擱置下來。

轉眼到了建安二十年（西元二一五年）春天。此時曹操已經誅殺了獻帝的皇后伏氏一家，又逼著獻帝把自己的女兒曹貴人冊立為皇后，威勢更加顯赫。於是分兵三路，大舉進攻漢中。不到兩個月的時間，勢如破竹，一舉平定了東川，張魯無奈投降，還收服了猛將龐德。主簿司馬懿建議乘勝進兵西川，消滅劉備，曹操卻說：「人心苦不知足，豈能得隴望蜀？」決意按兵不動，讓遠征將士得到充分休整。

然而西川百姓聞說曹操已取了東川，料想他一定會來奪西川，一時間人心惶惶，朝野上下驚恐不安。劉備忙請孔明商議。孔明說：「為今之計，只有把江夏、長沙、桂陽三郡還給東吳，再派一名能言善辯的人出使江東，向孫權陳說利害，說動東吳出兵攻打合淝，曹操必定勒兵回救，就無暇來取西川了。」劉備便問孔明誰可充任使者。伊籍在一旁自告奮勇，說：「我願意去。」劉備大喜，立刻寫下書信，備好禮物，囑咐伊籍先到荊州通知關羽一聲，然後再到東吳去。

伊籍到了秣陵，向孫權說明來意，獻上三郡帳冊文書，請他出兵進取合淝，並許諾將來打下東川，就將荊州全境都還給東吳。孫權打發伊籍回館舍休息，召集眾謀士商議。張昭看穿了孔明的用心，但也覺得趁曹操遠在漢中，乘虛奪取合淝，不失為一個好主意。孫權於是同意出兵，讓伊籍回報劉備，一面派魯肅收取長沙、江夏、桂陽三郡，一面調回分守各地的呂蒙、甘寧、凌統等將領。

過了幾天，呂蒙、甘寧率先趕到。呂蒙建議先取皖城，然後再攻合淝，因為皖城盛產稻米，合淝的軍糧都是皖城供應的，打下皖城，既可切斷曹軍的糧源，也可充實自己的軍備。孫權也是這個想法，便命呂蒙、甘寧為先鋒，蔣欽、潘璋為後隊，自己和周泰、陳武、董襲、徐盛等將為中軍，出兵討曹。程普、黃蓋、韓當等老將都在各地鎮守，沒有隨軍出征。

東吳大軍渡過長江，先奪了和州，然後直撲皖城。皖城太守朱光一面派人到合淝求救，一面固守城池，堅壁不出。孫權親自到城下察看形勢，卻被城上一陣亂箭射中麾蓋，只得退了回來。孫權回到寨中，問眾將有何辦法，董襲建議堆築土山攻城，徐盛主張架設雲梯虹橋。呂蒙說：「這些辦法都太費時間，等敵人合淝救兵一到，就更不好辦了。現在我軍初到，士氣正盛，應該乘著這股銳氣奮力攻擊。明日天亮進兵，午後一定要拿下皖城！」孫權聽了，連連點頭。第二天一早，東吳三軍齊出，猛攻皖城。甘寧手執鐵鏈，冒著矢石攀城而上。朱光令弓弩手一齊射箭，甘寧撥開箭林，一鏈打倒朱光。呂蒙親自擂鼓助威，士卒一擁而上，亂刀砍死朱光，曹兵紛紛投降，不到正午，已經攻下皖城。張遼的援軍走到半路，哨馬報說皖城已失，只好退回合淝。

孫權進入皖城，凌統也帶軍趕到。孫權大設酒宴，犒賞三軍，重賞呂蒙、甘寧等將。凌統與甘寧有殺父之仇，今見甘寧得了頭功，心中不忿，差點在酒宴上和甘寧動起手來，被孫權喝止。第二天，三軍齊發，乘勝向合淝殺去。

張遼因失了皖城，心中愁悶。忽然曹操派人送來一個木匣，上面貼著封條，還有曹操親筆寫的幾個大字：「賊來開視。」這一天接到探報，說孫權親領十萬大軍來攻合淝。張遼便打開木匣觀看，見裡面有一張字條，上面寫著：「如孫權至，張、李二將軍出戰，樂將軍守城。」張遼把字條給李典、樂進看了，樂進問張遼有什麼打算，張遼說：「丞相遠征漢中，吳兵此來志在必得，我們應該發兵出戰，打掉敵人銳氣，穩定自己軍心，然後再固城堅守。」李典一向和張遼不和，聽了張遼此言，默不作聲。樂進見李典不說話，便道：「敵眾我寡，不如堅守。」張遼憤然說道：「你們各懷私心，不顧公事。你們留在這裡守城好了，我自己出城，與孫權決一死戰。」說著就叫左右備馬。李典一躍而起，慨然說道：「將軍如此忠勇，我怎能因私人意氣而不顧大局？願聽將軍指揮。」張遼大喜，便叫李典帶一支人馬到逍遙津北面埋伏，等吳兵殺過橋來，拆毀小師橋，截斷吳兵退路，自己和樂進出城迎敵。

不久，呂蒙、甘寧率領吳兵前隊來到城下，正與樂進相遇。甘寧出馬與樂進交鋒，戰不數合，樂進詐敗退走。甘寧招呼呂蒙一齊引軍趕去。孫權在第二隊，得知前軍得勝，催兵急行。剛走到逍遙津北面，忽然聽到連珠炮響，左邊張遼，右邊李典，各領一支軍馬殺來。孫權大驚，正要派人召喚呂蒙、甘寧回兵援救，張遼的兵馬已經殺到面前。凌統手下只有三百多名騎兵，抵擋不住曹軍排山倒海般的攻勢。凌統大呼：「主公趕快過橋！」拚死擋住張遼。孫權縱馬上橋，發現橋面已被拆毀，南端有一丈多的地方一塊橋板也沒有了。孫權驚得手足無措。牙將谷利大呼：「主公可約馬退後，再放馬向前，跳過橋去。」孫權勒馬退出三丈多遠，然後一提絲韁，猛加一鞭，那馬一躍飛過橋南。正好徐盛、董襲駕船趕來，把孫權接下船去。凌統、谷利抵住張遼。甘寧、呂蒙引軍回救，卻被樂進從背後追來，李典又截住廝殺，吳兵折損了大半。凌統手下三百多人，全部戰死。凌統身中數槍，殺到橋邊，橋已拆斷，只得繞河逃竄。孫權在船中望見，急令董襲划船過去接應，才把兩人渡回南岸。呂蒙、甘寧也都死命逃過河南。這一仗殺得江南人人害怕，聽到張遼的名字，小兒也不敢夜啼。

孫權收拾殘兵，退回濡須，一面整頓船隻，一面差人回江南徵調兵馬，準備水陸並進，再攻合淝。此時曹操在漢中，得知合淝告急，便留下夏侯淵把守定軍山隘口，留張郃把守蒙頭岩等隘口，親率大軍四十萬來救張遼。孫權聽說曹操親來，先撥董襲、徐盛二人，率領五十隻大船，在濡須口埋伏；又令陳武帶領人馬，往來江岸巡哨。然後將帳下眾將召集在一起，孫權問：「曹操遠來，誰敢當先破敵，挫其銳氣？」凌統挺身而出，答道：「末將願往。」孫權問：「要帶多少軍馬？」凌統道：「只需三千人。」甘寧在一旁冷冷插話：「只要給我一百個人，便可破敵，哪裡用得了三千！」凌統大怒。兩人就在孫權面前爭吵起來。孫權說：「曹軍來勢洶洶，不可輕敵。」便命凌統帶三千軍出濡須口去哨探，遇上曹兵，便和他們交戰。凌統領命，帶著三千人馬離開濡須，走不多遠，正遇曹兵殺到。先鋒張遼與凌統交鋒，鬥了五十個回合，不分勝敗。孫權怕凌統有閃失，派呂蒙把他接應回營。

甘寧見凌統無功而返，便對孫權說：「我今夜只帶一百人馬去劫曹營；若折了一人一騎，也不算功。」孫權很讚賞他的勇氣，便調撥帳下一百名精銳馬兵給他，又送來五十瓶酒、五十斤羊肉，賞賜劫營軍士。

甘寧回到營中，叫那一百名軍士圍坐在一起，先用銀碗斟酒，自己喝了兩碗，然後對大家說：「今夜奉命去偷襲曹營，請各位滿飲一杯，努力向前。」眾人聽了，面面相覷，不敢答應。甘寧見眾人面有難色，便拔出寶劍握在手裡，怒叱道：「我身為上將，尚且不惜性命，你們還遲疑什麼！」眾人見甘寧發怒，都站起來表示：「願效死力。」甘寧和一百名軍士一道將酒肉吃得乾乾淨淨。

約莫到了二更時候，甘寧叫大家每人在頭盔上插一枝白鵝毛，做為記號，然後披甲上馬，飛奔到曹操寨邊，撥開鹿角，吶喊著殺入寨中，直奔中軍來殺曹操。不料中軍人馬都用車仗串連在一起，圍得像鐵桶一樣，不能通過。甘寧帶著一百名騎兵，左衝右突。曹兵驚慌失措，不知敵兵究竟有多少，自己先亂了起來。甘寧等人在曹營中縱橫馳驟，逢人便殺，從曹營北門一直殺到南門，無人敢來抵擋。甘寧帶著眾人回到濡須，沒有損失一人一馬。孫權親自出營迎接，拉著甘寧的手說：「將軍此去，足以使曹賊聞風喪膽了！」當下重賞甘寧。甘寧把賞賜分給隨行的一百軍士，自己分文不取。孫權高興地對眾將說：「曹操有張遼，我有甘興霸，足以和他相敵了。」

第四十回　莽周泰力破重圍　猛張飛智取三寨

話說孫權與曹操在濡須大戰，大將凌統與甘寧不和，見甘寧夜襲曹營立了頭功，心中暗自不服。第二天，張遼前來挑戰，凌統奮然請戰，孫權答應了，自己帶著甘寧到陣前觀戰。只見對面張遼出馬，左有李典，右有樂進。凌統縱馬提刀，出至陣前，張遼命樂進出迎。兩人鬥到五十回合，難分勝敗。曹操得到消息，也親自策馬到門旗下觀看，見二將正鬥得激烈，便叫曹休暗放冷箭。曹休閃在張遼背後，開弓一箭，正中凌統坐馬。那馬直立起來，把凌統掀翻在地。樂進連忙持槍來刺。槍還未到，只聽得弓弦響處，一箭飛來，射中樂進面門，樂進翻身落馬。兩軍齊出，各救一將回營，鳴金休戰。凌統回寨中拜謝孫權。孫權道：「放箭救你的是甘寧。」凌統十分感動，自此與甘寧結為生死朋友。

次日，曹操分兵五路來襲濡須：左一路張遼，二路李典；右一路徐晃，二路龐德，曹操親自統領中路；每路各帶一萬人馬，殺奔江邊。此時董襲、徐盛二將正乘坐樓船在江上巡弋，見曹軍聲勢浩大，船上的士兵都有些害怕。徐盛大呼：「養兵千日，為的就是今天，有什麼可怕的！」說完帶著幾百名勇士，乘小船渡到江邊，上岸殺入李典軍中。董襲在船上，令兵士擂鼓吶喊助威。忽然江面上狂風大作，白浪滔天，波濤洶湧。軍士們見大船眼看要被風浪掀翻，爭相跳下小船逃命。董襲手持寶劍高呼：「我們奉命在此防賊，身當重任，絕不能棄船逃走！」正在竭力阻止，忽然一陣風浪打來，掀翻大船，董襲落入水中，轉眼之間就被巨浪吞沒了。

負責岸上巡邏的陳武聽說江邊正在廝殺，忙領一隊軍馬趕來，正與龐德相遇，兩軍混戰在一起。陳武打不過龐德，後面又沒有人接應，漸漸敗下陣來，被龐德趕到山谷口一片茂密的樹林中。陳武想回身再戰，卻被樹枝掛住袍袖，掙脫不及，被龐德一刀斬為兩段。孫權在濡須塢中，聽說曹兵殺到江邊，也親自與周泰率軍前來助戰，正好看見徐盛在李典軍中攪作一團廝殺，便麾軍殺入接應，卻被張遼、徐晃兩支軍馬困在垓心。曹操在高坡上看見孫權被圍，急令許褚縱馬持刀殺入軍中，把孫權的人馬衝成兩段，彼此不能相救。

周泰拚死從亂軍中殺出，到江邊不見了孫權，急忙勒回馬頭，又從外面殺回陣中，尋到孫權。周泰叫孫權跟在後面，自己在前開路，奮力衝出重圍，到江邊回頭一看，孫權又不見了，便又翻身殺入圍中。尋見孫權。孫權說：「敵人弓弩齊發，衝不出去，怎麼辦？」周泰說：「這次主公走在前面，我在背後保護，應該可以衝出包圍。」於是孫權在前面縱馬狂奔，周泰在他身後左右遮護，身上被刺中了好幾槍，箭透重鎧，終於把孫權救了出去。來到江邊，正好呂蒙領一支水軍趕到，把孫權接應下船。孫權說：「多虧周泰三番衝殺，把我救出重圍，但徐盛仍在垓心，不知能不能脫身？」周泰高呼：「我再救去。」又翻身殺入重圍之中。等救出徐盛，二將都各帶重傷。呂蒙叫軍士亂箭射住岸上追兵，救二將下船。曹操見孫權走脫了，親自驅兵趕到江邊，和呂蒙對射。眼看呂蒙部下的箭就要用完，正在驚慌，忽然從江對岸駛來一大群戰船，原來是孫策的女婿陸遜帶領十萬大軍趕來增援，一陣亂箭射退曹兵，又乘勢登岸追殺，奪得戰馬數千匹，曹兵大敗而去。

孫權回到寨中，得知陳武陣亡，董襲淹死，十分哀痛，令人將他們的屍首找回來，隆重厚葬。又感念周泰救護之功，設宴款待。孫權親自為周泰斟酒，撫著他的後背，流著眼淚說：「你三番兩次救我，不惜性命，我一定好好報答你！」說完，叫周泰解開衣服，給眾將看。只見皮肉肌膚上如同刀剜斧刻一般，到處都是傷疤。孫權指著他身上的傷痕，一一詢問受傷的經過，每講述一處傷疤，敬一杯酒。周泰大醉。孫權又把自己的青羅傘贈給周泰，讓他出入張蓋，以示顯耀。

孫權在濡須與曹操相持了一個多月，還是不能取勝。張昭、顧雍建議孫權罷兵求和，孫權便派步騭前往曹營求和，並答應每年交納貢品。曹操見江南一時半會兒也攻不下來，就答應和孫權講和，留下曹仁、張遼駐守合淝，班師回許昌去了。

建安二十一年（西元二一六年）夏五月，群臣表奏獻帝，立曹操為魏王。曹操立長子曹丕為王世子。十月，東吳大都督魯肅病故。西蜀劉備派張飛、馬超屯兵下辨，有意進取漢中。曹操派曹洪領兵五萬，前去協助夏侯淵、張郃同守東川。

曹洪領兵到漢中，令張郃、夏侯淵各據險要，自己領兵去攻下辨，不料馬超堅守關隘，不與交鋒。曹洪見馬超連日不出，恐怕其中有詐，自動退回南鄭。張郃見曹洪按兵不動，就請求讓他帶領本部兵馬去取巴西。曹洪說：「巴西有張飛把守，非比等閒，不可輕敵。」張郃道：「別人都怕張飛，我卻不把他放在眼裡。此去一定把他活捉回來，如有疏失，甘當軍令。」曹洪只好同意。

卻說張郃部兵三萬，分為三寨，各傍山險：一名岩渠寨，一名蒙頭寨，一名蕩石寨。當日張郃從三寨中分別抽調一半人馬，隨自己去取巴西，留下一半守寨。早有探馬報到巴西，說張郃引兵殺來，張飛便叫副將雷同帶領五千精兵去山後埋伏，自己帶領一萬人馬正面迎敵。兩軍相遇，擺開陣勢，張飛出馬，單挑張郃廝殺。兩人戰到二十多個回合，埋伏的蜀軍突然從山後殺出，兩下夾攻，張郃大敗。張飛、雷同乘勝追擊，一直趕到岩渠山下。張郃退入山寨，布置好擂木炮石，堅守不戰。張飛命軍士每日在山下叫罵挑戰，張郃就是不肯下山。

就這樣相持了五十多天，張飛無計可施，便索性把大寨紮在山前，每天飲酒解悶。喝到大醉，就坐在山前辱罵。消息傳到成都，劉備大驚，擔心張飛貪杯誤事。孔明卻深知張飛粗中有細，這樣做必有用意，笑道：「軍前恐怕沒有什麼好酒，成都美酒極多，可給張將軍送五十甕去。」並派魏延親自解送到軍前。張飛得到許多美酒，十分高興，叫人把酒甕在帳前一字擺開，召集軍士大張旗鼓，開懷暢飲。張郃得到探報，親自到山頂觀望，只見張飛坐在帳前大吃大喝，還叫兩名小卒在面前摔跤為戲。張郃不由大怒，嚷道：「張飛欺人太甚！」當即傳令三寨，今夜一齊下山，去偷襲蜀營。

當夜張郃乘著朦朧的月色，下山偷營。來到寨前，遠遠望見大帳中燭火通明，張飛還在帳中飲酒。張郃大喊一聲，率先衝入中軍，卻見張飛仍然端坐不動。張郃縱馬趕到跟前，一槍刺倒，卻是一個草人。張郃發覺中計，勒馬要退，只聽得帳後連珠炮響，一將當先攔住去路，圓睜環眼，聲如巨雷，正是張飛。兩將就在火光中酣鬥起來。張郃一心只盼蒙頭、蕩石兩寨人馬來救，誰知兩寨救兵已被魏延、雷同兩將殺退，就勢奪了二寨。張郃等不到救兵，又見山上火起，大寨已被張飛的伏兵奪了，只得收拾殘兵，逃奔瓦口關去了。

張郃退守瓦口關，三萬軍馬已經損折了二萬，只好派人向曹洪求救。曹洪惱怒他逞強要戰，卻丟掉了重要關隘，不僅不肯發兵增援，反而派人催促張郃出戰。張郃無奈，只得在關前設下埋伏，要引張飛上當，不料只殺了雷同，反被張飛將計就計，將張郃的伏兵趕入山谷口，一把大火燒了個乾淨。張郃大敗，退入瓦口關，堅守不出。

張飛和魏延連日攻打關隘不下，心中焦躁，把大軍退後二十里紮寨，自己和魏延帶領幾十名隨從親自到瓦口關兩側察看地勢。忽見幾名男女百姓，身背包裹，攀籐附葛翻過山來。張飛忙令軍士把他們喚到馬前，好言撫慰，探得山間有條小路，可以直通瓦口關背後。張飛大喜，便叫魏延繼續在正面攻打，自己帶領五百名輕騎，由老百姓引路，從小路繞往關後。

張郃因為救軍不到，心中正在憂悶，忽然接到報告，說魏延在關下攻打。張郃披掛上馬，正要下山迎敵，卻見關後四、五路火起，張飛已從關後殺上關來。張郃大驚，急忙棄關逃走。張飛在後面窮追不捨，張郃只得棄馬上山，投入小路，方才走脫。

張郃步行逃回南鄭去見曹洪。曹洪見張郃只剩下十餘人，勃然大怒，喝令左右推出斬首。行軍司馬郭淮勸道：「三軍易得，一將難求。張郃雖然有罪，卻是魏王的愛將，不好隨便殺了。不如再撥給他五千兵馬，讓他戴罪立功。」曹洪這才饒過張郃，派他去打葭萌關。

葭萌關守將孟達、霍峻，見張郃兵來，急忙申報文書向成都告急。劉備聞知，請軍師商議。孔明把眾將召集到議事堂上，要派人到閬中替回張飛，來戰張郃。法正道：「閬中也是緊要之地，需要張飛鎮守，不如在現有眾將中選一人去破張郃。」孔明笑道：「張郃是曹操手下名將，非比等閒，除非翼德，無人可擋。」話音剛落，忽見一人挺身而出，大聲說道：「軍師為何如此小看人！我願出馬，將張郃斬首獻來。」眾人望去，卻是老將黃忠。孔明說：「黃將軍雖然英勇，怎奈上了年紀，恐怕不是張郃對手。」黃忠聽了，氣得白髮倒豎，大叫：「我兩臂尚能開三石之弓，渾身還有千斤之力，怎說不是張郃對手！」孔明道：「將軍已經快近七十歲了，如何不算老呢？」黃忠也不答話，快步走下堂去，在兵器架上取下大刀，掄動如飛；又摘下壁上硬弓，一連拽折了兩張。孔明見黃忠堅持要去，就請他挑選一員副將同行，黃忠索性薦舉了另一員老將嚴顏。孔明同意了，命兩人立刻準備出發。趙雲在一旁不解地問：「葭萌關一失，整個益州都很危險，軍師為什麼要派兩位老將去抵擋強敵呢？」孔明笑道：「你們不要看他二人老邁，不能成事，奪取漢中正要靠他們二人呢。」趙雲等人聽了，都暗暗發笑。

黃忠、嚴顏來到葭萌關上，孟達、霍峻見了，也暗笑孔明調度不當。黃忠卻對嚴顏說：「你看眾人的態度，分明笑我二人年老無用。我們這次一定要建立奇功，讓眾人心服口服。」兩人商議好了，黃忠便引軍下關，與張郃對陣。張郃出馬，見是黃忠，笑道：「你偌大年紀，還不安分，要到陣前送死嗎？」黃忠大怒，高叫：「小子欺我年老，我手中寶刀卻不老！」拍馬向前，與張郃戰在一處。二馬相交，打了二十多個回合，忽然張郃背後喊聲大起，原來是嚴顏從小路抄到張郃軍後，兩下夾攻，張郃大敗。魏兵一直退了八、九十里，黃忠、嚴顏才停止追擊，收兵紮寨。

曹洪得知張郃又輸了一陣，又要治罪。郭淮道：「把張郃逼急了，說不定會投降西蜀；不如派人前去助戰，使他不生外心。」曹洪便派夏侯尚和韓浩二將帶領五千兵馬前去增援。張郃將二將迎入寨中，談及軍情，張郃說：「老將黃忠十分英雄，又有嚴顏相助，不可輕敵。」那韓浩是原長沙太守韓玄的弟弟，一心要為兄長報仇，便不聽張郃勸阻，慫恿夏侯尚帶領新來的軍馬出寨挑戰。

此時嚴顏打探到附近有座天蕩山，是曹軍屯積糧草之地，便向黃忠建議奪下那裡，斷絕曹軍的糧草，漢中不戰可定。黃忠也正有此意，便祕密囑咐了嚴顏一番，讓他自領一軍前去，自己帶兵來戰夏侯尚、韓浩。韓浩一見黃忠，破口大罵，拍馬挺槍直衝過來，黃忠舞刀相迎。夏侯尚也出陣夾攻。黃忠力戰二將，各鬥了十餘個回合，轉身敗走。二將追趕了二十多里，把黃忠的營寨奪了。第二天，黃忠剛剛新紮了一座營寨，夏侯尚、韓浩就來挑戰，黃忠又敗一陣，棄營逃走，二將又追了二十多里，奪了黃忠營寨。張郃見黃忠連退二日，疑心有詐，提醒夏侯尚小心，反被夏侯尚喝斥一頓，說：「你如此膽怯，難怪屢戰屢敗！休再多言，看我二人建功就是！」

以後兩日，黃忠依然望風而走，連敗數陣，一直退到葭萌關上。孟達暗自著急，忙寫文書申報劉備。劉備慌問孔明。孔明說：「這是老將軍驕兵之計，不必擔憂。」趙雲等人都不相信。劉備放心不下，派劉封來關上接應黃忠。劉封見到黃忠，說明來意，黃忠笑道：「這是老夫驕兵之計。且看今夜一戰，便可盡復失地。」

當夜二更，黃忠留霍峻守關，帶領五千兵馬突然衝下關來。夏侯尚、韓浩二將連日見黃忠閉關不出，都有些懈怠，被黃忠破寨直入，殺了個猝不及防，連盔甲都來不及披掛，匆匆上馬逃命，手下軍馬自相踐踏，死傷無數。等到天亮，已被黃忠收復了三座營寨。寨中丟棄的軍器鞍馬堆積如山，黃忠盡叫孟達搬運入關，自己催動軍馬隨後追擊。劉封勸說：「軍士們打了一夜，都很疲乏，不如暫且歇息。」黃忠卻說：「不入虎穴，焉得虎子？」帶頭追趕，士卒們個個努力向前。張郃的軍馬反被自家敗兵衝動，屯紮不住，望後潰敗，一直退到漢水旁邊，才勉強止住。

張郃與夏侯尚、韓浩商議說，天蕩山是漢中糧庫，如果失守，漢中不保，不如帶領殘兵投奔天蕩山，協助守將夏侯德把守。三人計議已定，便連夜投天蕩山來。見到夏侯德，正在述說兵敗經過，忽聽山前金鼓大震，黃忠的兵馬已經追到山下。夏侯德大笑黃忠不知兵法，要趁蜀兵遠來疲困，殺他一個措手不及，便不聽張郃勸阻，與韓浩分兵下山。韓浩下到半山，正遇黃忠，交手只一個回合，被黃忠一刀砍死。蜀兵大聲吶喊，殺上山來。張郃、夏侯尚急忙引軍來迎。忽聽山後也傳來喊殺聲，火光沖天而起。夏侯德親自領兵趕去救火，不料迎面遇上老將嚴顏，手起刀落，將夏侯德斬於馬下。原來黃忠預先使嚴顏引軍埋伏在山後偏僻去處，只等黃忠軍到，便來放火，趁勢殺上山來。張郃、夏侯尚前後不能相顧，只得棄了天蕩山，往定軍山投奔夏侯淵去了。

第四十一回　黃漢升力劈夏侯淵　劉玄德自立漢中王

話說黃忠、嚴顏奪了天蕩山，捷報傳入成都，劉備大喜，召聚眾將慶賀。法正說：「如今張郃接連戰敗，天蕩失守，主公如果乘此時機，率大軍親征，可以一舉平定漢中。漢中一定，進可討賊，退可自守。這是個天大的好機會，千萬不可失去。」劉備、孔明都贊成這個建議，便命趙雲、張飛為先鋒，起兵十萬，親征漢中。

建安二十三年（西元二一八年）秋七月，劉備率大軍出葭萌關下營，召黃忠、嚴顏到寨，重加賞賜。劉備對黃忠說：「別人都說將軍老了，只有軍師知道將軍的本領，如今果然立下奇功。不知將軍還敢去打定軍山嗎？」黃忠慨然答應，便要領兵前去。孔明急忙阻止說：「老將軍雖然英勇，但夏侯淵深通兵法，被曹操倚重為西南屏障，非張郃可比。將軍雖然勝得張郃，未必就能勝夏侯淵。我打算派人去荊州，把關將軍替換過來，才可抵敵。」黃忠奮然答道：「戰國時名將廉頗，八十歲還能上馬征戰，使諸侯不敢侵犯趙國。我還不到七十歲，怎麼就算老了？軍師既然說我年老，我如今不用副將，只帶本部三千人去，一定要割下夏侯淵首級，獻於麾下。」孔明再三不許，黃忠堅持要去。最終，孔明只得答應，又派法正為監軍，凡事要二人計議而行。黃忠應允，和法正領本部兵去了。孔明對劉備說：「這老將不用言語激他，即使去了也不能成功。雖然派他前去，還要撥一些人馬隨後接應。」於是命趙雲帶領一支人馬從小路出奇兵接應黃忠，又派劉封、孟達在山中險要去處，多立旌旗，布置疑兵；同時派人到下辦，授計給馬超，叫他依計而行。一切布置妥當，孔明又派嚴顏趕往巴西閬中鎮守，替換張飛、魏延來同取漢中。

卻說張郃與夏侯尚來見夏侯淵，述說天蕩山失守，折了夏侯德、韓浩，如今劉備親自領兵來取漢中，夏侯淵便差人報知曹洪，星夜趕赴許昌，稟告曹操。曹操大驚，當即以夏侯惇為先鋒，曹休為後隊，起兵四十萬親征。大軍來到南鄭，曹洪接著，報說：「眼下劉備使黃忠攻打定軍山，夏侯淵知道魏王親來，固守山寨，沒有出戰。」曹操說：「如果總不出戰，是示弱的表現。」便派人帶著自己的親筆信到定軍山，命夏侯淵進兵。夏侯淵看過來信，便與張郃商議出擊。張郃勸道：「黃忠智勇兼備，又有法正相助，不可輕敵。此地山路險峻，只宜堅守。」夏侯淵說：「魏王大軍馬上就要到了，如果被別人搶了功勞，你我還有什麼顏面去見魏王？」便令張郃把守山寨，以夏侯尚為前隊，先行誘敵。

卻說黃忠與法正領兵屯紮在定軍山口，幾次挑戰，夏侯淵都堅守不出。這一天，忽報曹兵下山挑戰，黃忠令牙將陳式迎敵。在山口遇上夏侯尚的兵馬，打了沒有幾個回合，夏侯尚詐敗退走，陳式隨後追趕。走不多遠，被兩側山上打下許多擂木炮石，攔住道路。陳式不能前進，正要退兵，背後夏侯淵突然領兵殺出，陳式措手不及，被夏侯淵生擒回寨。敗軍回報黃忠，黃忠便和法正商議。法正想出一條反客為主的計策，激勵士卒拔寨前進，步步為營，誘引夏侯淵出戰。夏侯淵果然按捺不住，不聽張郃勸阻，令夏侯尚引數千兵出戰。來到黃忠寨前，黃忠提刀上馬，與夏侯尚交鋒，只一回合，就把夏侯尚活捉過來。夏侯淵急忙派人來說，願用陳式交換夏侯尚。黃忠約定次日在陣前相換。

第二天，兩軍在山前開闊地帶擺開陣勢，黃忠帶著夏侯尚，夏侯淵帶著陳式，都騎馬立在本方的門旗下面。一聲鼓響，陳式、夏侯尚各望本陣奔回。眼看夏侯尚就要跑到曹軍陣門，卻被黃忠一箭射中後心，帶傷歸陣。夏侯淵大怒，拍馬直取黃忠。黃忠正是要激怒夏侯淵，引他廝殺，當即舉刀相迎。兩人戰了二十多回合，曹營忽然鳴金收兵。原來是押陣的張郃隱約望見山谷中有蜀軍旗幟飄動，恐怕蜀兵有埋伏，急忙把夏侯淵召回。夏侯淵此後又不肯出戰了。

法正對黃忠說：「定軍山西面有一座高山，四面都是險道。如果占了這座山，可以從上面俯瞰敵人虛實，定軍山就不難拿下了。」當天深夜，黃忠便帶領軍士鳴金擊鼓，一路殺上山頂。把守此山的夏侯淵部將杜襲只有幾百人馬，見黃忠大隊一擁而上，只得棄山逃走。黃忠得了山頂，正與定軍山相對。法正又想出一條以逸待勞的計策，叫黃忠帶領主力守在半山，自己在山頂望。等夏侯淵兵來，看法正的信號，舉白旗則按兵不動，舉紅旗則全力出擊。黃忠大喜，決定依計而行。

再說夏侯淵見黃忠奪了對山，本方的虛實都被對方看得一清二楚，再也不能忍耐，親自帶領部分兵馬將對山圍住，在山下叫罵挑戰。法正在山頂舉起白旗，任從夏侯淵百般辱罵，黃忠只不出戰。等到正午過後，曹兵叫罵了大半天，都已十分倦怠，很多人都放下武器，下馬休息。法正見此情景，忙將紅旗招展。只聽忽然間鼓角齊鳴，喊聲大震，黃忠一馬當先，衝下山來，來勢洶洶，好似天崩地塌一般。夏侯淵措手不及，早被黃忠飛馬趕到面前，大喝一聲，寶刀揮落，將夏侯淵連頭帶肩，砍為兩段。曹兵失了主將，立刻潰不成軍，紛紛奪路逃生。黃忠與陳式兩下夾攻，乘勢奪下定軍山，張郃抵擋不住，只得棄山逃走，在漢水岸邊紮下營寨，同時派人飛報曹操求援。

黃忠斬了夏侯淵首級，來葭萌關見劉備獻功。劉備大喜，封黃忠為征西大將軍。正在設宴慶賀，忽然牙將張著來報：「曹操得知夏侯淵陣亡，放聲大哭，隨即親領大軍二十萬，來為夏侯淵報仇。如今正命張郃將在米倉山囤積的糧草轉移到漢水北面山腳下。」孔明道：「這是曹操擔心大軍出動，糧草供應不上，所以預做準備。如果能有人帶一支兵馬深入敵後，燒掉他們的糧草，一定會沉重打擊敵人的鬥志。」黃忠又奮然起身，願當此任。孔明便叫他和趙雲同領一支兵去，凡事商議而行，看誰先立功勞。又命張著為副將同行。

黃忠、趙雲領命出發。快到漢水，趙雲和黃忠都想先去奪糧，兩人爭執不下，只好用拈鬮決定。黃忠拈著先去。趙雲便和他約好以次日正午為期，如果過時黃忠還不回來，趙雲就帶軍前去接應。

當夜四更，黃忠留五百人守營，自領人馬在前，張著在後，偷偷渡過漢水，直到北山腳下。此時太陽已經升起，只見糧草堆積如山，只有少數軍士看守。看見蜀兵殺到，守兵一齊棄糧逃走。黃忠下令在糧垛上堆滿柴木，正要放火燒糧，張郃引兵趕到，與黃忠混戰在一起。曹操聞訊，急令徐晃趕來助戰。兩員大將把黃忠困在垓心，無法脫身。後隊的張著想要回寨報信，又被曹營大將文聘圍住，只得苦苦支撐。

趙雲在營中等到午時，不見黃忠回來，急忙叫副將張翼留守營寨，自己披掛上馬，引三千軍向前接應。行到半路，被文聘部將慕容烈截住，趙雲手起一槍，刺死慕容烈，迎面又有魏將焦炳攔路。趙雲喝問：「蜀兵在哪裡？」焦炳回答：「已經被殺光了！」趙雲大怒，驟馬一槍，又將焦炳刺死。一路殺到北山腳下，遠遠望見張郃、徐晃正圍住黃忠厮殺，趙雲大喝一聲，挺槍驟馬，殺入重圍，左衝右突，如入無人之境。手中銀槍上下翻飛，好似舞花飄雪一般。張郃、徐晃心驚膽戰，不敢迎敵。趙雲救出黃忠，且戰且走，所到之處，無人敢阻。曹操在高處望見，不禁驚嘆道：「想不到昔日長阪坡英雄還是如此威風！」

趙雲掩護黃忠殺出重圍，回頭望見副將張著仍在魏軍包圍之中，便不回本寨，翻身殺回敵陣。魏軍兵士但見「常山趙雲」四字旗號，盡皆逃竄。趙雲又救了張著。曹操見趙雲連救兩將，所向無敵，奮然大怒，親自率領左右將士來趕趙雲。此時趙雲已殺回本寨，望見後面塵土大起，知是曹兵追來。張翼忙請趙雲令軍士閉上寨門，上敵樓防護。趙雲卻大聲喝止，叫弓弩手於寨外壕中埋伏，將營內旗槍一齊放倒，金鼓不鳴。自己匹馬單槍，立在營門之外。

轉眼之間，張郃、徐晃領兵追來，只見蜀營寨門大開，寨中偃旗息鼓，暮色蒼茫中，只有趙雲匹馬單槍，立於營外，二將不禁心中疑惑，不敢前進。不一會兒，曹操親自趕到，催動眾軍向前。眾軍聽令，齊聲大喊，殺奔營前；卻見趙雲巋然不動。曹兵心虛，翻身退回。趙雲把槍一招，壕中弓弩齊發。此時天色昏黑，曹兵不辨虛實，耳聽身後喊聲大震，鼓角齊鳴，正不知有多少蜀兵埋伏，競相奔逃。趙雲、黃忠、張著各領一支兵馬隨後殺來，曹兵逃到漢水河邊，爭著渡河逃命，自相踐踏，落水而死者不計其數。曹操棄了北山糧草，逃回南鄭。徐晃、張郃紮腳不住，也棄了本寨逃走。趙雲占了曹寨，黃忠奪了糧草，繳獲軍器馬匹無數。蜀軍大獲全勝，派人飛馬向劉備報捷。

劉備接到捷報，便和孔明一起來到漢水之濱，問起戰況，軍士們將趙雲如何突入重圍救出黃忠、如何單槍匹馬嚇退曹兵的事細說一遍，劉備欣然讚嘆：「子龍可謂一身都是膽啊！」當即加封趙雲為虎威將軍，大設酒宴，慰勞有功將士。

過了幾天，曹操重整大軍，又從斜谷小路來爭漢水。魏蜀兩軍隔水相持。劉備和孔明親自到陣前察看形勢。孔明見漢水上游有一帶土山，可以埋伏一千多人，便心生一計。回到營中，孔明找來趙雲，吩咐他帶五百人去土山埋伏，聽到營中號炮一響，便擂鼓吹角，大造聲勢，卻不可出戰。趙雲受計而去。孔明自己也悄悄移駐到高山上，居高臨下，暗中窺看曹營動靜。

次日，曹兵前來挑戰，蜀軍閉營不出，連弓弩都不發一枝。曹兵鬧騰了一天，無功自回。到了半夜，孔明見曹營燈火已熄，軍士歇定，便放起號炮。趙雲聽得，立即鼓角齊鳴。曹兵從睡夢中驚起，以為蜀軍前來劫寨，慌忙準備迎敵。及至衝出營來，卻不見蜀軍蹤影。剛剛回到營中，正要歇息，號炮又響，鼓角又鳴，吶喊震地，山谷回聲。曹兵徹夜不得安寧。如此一連三夜，眼見將士被折磨得日漸疲憊，曹操心生怯意，傳令拔寨後退三十里，在空闊處重新紮營。蜀兵乘機渡過漢水，背靠漢水紮下營寨。

曹操見劉備背水下寨，心中疑惑，使人來下戰書。孔明答覆來日決戰。第二天，兩軍在五界山前列成陣勢。曹操命徐晃出馬，蜀營劉封出迎，兩人打了幾個回合，劉封敵不過徐晃，撥馬便走。曹操傳令：「誰能捉住劉備，便封誰為西川之主。」眾軍聽了，個個奮勇爭先，殺過陣來。蜀兵盡棄營寨，往漢水邊逃去，馬匹軍器，丟滿道上。曹軍都爭著下馬拾取。曹操忽然省悟，急忙傳令火速退兵，「有妄自拾取一物者，當場斬首」。曹兵正要後退，只見孔明號旗一舉，左邊殺出黃忠，右邊殺出趙雲，劉備也從中路翻身殺回。曹兵大敗，一路逃向南鄭。

不料趕到城下，城上卻已插滿蜀軍旗幟。原來魏延、張飛得嚴顏代守閬中，分兵殺來，已經先得了南鄭。曹操心驚膽戰，只好退守陽平關。立腳未穩，蜀兵又從四面八方趕到城下：東門放火，西門吶喊，南門放火，北門擂鼓。曹操大懼，棄關逃走。張飛、趙雲、黃忠沿路追殺，曹操一直逃到斜谷界口，遇到次子曹彰趕來接應的兵馬，才勉強紮住陣營。這一仗，孔明抓住曹操為人多疑的弱點，用疑兵計速敗曹操。

此時馬超也趕來助戰。馬超手下士卒養精蓄銳，休養了很長時間，此時兵強馬壯，勢不可擋。曹操被馬超攔住去路，無法進兵，有心收兵撤退，又恐被蜀兵恥笑，心中猶豫不決。這一天，曹操正在帳中沉思，廚師送進來一碗雞湯。曹操見碗中有幾根雞肋，不禁有所感觸。恰好此時夏侯惇進帳，稟請夜間口令。曹操隨口說道：「雞肋！雞肋！」夏侯惇便出帳傳令眾將，以「雞肋」為值夜口令。

行軍主簿楊修聽到這個消息，便叫隨行軍士收拾行裝，準備撤退。有人報知夏侯惇。夏侯惇大吃一驚，忙把楊修請到帳中問道：「先生為什麼收拾行裝？」楊修說：「從今夜的口令，便可看出魏王很快就要退兵了。雞肋這個東西，食之無肉，棄之可惜，不正像我們現在的處境嗎？所以我提前收拾好行裝，免得臨行慌亂。」夏侯惇佩服地說：「先生真是看到魏王心裡去了！」便也收拾起行裝來。消息傳開，寨中眾將紛紛整理東西，準備回家。

誰知當夜曹操心裡煩亂，睡不著覺，便手提鋼斧，在寨中巡視，發現夏侯惇寨內軍士都在準備行裝，非常驚訝，急忙回帳，把夏侯惇找來，問是怎麼回事。夏侯惇說：「是主簿楊德祖說大王有心撤兵，我們才收拾行裝的。」曹操又把楊修找來，楊修把「雞肋」的含義說了，曹操勃然大怒，喝道：「你怎敢製造謠言，擾亂軍心！」喝令刀斧手將楊修推出斬了，將首級掛在轅門外示眾。原來楊修這個人很有才氣，但不拘小節，喜歡賣弄，好幾次都觸犯了曹操的忌諱，曹操越來越不喜歡他。加上他和曹操的三兒子曹植交好，暗中幫助曹植與曹丕爭奪曹操繼承人的地位，被曹操察覺，早就有心除掉他。如今終於以惑亂軍心為藉口把他殺害，死時年僅三十四歲。

曹操殺了楊修，又假裝生氣，要殺夏侯惇，眾將苦苦求情，才饒過了他。第二天，曹操親率大軍出斜谷界口進攻蜀軍，卻被魏延、馬超前後夾攻，殺了個大敗，曹操自己也被魏延一箭射中人中，折掉了兩顆門牙。曹操只好躺在氈車中，由親兵護衛著退回斜谷。孔明見曹操要逃，急命馬超等將緊追不捨。曹操立不住腳，只好下令班師。孔明分兵十幾路，沿途攻劫騷擾，曹軍已經喪失鬥志，無心戀戰，一路逃回許昌去了。劉備乘機占據了漢中全境。

建安二十四年（西元二一九年）七月，劉備已經擁有荊襄、漢中、西川等大片地方，兵精糧足，民心歸附，便在孔明等眾官的推舉下自立為漢中王。立劉禪為世子，封許靖為太傅，法正為尚書令；諸葛亮為軍師，總理軍國重事。封關羽、張飛、趙雲、馬超、黃忠為五虎大將，魏延為漢中太守。其餘文武百官，各依功勳定爵。從此劉備獨霸西南一方，三分鼎立的局面終於形成了。

第四十二回　龐德抬棺決死戰　關羽放水淹七軍

漢獻帝建安二十四年（西元二一九年），劉備自立為漢中王。消息傳到許都，曹操大怒，當即就要起兵征討。司馬懿卻建議派人去江東說動孫權，叫他出兵奪取荊州，令劉備首尾不能相救。曹操便派滿寵為使者，趕奔江東來見孫權。

滿寵見到孫權，遞上曹操的書信，說：「吳、魏兩家本來沒有仇怨，都是因為劉備的緣故，才發生了一些摩擦。如今魏王派我來結好將軍，約請將軍攻取荊州，魏王出兵漢中，首尾夾擊，共破劉備。事成之後，平分疆土。」孫權看過書信，送滿寵回館舍安歇，自與眾謀士商議。顧雍說：「滿寵的話雖是說詞，卻也不無道理。如今可一面答應曹操，一面派人過江打探關羽動靜，相機行事。」諸葛瑾說：「我聽說關羽有一個女兒，尚未許親。我願去為主公世子求婚。如果關羽答應，就和他一起對付曹操；如果不答應，就幫助曹操奪取荊州。」孫權採納了他的意見，一面打發滿寵回許都，一面派諸葛瑾為使者，過江到荊州求親。

不料諸葛瑾見到關羽，剛一提起兩家結親的來意，關羽就變了臉色，怒道：「住嘴！我的虎女怎肯嫁給犬子！不看在軍師的情面上，你這話就是死罪！」不由分說，就將諸葛瑾趕了出來。諸葛瑾討了個沒趣，灰頭土臉地回到江東，如實稟告孫權。孫權大怒，立即召集文武官員，商議攻取荊州。步騭說：「曹操早就想篡位稱帝，只顧忌孫、劉兩家反對，如今派使者來請我們攻取荊州，顯見是想嫁禍東吳。曹仁就在襄陽、樊城駐軍，又沒有長江阻隔，曹操為什麼不讓他去取荊州？只從這一點，就能看出曹操的用心。主公不妨派使者到許都去見曹操，請求讓曹仁先從陸路出兵去荊州，關羽一定會抽調荊州大部分兵馬對付曹仁，我們乘機偷襲荊州，就容易多了。」孫權採納了這個辦法，曹操果然答應，叫曹仁準備進兵。

早有細作報入成都。劉備忙與孔明商議。孔明道：「曹操想借東吳的力量消滅我們，可東吳有見識的人才極多，一定會反過來將曹操一軍，讓曹仁先出兵。主公可派一名使者到荊州，將新封的官誥送給雲長，讓他搶先出兵去打樊城，孫權、曹操兩家的如意算盤就自然瓦解了。」劉備便派前部司馬費詩為使者，帶著官印、誥命去見關羽。

費詩來到荊州，關羽親自出城迎接。將費詩請到公堂坐定，關羽開口便問：「漢中王封我什麼官爵？」費詩道：「關、張、趙、馬、黃，五虎大將，將軍為五虎將之首。」關羽聽了，不高興地說：「張飛是我弟弟，馬超世代名將，趙雲跟隨我兄長多年，也如我兄弟一般，他們和我官位相等，沒什麼可說；那黃忠不過是個老兵卒，有什麼資格和我同列？這樣的官位，不做也罷！」便不肯接受官印。費詩笑道：「將軍這就錯了。當年蕭何、曹參與高祖皇帝一同起事，最為親近，而韓信不過是楚國的一個逃兵，但後來韓信被封為齊王，爵位在蕭何、曹參之上，也沒聽說蕭、曹二人為此抱怨過。如今漢中王與將軍名為君臣，實為兄弟，就像一個人一樣，將軍就是漢中王，漢中王就是將軍，別人怎麼能比得上呢？目前正是用人之際，將軍應該為漢中王分憂解難才對，這時候出來計較官位高低，恐怕有些欠考慮吧？」一席話說得關羽恍然大悟，連忙向費詩道歉說：「我一時糊塗，要不是先生開導，幾乎誤了大事！」於是恭敬地接受了官印。

費詩這才拿出劉備的書信，令關羽領兵攻取樊城。雲長接受命令，當即指派傅士仁、糜芳二人為先鋒，先領人馬在荊州城外屯紮；自己在城中設宴，款待費詩。兩人喝到二更時分，忽然接到報告，說城外軍營突然起火，關羽急忙披掛上馬，出城一看，原來是傅士仁、糜芳在一起飲酒，不小心把火種遺落到帳後，點著了火炮，引發火災，把全營的軍器糧草燒得一乾二淨。關羽急忙指揮兵士救火，一直忙到四更天，才把大火撲滅。關羽回城，把傅士仁、糜芳召來，痛責他們失職誤事，當時就要將二人推出去斬首。費詩求情說：「未曾出師，先斬大將，很不吉利，姑且饒過他們這一回吧。」關羽怒氣不息，吩咐武士將二人各打四十軍棍，收回先鋒印綬，罰糜芳去守南郡，傅士仁去守公安，並且留下話說：「等我得勝回來，再有過失，二罪並罰！」二人滿面羞慚地退了下去。

第二天，關羽送走費詩，改令廖化為先鋒，關平為副將，馬良、伊籍為參謀，自己親自率領中軍，浩浩蕩蕩殺奔襄陽。早有探馬報告曹仁。曹仁畏懼關羽的英勇，打算堅守不出，但副將翟元、夏侯存等人都爭相請戰。曹仁無奈，只得令滿寵守城，自己親率大軍來戰關羽。

關羽得知曹兵來戰，便召來關平、廖化二將，授給他們一條密計，叫他們前去迎敵。兩軍相遇，擺開陣勢，廖化出馬，與曹將翟元交鋒。戰了幾個回合，廖化詐敗，撥馬便走，翟元隨後掩殺，一直追了二十多里。次日，廖化又來挑戰。夏侯存、翟元一齊出迎，荊州兵又敗，又追殺二十多里。曹仁連勝兩仗，正在得意，忽聽背後喊聲大震，鼓角齊鳴。曹仁大驚，正要分兵抵敵，卻見前軍紛紛退下，原來是關平、廖化返身殺了回來，曹兵大亂。曹仁知道中計，慌忙帶著隨身兵馬搶先衝出包圍，向襄陽飛奔。眼看快到城下，忽然路邊湧出一支人馬，為首大將勒馬橫刀，攔住去路，正是關羽。曹仁膽戰心驚，不敢交鋒，從岔路逃走了。夏侯存不知厲害，拍馬上前交鋒，只一回合，被關羽劈落馬下。翟元掉頭要逃，也被關平趕上，一刀斬了。關羽乘勢揮軍追殺，曹兵死傷大半。曹仁拚命逃過襄江，退守樊城。

關羽得了襄陽，賞軍安民。隨軍司馬王甫提醒說：「現在東吳呂蒙屯兵陸口，常有吞併荊州之意，將軍遠征襄陽，要防備他從背後偷襲荊州。」關羽道：「我已經考慮到這一點。這件事就交給你去辦：你到沿江一帶，每隔二、三十里修築一座烽火臺，每臺派五十名軍士看守；倘若吳兵渡江來襲，就點燃烽火，我看到信號，就親自回來迎敵。」王甫又說：「糜芳、傅士仁把守南郡、公安，責任重大，兩人剛受了責罰，恐怕不肯盡力，最好再派一人總督荊州。」關羽道：「我已派治中潘濬留守，不必擔心。」王甫說：「潘濬這個人忌才好利，不堪重用。趙累為人忠誠廉直，不如改用此人，萬無一失。」關羽有些不耐煩，說道：「潘濬的為人我早就清楚，如今既已差定，不必更改。趙累眼下掌管全軍糧料，責任也很重要。你不要再多疑了，趕快給我築烽火臺去吧。」王甫只得怏怏地拜辭關羽而去。關羽隨即令關平準備船隻，要渡襄江攻打樊城。

且說曹仁折了二將，退守樊城，喘息未定，又報關羽渡江殺來。滿寵主張堅守不戰，等待援兵，部將呂常卻不服氣，嚷著要去交戰。曹仁便撥給他二千人馬，讓他到襄江邊攔截關羽。呂常來到江口，只見前面繡旗開處，關羽橫刀出馬，攔住去路。呂常正要上前迎戰，不料身後的曹軍士卒見到關羽威風凜凜的樣子，未戰先怯，紛紛掉頭逃走，呂常喝止不住。關羽乘機掩殺過來，一直追到樊城城下。曹仁急忙派人趕奔許昌，向曹操求救。

曹操接到曹仁的求救文書，將帳下眾將逐一打量一遍，用手指向于禁說：「好，就命你去解樊城之圍。」又問：「哪位將軍敢做先鋒？」話音未落，一將挺身而出。曹操見是龐德，高興地說：「關羽號稱打遍天下無對手，這回可算是遇上勁敵了。」便任命于禁為征南將軍，龐德為征西都先鋒，率領七支精兵，去救樊城。

這七支軍馬，都是身經百戰的北方壯士。領軍將校一個叫董衡，一個叫董超，當天接到命令，先來拜見于禁。董衡對于禁說：「這次將軍率領七路精兵去解樊城之圍，志在必勝，卻用龐德為先鋒，難道不怕誤事嗎？」于禁忙問有什麼不妥。董衡道：「龐德原是馬超手下副將，如今馬超在劉備那裡官居五虎上將，他哥哥龐柔也在西川為官，派他做先鋒，不是火上澆油嗎？將軍何不稟告魏王，另換一個人去？」于禁聽了，覺得有理，便連夜趕去求見曹操，說明情由。曹操猛然省悟，當即把龐德找來，讓他交還先鋒印信。龐德驚訝地問：「我正要為大王出力，為何不肯見用？」曹操支吾著說：「不是我不信任你，只是馬超和你哥哥龐柔都在西川輔佐劉備，難免有人會說閒話，將軍還是不去的好。」龐德聽了，拜倒在曹操面前，額頭都磕出血來，為自己辯解說：「我因為嫂子不賢，把她殺了，早已和哥哥反目成仇；馬超有勇無謀，兵敗地亡，降了劉備，如今和我各事其主，也已恩斷義絕。我受大王恩遇，萬死不辭，怎敢萌生異心？望大王明察。」曹操連忙扶起龐德，撫慰他說：「我也知道你一片忠心，剛才那些話，不過是為了安撫一下眾人的議論罷了。你儘管前去，努力建功，我一定不會虧待你。」

龐德回到家中，便找來木匠，連夜打造了一口棺木。第二天，他把棺木擺放在廳堂中央，排下酒席，把親朋好友都邀到家中喝酒。龐德舉起酒杯對親友們說：「這次我去樊城，誓與關羽決一死戰，不是他死，就是我亡，絕不讓這口棺材空著回來。」又把妻子李氏和兒子龐會叫出來和大家相見，當眾囑咐李氏說：「我當了先鋒，理應奮勇殺敵，戰死疆場。如果我死了，你要好好把兒子養大，讓他長大後為我報仇。」在場的人聽了，都感嘆不已。臨行前，龐德又對部將們說：「此去與關羽死戰，如果我被關羽殺了，你們就把我的屍首放在這口棺材裡；如果我殺了關羽，也要割下他的腦袋放進棺內，抬回來獻給魏王。」部將五百人都振臂高呼，願竭力相助。龐統於是領軍出發。

有人將龐德的話報告給曹操，曹操高興地說：「龐德如此忠勇，我還有什麼不放心的！」賈詡卻在一旁說：「龐德全憑血氣之勇，要與關羽拚命，我還真有幾分擔心呢。」曹操覺得有理，急忙派人傳話給龐德，告誡他說：「關羽智勇雙全，千萬不可輕敵。此去能勝就勝，不能勝就好好防守。」龐德聽了，不禁笑道：「大王過於看重關羽了。我這一去，關羽三十年的威名就算到頭了。」說完，一馬當先，奔向樊城。

早有探馬報告關羽。關羽勃然大怒，說道：「天下英雄，聽到我的名字，無不畏懼三分，龐德無名豎子，竟敢如此出言不遜！」便命關平圍攻樊城，要親自去戰龐德。關平連忙勸阻，情願代父出戰。關羽答應了。關平提刀上馬，來到陣前，見龐德青袍銀鎧，鋼刀白馬，正在那裡耀武揚威，背後五百親兵，簇擁著一口棺木。關平大怒，縱馬舞刀，直取龐德。龐德橫刀相迎。兩人大戰三十回合，不分勝負，各自回營歇息。不久關羽趕到，聽關平說了交戰情形，怒不可遏，傳令擂動戰鼓，親自出馬向龐德挑戰。龐德毫不畏懼，揮動鋼刀迎戰關羽。二人戰了一百多個回合，都是越戰越勇，把兩邊觀戰的將士都看呆了。于禁恐龐德有失，傳令鳴金收兵，關平也將關羽接回寨中。兩人心裡都暗自佩服對方英雄了得。

第二天，龐德又來挑戰。關羽正要出馬迎敵，關平勸阻道：「龐德不過是西涼的無名小卒，父親即使殺了他，也不算什麼大事；萬一有個閃失，可就辜負了伯父的重託。」關羽道：「我不殺此人，難消心頭之恨！」說完上馬出陣，二話不說，與龐德又戰在一起。轉眼又鬥了五十多個回合，龐德忽然倒拖大刀，回馬退走。關羽哪裡肯捨，拍馬追趕，口中大喊：「龐賊！你有拖刀計儘管使來，我還怕你不成？」龐德卻暗自把大刀掛在鞍上，偷偷彎弓搭箭，回身朝關羽射來。關羽躲閃不及，正中左臂。關平急忙縱馬上前，救護父親回營。龐德正要追趕，忽聽得本營鑼聲大震，龐德擔心後軍有失，急忙勒馬回營。原來于禁見龐德射中關羽，唯恐他立了大功，蓋過自己的風頭，所以傳令鳴金收軍。龐德回到寨中，問于禁為何收兵，于禁說：「關羽智勇雙全，我擔心你中他的圈套，所以鳴金收兵。」龐德頓足嘆道：「再晚一會兒，我就斬了他了。」于禁假意勸道：「不必著急，慢慢還有機會。」龐德不知于禁用心，只是懊悔不已。

卻說關羽回營，拔了箭頭。幸虧箭射得不深，忙用金瘡藥敷上。關羽恨透了龐德，發誓要報這一箭之仇。第二天，龐德前來挑戰，關羽便要出戰，被眾將攔住，勸他安心養好箭傷，再戰不遲。此後幾日，龐德命小軍天天在寨外叫罵挑釁，關平只是堅守不出，並吩咐眾將，誰也不許報告關羽知道。

就這樣過了十多天，龐德見荊州兵始終不肯出戰，就和于禁商議說：「關羽受了箭傷，無法出陣，我們不如趁此機會率領七軍一齊殺入敵營，解救樊城之圍。」于禁只怕龐德搶了功勞，總用曹操囑咐「不可輕敵」為藉口，不肯出兵。龐德幾次想要動兵，都被于禁阻止。到後來索性傳令七軍一齊轉過山口，到樊城北面十里外的山下紮寨。于禁親自領兵截斷大路，卻讓龐德駐紮在山谷中，牽制龐德的行動。

此時關羽的箭傷已經痊癒，聽說于禁在調動軍隊。便帶著幾名隨從，親自登上山頂察看形勢。只見樊城被困多日，城中已是一片慌亂；于禁的大隊人馬卻屯紮在城北的山谷裡，不遠處就是奔流洶湧的襄江。關羽看了半天，心中有了破敵的計策。

此時正值八月初秋，一連下了好幾天暴雨。關羽傳令荊州兵馬，悄悄把營寨移往高地，又命人預備船筏，收拾水具。關平問道：「我們陸地作戰，準備船筏有什麼用？」關羽說：「我注意到于禁的七支軍馬都屯紮在山谷低窪地帶，如今秋雨連綿，襄江水位泛漲，我已經派人到上游截流蓄水，到時掘開襄江，放水一淹，城裡城外的曹軍都會淹沒在水中，我們正好乘船破敵。」關平聽了，十分佩服。

且說連日大雨不止，曹營中也有人擔心襄江決口，建議于禁移營高地，卻被于禁劈頭蓋臉罵了回去。龐德聽說于禁不肯移營，便準備次日單獨行動，將部下人馬移屯高處。不料就在前一天夜裡，忽然風雨大作。龐德坐在帳中，只聽得風聲、雨聲、馬嘶聲、吶喊聲、戰鼓聲夾雜在一起，震天動地地響了起來，急忙出營察看，但見滾滾洪水翻捲著波濤，從四面八方一齊湧來，轉眼之間平地變成江河，七支軍馬都被大水沖散，無數曹軍在水中隨波逐浪，掙扎哭叫。于禁、龐德等人急忙就近登上高地避水。等到天快亮的時候，江面上忽然旗旛招展，鼓聲大震，關羽率領荊州大軍乘著大船，浩浩蕩蕩地殺了過來。于禁見走投無路，只得投降。關羽將他關押在船艙中，然後來擒龐德。

　　此時龐德與董衡、董超二人及部下五百兵卒都聚在一段河堤上，見關羽殺來，毫無懼色，奮然迎戰。關羽將戰船四面圍定，命軍士一齊放箭，將曹軍射死大半。董衡、董超見大勢已去，勸龐德一起投降，龐德大怒，當即拔出寶劍把二人殺了，高呼：「誰敢再提投降，這二人就是榜樣！」於是眾人都拚死抵抗。從清晨戰到正午，龐德手下或死或降，只剩下他一人還在力戰。恰好有幾十名荊州兵駕著小船朝岸邊衝來，龐德縱身一躍，跳上小船，揮刀砍翻了十多個荊州兵，其餘的都跳水逃跑了。龐德一手提刀，一手搖櫓，望樊城方向而去。忽然從上流衝下一隻大木筏，兜頭將小船撞翻，龐德落入水中。木筏上有一黑臉將軍跳下水去，將龐德生擒上船。眾人看去，那將正是周倉。

　　關羽水淹七軍，大獲全勝，收兵回營，叫人把于禁押上大帳。于禁跪倒在關羽面前，哀求饒命，關羽捋鬚笑道：「我殺你就像殺一條狗一樣，不值得玷汙我的寶刀。」命人把他送回荊州囚禁。周倉又將龐德押來，龐德怒目睜眉，挺立不跪。關羽愛他忠勇，好言勸他投降，不料龐德只是罵不絕口，終於惹惱了關羽，喝令刀斧手把他推出去殺了。隨即趁著水勢未退，指揮大小將校重新登上戰船，向樊城發動總攻。

第四十三回　呂子明智取荊州　關雲長敗走麥城

卻說關羽水淹七軍，擒于禁、斬龐德，隨即又領軍來攻樊城。此時樊城周圍，白浪滔天，已成一片汪洋，城垣被大水浸泡，不時出現坍塌，城中曹軍日夜擔土搬磚，修補城牆，還是填塞不住。曹軍眾將惶惶不安，都去請求曹仁及早放棄樊城，乘船突圍。曹仁也不禁有些動搖。參軍滿寵卻極力勸阻說：「樊城一失，整個黃河以南就保不住了。大水過不了多久就會逐漸退去，請將軍再咬牙堅持幾天，免得貽誤大局。」曹仁聽了，猛然省悟，向滿寵拱手致謝，隨即騎馬上城，召集守城眾將，共同盟誓，決心與樊城共存亡。曹軍見主將如此堅決，士氣又逐漸高漲起來。曹仁一面發動百姓搶修城牆，一面在城頭架設起數百架強弓大弩，防備關羽進攻。就這樣過了十來天，水勢果然漸漸退了。

這一天，關羽親自指揮將士四面攻打樊城。關羽立馬揚鞭，站在北門外，向城頭高聲勸降。曹仁在敵樓上，遠遠望見關羽身上只穿著護心甲，斜披著綠袍，急忙調來五百名弓弩手，一齊向關羽放箭。關羽急忙回馬閃避，右臂上還是中了一箭，翻身落馬。曹仁見了，立即引兵衝出城來，被關平力戰殺退。

關平把關羽救回大寨，拔出臂上的箭，右臂已經青腫，不能活動了。原來箭頭上浸有毒藥，已經滲入骨頭。關平慌忙與眾將商議道：「父親傷了臂膀，無法作戰，不如暫且退回荊州調理。」眾將都很贊同，便一同入帳來見關羽。關羽得知眾人來意，堅決不肯同意，發怒道：

「眼看樊城就要被我們攻下，取了樊城，便可長驅大進，直搗許都，剿滅操賊，安定漢室。怎麼能因這點小傷，耽誤大事！」關平等人不敢強勸，只好默默地退了出來。

眾將見關羽不肯退兵，傷口又無法痊癒，只得四處訪求名醫。一天，有人到寨前求見，自稱姓華名佗，是譙郡的名醫，聽說關羽受傷，特意從江東趕來醫治。關平大喜，立刻引他進帳來見關羽。此時關羽雖然臂膀疼痛，卻怕亂了軍心，正和謀士馬良下棋消遣，聽說醫生到了，便請進相見。關羽褪下衣袍，伸臂讓華佗看了傷勢。華佗說：「箭毒已經入骨，再不及時醫治，這隻胳臂就殘廢了。」關羽問他如何醫治。華佗道：「我自有辦法，只恐將軍害怕。」關羽笑道：「我視死如歸，什麼都不怕。」華佗便說：「請找一個僻靜的地方豎立一根柱子，上面釘上鐵環。請將軍把傷臂伸進環中，用繩索固定好，然後用棉被蒙住腦袋。我用尖刀割開皮肉，刮去骨上箭毒，敷上藥粉，再用線縫合好傷口，就沒事了。」關羽笑道：「這容易得很，要柱子、鐵環幹什麼！」

關羽令人設下酒席，招待華佗。關羽喝了幾杯酒，就伸出臂膀，叫華佗動手，一面仍舊和馬良下棋。華佗手握尖刀，叫一個小校捧著一個大盆在臂下接血，準備就緒，輕聲對關羽說：「我要動手了，將軍不要害怕。」關羽道：「你儘管放手醫治，我不怕痛。」華佗於是舉刀割開皮肉，直到露出骨骼，骨上已經發青。華佗用刀刮骨，悉悉有聲，旁邊圍觀的人見了，無不掩面失色，而關羽卻依然飲酒食肉，談笑下棋，一點沒有痛苦的樣子。華佗刮淨骨毒，敷上藥，又縫好傷口，說聲「好了」，關羽起身活動了幾下臂膀，大笑道：「這隻胳臂伸展自如，已經完全復原，先生真是神醫！」華佗道：「我做了一輩子醫生，從沒見過像將軍這樣勇敢的人，簡直就像天神一樣！不過箭傷雖然治了，還要小心靜養，尤其不能動怒發火。等過了一百天，才能完全恢復如常。」關羽取出百兩黃金酬謝華佗，華佗說：「我一向仰慕將軍的氣節，所以前來醫治，不是為了報酬。」堅決不肯接受酬謝，留下一帖敷傷的藥膏，就飄然離去了。

再說關羽擒于禁、斬龐德的消息傳到許都，曹操大驚，嘆道：「想不到于禁追隨我三十多年，危難臨頭，居然不如龐德！」料想樊城一旦失守，許都失去了屏障，也很難保住，曹操慌忙召聚文武官員，商議遷都避難。司馬懿卻勸阻道：「遷都事關大局，不到萬不得已，不能採取這個辦法。如今孫、劉兩家失和，關羽得志，孫權一定不會開心。大王可派人去東吳陳說利害，叫孫權起兵偷襲荊州，讓關羽腹背受敵，樊城之圍自然就化解了。」曹操認為有理，便打消了遷都的念頭，一面派大將徐晃帶領五萬精兵去救樊城，一面派人給孫權送信，約他趕快出兵。

孫權接到曹操的書信，正召聚群臣商議，忽報大將呂蒙匆匆從陸口趕回求見。孫權連忙召入，一問才知，呂蒙也是因關羽遠攻樊城，特地來請求出兵襲取荊州的。孫權非常高興，便叫呂蒙先去準備進兵方案，自己隨後率大軍出征。

呂蒙回到陸口，立即親自到江邊察看，卻見對岸沿江上下，新建了許多烽火臺，每隔二、三十里就有一座，各由軍士駐守，分明已經有了準備。又得到探報，說關羽在荊州留下重兵，防務十分嚴密。呂蒙大驚，暗想：「照這樣的情形，偷襲恐怕很難成功。可我在吳侯面前已經誇下海口，卻該如何是好？」左思右想沒有好辦法，只得託病不出，派人報告孫權。

孫權聽說呂蒙突然患病，心裡很不痛快。小將陸遜卻說：「我看呂子明的病是裝的，根本不是真病。」孫權道：「你既然說他裝病，就代表我去探望他吧。」陸遜得了命令，連夜趕到陸口來見呂蒙，果然一點患病的樣子都沒有。陸遜便微笑著說：「我倒有一個偏方，可以醫好將軍的病。」呂蒙聽他話裡有話，便摒退左右，低聲問道：「你有什麼好藥方，請趕快告訴我。」陸遜笑道：「將軍的病根，不過是在荊州沿江的烽火臺上罷了。我有一計，包管讓沿江守吏舉不起烽火，荊州守軍束手歸降。」呂蒙被說穿心事，連忙誠心請教。陸遜說：「關羽自恃英雄，把天下人都不放在眼裡，唯獨對將軍您懼怕三分。將軍如果稱病辭職，換一個資歷不高的將領來鎮守陸口，關羽一定會放鬆警惕，把荊州留守的重兵抽調去打樊城，我們便可以乘他不備，一舉襲取荊州。」呂蒙聽了，連稱：「真是妙計！」

陸遜回去見到孫權，把和呂蒙商議的計策說了。不久呂蒙託病不起，上書辭職。孫權便把呂蒙召回建業養病，並接受呂蒙的推薦，拜陸遜為偏將軍、右都督，代替呂蒙鎮守陸口。陸遜到陸口接任後，隨即寫了一封措詞謙恭的信，又準備了名馬、美酒等許多禮物，派人送到樊城慰問關羽。關羽看了書信，笑道：「孫仲謀好沒有見識，竟用一個毛頭小孩為大將！」打發使者回去，從此不再擔憂江東方面。

不久，陸遜接到探報，關羽果然從荊州抽調了一大半兵馬去樊城前線，立刻派人飛報孫權。孫權將呂蒙召來，對他說：「現在關羽從荊州調走了大半兵馬，正是襲取荊州的大好時機。我想派你和我堂弟孫皎同領大軍前去，你看怎樣？」孫皎字叔明，是孫權叔父孫靜的兒子。呂蒙答道：「當年赤壁大戰，周瑜和程普一同領兵，雖然大事都由周瑜作主，但程普自以為是老臣而位居周瑜之下，心中不服，兩人一度配合得很不順利。後來程普見識了周瑜的才幹，這才由衷佩服。如今我論才能比不上周瑜，而叔明和主公的關係卻遠比程普親近，同領大軍，恐怕有弊無利……」孫權立即省悟，當即拜呂蒙為大都督，總領江東各路軍馬；令孫皎在後接應糧草。

呂蒙領命，立即升帳發令。先調韓當、蔣欽、朱然、潘璋、周泰、徐盛、丁奉等七員大將，各領人馬，陸續向江邊進發；又派人通知陸遜，準備接應。然後選拔出三千名精幹的水軍，面授機宜，叫他們照計行事。

第二天，荊州江邊突然來了八十多艘快船，船頭搖櫓的人都身穿白衣，像是商人模樣。江邊烽火臺上的守軍上前盤問，船上人說：「我們都是江東客商，因在江中遇到風浪，到這裡暫避一下。」說著將一些財物送給守臺軍士。軍士相信了他們的話，便同意他們停泊在江邊。到了半夜二更時分，船艙中突然鑽出許多東吳的精兵，神不知鬼不覺，將烽火臺上的守軍全部活捉。呂蒙隨即率領各路大軍渡過長江，長驅大進，直撲荊州。來到荊州城外，呂蒙挑選了一些在烽火臺俘獲的荊州士兵，用好言撫慰，重加賞賜，叫他們到城下叫門。守城士卒認得是荊州兵，便開了城門。只聽一聲吶喊，埋伏在城外的吳兵一齊殺入，輕而易舉地襲取了荊州。守將潘濬親自捧了印信，到呂蒙軍前投降。呂蒙叫他照舊供職，又傳令軍中：「如有妄殺一人，妄取民間一物者，按軍法處治。」並命將關羽家屬好好看待，不許閒人攪擾。

過了兩天，孫權帶領後軍也到了荊州。一時安民賞軍，設宴慶賀，好不熱鬧。謀士虞翻又自告奮勇，願去公安說服傅士仁歸降，孫權大喜。

原來虞翻和傅士仁是從小交好的朋友。他來到公安，見城門緊閉，就寫了封信，綁在箭上，射入城中。守城軍士拾了，交給傅士仁。傅士仁拆開一看，信中勸他早識時務，獻城投降。傅士仁想起關羽臨行前對他的態度，心中懷恨，便傳令大開城門，請虞翻入城。隨即帶了印信，跟虞翻來荊州向孫權投降。孫權十分高興，要他仍去駐守公安。呂蒙卻私下勸諫孫權說：「把傅士仁留在公安，恐怕日後會生變故，不如派他到南郡去招降糜芳。」孫權也省悟過來，便把這個意思對傅士仁說了，傅士仁慨然答應，帶著十來個隨從直奔南郡而來。

見到糜芳，傅士仁也不隱瞞，把來意照直說了，勸糜芳一起投降。糜芳有些猶豫，說：「漢中王對我們很好，怎麼忍心背叛他呢？」傅士仁道：「關公臨走的時候，痛責我們二人；如今失了荊州，他一定不會輕饒我們。你好好想想吧。」糜芳道：「我和哥哥追隨漢中王多年，怎能一夜之間就背叛他呢？」正在舉棋不定，關羽的催糧官到了，要二人火速準備十萬石白米送往樊城前線，如有延誤，立刻處斬。糜芳大驚，看著傅士仁問：「現在荊州被東吳占了，糧食怎麼運得過去？」傅士仁卻二話不說，拔出寶劍就把催糧官殺了。此時呂蒙已經領兵殺到城下。糜芳無奈，只得隨著傅士仁出城投降。

此時徐晃領兵來救曹仁，已經接近樊城，探知關平屯兵在偃城，廖化屯兵在四冢，前後修建了十二座寨柵，將樊城圍得水洩不通，徐晃便派副將徐商、呂建打著自己的旗號，去偃城與關平交戰，自己卻帶領五百精兵，沿著沔水繞到偃城背後。關平殺退徐商、呂建，正在乘勝追殺，忽報城中火起，知道中計，急忙勒兵回救偃城，正被徐晃攔住去路。徐晃立馬在門旗下，高聲叫道：「關平賢姪，你們的荊州已經被東吳奪了，還在這裡逞什麼威風！」關平大怒，縱馬掄刀，直取徐晃。戰了三、四個回合，眼見得偃城中火光沖天，關平無心戀戰，殺開一條大路，直奔四冢寨去與廖化會合。

廖化這裡也聽到荊州被襲的傳言，軍心不穩，兩人正在商議對策，忽報徐晃帶兵正在圍攻正北第一寨。關平道：「第一寨一旦失守，其他各個營寨都保不住，我們要趕快去救。」廖化便囑咐部將堅守四冢，自己和關平帶領一支精兵匆匆趕到第一寨。關平見徐晃把兵馬屯紮在一座小山丘上，暗笑他不識兵法，便準備天黑之後引兵劫寨。廖化分了一半人馬給他，自己帶了一半兵卒守寨。

當天夜裡，關平帶著一支人馬殺入曹營，卻一個曹兵也沒有見到。關平知道中計，正要撤退，左邊徐商，右邊呂建，兩支人馬殺出，把荊州兵夾在中間，大殺一陣。關平敗回寨中，曹兵乘勢追來，關平、廖化支撐不住，只得棄了第一寨，退向四冢。遠遠望見四冢寨中火光大起，急忙趕到寨前，只見到處都是魏兵旗號，四冢已被徐晃乘虛占了。關平、廖化奮力死戰，殺出一條血路，帶著殘兵逃回關羽的大寨。關平述說了戰敗經過，又說傳言荊州已被呂蒙襲了。關羽喝道：「這是敵人造的謠言，想擾亂我們軍心！東吳呂蒙已經病得快死了，由一個毛頭小子陸遜代他為將，怎麼敢偷襲荊州！」

說話間，徐晃已經帶兵殺到。關羽便叫備馬，要親自出陣。關平勸道：「父親箭傷未癒，不可出戰。」關羽笑道：「徐晃和我相識多年，他的本領我很清楚。如果他不肯退兵，我就先斬了他，給其他人做個榜樣！」說完提刀上馬，奮然出陣。曹軍見了，無不驚懼。徐晃在馬上欠身施禮，問候道：「幾年不見，想不到君侯的鬚髮都已經蒼白了！想起當年我們朝夕相處的日子，真是不勝感慨啊。」關羽道：「你我交情深厚，非他人可比，為什麼要對我兒苦苦相逼呢？」徐晃卻不再答話，回顧眾將，厲聲大叫道：「誰能取得關羽人頭，重賞千金！」關羽吃了一驚，忙問：「你怎麼這樣講話？」徐晃說：「今天是國家大事，我不能以私廢公。」說完，揮動大斧直取關羽。關羽勃然大怒，也揮刀相迎。兩人大戰八十多個回合，關羽雖然武藝超群，終究右臂箭傷未癒，只能和徐晃戰成平手。關平怕父親有失，急忙鳴金，關羽撥馬回寨。

忽然四下裡喊聲大震，原來是曹仁得知曹操的救兵到了，率軍殺出城來，與徐晃會合，兩下夾攻，荊州兵大亂。關羽急忙上馬，棄了大寨，帶領眾將從上游渡過襄江，向襄陽撤退。忽然探馬來報，說荊州已被呂蒙所奪，將士們的家眷都陷落在城中。關羽這才恍然大驚。此時已不敢再奔襄陽，只得改道去投公安。不料探馬又報，傅士仁、糜芳都降了東吳，公安、南郡也已經丟了。關羽聽了，不由得怒氣上沖，箭瘡迸裂，昏倒在地。

眾將急忙把他救醒。關羽緩過氣來，對行軍司馬王甫說：「當初沒有聽從你的勸告，如今果然落到這種地步，真是後悔莫及！」管糧都督趙累道：「事已如此，只有一面派人往成都求救，一面從旱路反攻荊州。」關羽也沒有別的辦法，只得派馬良、伊籍帶著告急文書，星夜趕赴成都求救，自己親自領兵來奪荊州。

半路上，趙累又向關羽建議道：「當初呂蒙在陸口時，曾主動寫信給君侯，相約共誅曹操。如今反而幫助曹操來偷襲我們，這是背棄盟約的行為。君侯可派人送信給呂蒙，斥責他背信棄義，看他如何對答。」關羽便寫了一封書信，派使者送到荊州。呂蒙看了來信，對使者說：「當初和關將軍結好，是我個人的意願；如今的事，是執行我家主公的命令，由不得自己作主。希望使者回去，向關將軍解釋一下。」便把使者送到館驛休息。

卻說呂蒙在荊州，傳下號令：凡荊州各郡有隨關羽出征的將士家屬，不許吳兵騷擾，還按月供給糧米，有患病的派醫生治療。出征將士的家屬都感念呂蒙的恩惠，荊州秩序井然。聽說關羽的使者來了，都到館驛來打聽親人的情況，有托帶家書的，有託傳口信的，都說人口平安，衣食不缺。使者回見關羽，把呂蒙的話說給關羽，並告訴關羽，他和眾將的家眷都得到很好的對待。關羽怒道：「這都是呂蒙的奸計！我恨不得生吞此賊，以雪我恨！」將使者轟出帳外。

使者退出大寨，將士們都來探問家中的情況，聽說家眷都平安無事，有的人還收到了家信，都十分歡喜，再也沒有心思打仗。好多兵將就在半路上開了小差，偷偷溜回荊州去了。關羽更加惱怒，催促軍馬加速前進。

這一天正在行軍途中，忽然聽得喊聲大震，東吳大將蔣欽帶領一支人馬攔住去路。蔣欽勒馬挺槍，大叫：「關羽趕快投降！」關羽罵道：「我是堂堂漢將，怎能降賊！」拍馬舞刀，直取蔣欽。戰不到三個回合，蔣欽敗走。關羽追了二十多里，忽然又是一片吶喊，韓當、周泰各領一支人馬從兩側山谷殺出。蔣欽也回馬殺來，三路夾攻，關羽不能抵擋，急忙撤軍回走。走沒多遠，忽見南面山岡上人頭攢動，一面白旗高高飄揚，上面寫著「荊州土人」四字。只聽山岡上的人齊聲呼喚，叫本地人快快投降。關羽大怒，要領兵殺上岡去，山坳裡又衝出丁奉、徐盛兩路軍馬，與蔣欽等人會合在一起，將關羽團團圍住。手下將士，死的死，散的散，一個個少了下去。殺到黃昏，關羽抬頭望去，只見四面山上，到處都有荊州人在呼兄喚弟，覓子尋爺，喊聲不住。手下軍士紛紛應聲尋去，只剩下三百多人。

支撐到半夜，正東方向喊聲連天，關平、廖化分兩路兵殺入重圍，救出關羽。關平見軍心已亂，勸關羽暫且到麥城屯紮，等待援兵。關羽無奈，只得同意，催促殘軍進入麥城。

第四十四回　關雲長父子同遇害　曹子桓兄弟自相殘

且說關羽帶領殘兵退入麥城，分兵緊守四門，召聚將士商議。趙累道：「這裡離上庸不遠，現有劉封、孟達在那裡把守，可速派人去求救兵。若能得到這支軍馬接濟，就能安定軍心，等待川中大軍到來。」

此時吳兵已經將麥城四面圍定。關羽問：「誰敢突圍而出，到上庸求救？」廖化道：「我去。」關平道：「我護送你衝出重圍。」關羽便寫好書信，交給廖化。廖化把信貼身藏好，飽餐一頓，打開城門衝出城去。走不多遠，吳將丁奉截往去路，被關平奮力殺退，廖化乘勢殺出重圍，趕往上庸。

廖化來到上庸，把關羽兵敗被困的經過說了，要劉封、孟達火速出兵相救。劉封把廖化送入館驛休息，回頭與孟達商議。孟達說：「吳、魏兩家聯手，勢力強大，我們這一點人馬，根本不是對手。還是不要輕舉妄動的好。」劉封說：「我也知道敵眾我寡，實力懸殊，可是關公是我叔父，怎能忍心坐視不救呢？」孟達冷笑道：「將軍把關公當作叔父，恐怕關公未必認將軍這個姪子呢。我聽說當初漢中王要過繼將軍為義子時，關公就不樂意。後來漢中王登位，要立後嗣，徵詢關、張二人的意見，關公說將軍是義子，不能繼承，反而勸漢中王把將軍安置到上庸這種偏遠的地方，以杜絕後患。這件事幾乎人人皆知，只有將軍一個人蒙在鼓裡。」劉封說：「你的話也有道理，可是用什麼理由來推托呢？」孟達說：「你只說上庸剛剛歸附，民心未定，不敢輕率出兵。」第二天，劉封就把這意思對廖化說了。廖化大吃一驚，跪倒在地，把頭不住地撞在地上，叫道：「要是這樣，關公就沒命了！」孟達冷冷地說：「就是我們去，一杯水也撲滅不了大火。將軍還是趕快回去吧。」說完，不顧廖化大哭懇求，和劉封轉身進去了。廖化知道沒指望了，只好上馬，大罵出城，到成都求救去了。

再說關羽在麥城，日夜盼望上庸救兵到來，卻始終不見動靜。眼見城裡的糧食快要耗盡，手下只有三百來人，還有一大半都是傷兵，心裡十分焦急。趙累道：「事到如今，只有放棄這座孤城，退入西川，再圖恢復。」關羽道：「也只好如此了。」便登上城樓觀看形勢。關羽見北門外敵軍不多，便向本城居民打聽，得知北門外都是山間小路，可直通西川，便決定當夜由北門突圍。王甫勸他改走大路，關羽不聽。

天黑之後，關羽留周倉與王甫同守麥城，自己與關平、趙累帶領殘兵二百多人，衝出北門。初更過後，已經約莫走出二十多里，忽聽山坳處金鼓齊鳴，喊聲大震，東吳大將朱然帶領一支人馬攔住去路，大叫：「關羽休走！趁早投降，免得一死！」關羽大怒，拍馬掄刀來戰朱然。朱然回馬便走，關羽乘勢追殺，忽然一棒鼓響，四下伏兵一齊殺出。關羽不敢戀戰，改往臨沮小路退走，朱然率兵隨後掩殺，關羽身邊隨從的兵卒漸漸稀少。走不出四、五里，前面火光大起，潘璋又驟馬舞刀殺來。關羽掄刀相迎，殺退潘璋，匆匆趕路。背後關平趕來，報說趙累已死在亂軍之中，關羽更加悲惶。

此時關羽身邊的士卒只剩下十來人了，關羽便叫關平斷後，自己在前面開路。五更時分，走到一個叫決石的地方，兩側都是高山，山邊長滿了蘆葦敗草，樹木叢雜。關羽一行正在趕路，忽然一聲吶喊，兩側伏兵盡出，葦叢中伸出無數長鉤套索，把關羽的坐騎絆倒。關羽翻身落馬，被潘璋部將馬忠俘獲。關平急忙上前相救，卻被潘璋、朱然指揮吳兵團團圍住。關平孤身奮戰，直到筋疲力盡，才被捉住。

此時天已大亮，孫權和眾將一直在大帳中等候消息，聽說關羽父子已被擒獲，心中大喜。不一會兒，馬忠將關羽父子推到帳前。孫權得意地說：「將軍平日總自以為天下無敵，今天落到我孫權的手中，你服不服？」關羽厲聲罵道：「我與劉皇叔桃園結義，發誓匡扶漢室，豈肯與你們這些叛漢的奸賊為伍！我今天誤中奸計，只有一死了之，何必廢話！」孫權沉吟了半晌，終於叫人將關羽父子推出行刑。關羽終年五十八歲。關羽死後，很快麥城也被吳軍攻陷，王甫、周倉先後遇難。從此荊州全境歸屬東吳。

孫權殺害了關羽父子，想起劉備與關羽桃園結義，誓同生死，一旦得知關羽遇害，定會傾盡全力，出兵為他報仇，心裡不禁惶惶不安。張昭見狀，為孫權獻上一計，叫他派人把關羽的首級轉送給曹操，讓劉備知道一切都是曹操所唆使，必然將仇恨轉向曹操。孫權覺得這個辦法很好，就用木匣盛上關羽首級，派使者星夜趕往洛陽，送給曹操。

曹操得知關羽的死訊，高興地說：「我終於能睡個安穩覺了！」忙召東吳使者入內，親自打開木匣察看。但見關羽鬚髮賁張，面目如生，曹操不禁大吃一驚，嚇得昏倒在地。眾官急忙上前搶救。過了好大工夫，曹操才慢慢甦醒過來，心有餘悸地說：「關羽簡直就是天神一般！」命人用沉香木雕刻了關羽的身體，和首級連在一起，曹操親自設牲醴祭祀，以王侯的規格，將關羽安葬在洛陽城南門外。

自從受了這一場驚嚇後，曹操每夜一闔眼便看見關羽站在面前，嚇得他終日無法睡眠。後來又添上頭痛的病症，疼痛起來難以忍受。請了許多名醫治療，始終無法痊癒。後來華歆提議說：「我們江東有位神醫華佗，醫術之妙，世所罕有，是扁鵲、倉公一流的人物。此人現居金城，離洛陽不遠，何不請他來給大王看看？」曹操也聽說過華佗的大名，便趕快派人去請華佗。

華佗為曹操診視了病情，對曹操說：「大王頭腦疼痛，是因受了風寒。病根在腦袋中，不取出風涎，光服湯藥是治不好的。我有一個辦法：請大王先喝下我特製的麻沸湯，不久就會暫時失去知覺；然後我用利斧劈開大王的腦袋，取出風涎，這病就可以除根了。」曹操大怒，喝道：「你想殺死我嗎？」華佗說：「上次關公右臂中了毒箭，我為他刮骨療毒，關公毫無懼色；如今大王這一點小病，何必多疑呢？」曹操道：「臂痛可刮，腦袋難道可以劈開嗎？你和關羽有交情，一定是想乘此機會，為他報仇！」便命人把華佗關進獄中，嚴刑拷問，逼他招供實情。

華佗被關押在牢獄中，結識了一名姓吳的獄卒，人們都稱他為「吳押獄」。此人每天自備酒食供養華佗，華佗很感激他，就對他說：「我這次難逃一死，唯一遺憾的是我的著作《青囊書》沒有來得及流傳於世。你對我這麼好，我無以報答，打算寫一封書信，你可以派人送到我家裡，取來《青囊書》，就把這部書贈送給你，使我的醫術後繼有人。」吳押獄大喜，道：「我如果得了此書，便放棄獄卒的職業，一心醫治天下病人，將先生的醫德發揚光大。」華佗便寫了一封信交給吳押獄。吳押獄親自趕赴金城，從華佗的妻子那裡取來《青囊書》，帶回家中小心收藏起來。

過了半個多月，華佗終究死在獄中。吳押獄買來棺木，將華佗殮葬後，就辭了差役回家，打算取出《青囊書》研習。一進家門，卻看到他的妻子正把《青囊書》放在火上焚燒。吳押獄大驚，連忙上前搶奪，全卷已被燒燬，只剩下一、兩頁。吳押獄氣得大罵他的妻子。他妻子說：「縱然學得和華佗一樣醫術神妙，到頭來也只落得死在牢中，要它有什麼用！」吳押獄聽了，也感嘆不已。

曹操殺了華佗之後，病勢更加沉重，終日神情恍惚。這一天，忽然兩眼發花，看不見東西了。曹操知道自己快要死了，便把曹洪、陳群、賈詡、司馬懿等親信臣僚召到臥榻前，囑託後事。曹操說：「我曹操縱橫天下三十多年，誅滅了無數英雄，只有江東孫權、西蜀劉備未曾剿除。如今病入膏肓，不能再和各位把酒論交，特意把大家找來，將家事託付給諸位。我的長子曹昂，是前妻劉氏所生，不幸早年在宛城戰死；如今的夫人卞氏，為我生了四個兒子：丕、彰、植、熊。我平生所愛的是第三子曹植，可惜他為人務虛華、少誠實，嗜酒放縱，我不打算立他為嗣；次子曹彰，有勇無謀；四子曹熊，多病難保。只有長子曹丕，篤厚恭謹，是繼承我未竟事業的理想人選。你們要好好輔佐他。」曹洪等人都流著眼淚答應下來。曹操又命近侍取來平日珍藏的名香，分贈給各位侍妾，囑咐說：「我死以後，你們要勤習針線，多做一些絲履，賣錢養活自己。」又遺命在彰德府講武城外設立七十二座假墳，道：「不要讓後人知道我埋葬在哪裡，我不想被人掘墳盜墓。」說完，長嘆一聲，淚如雨下。過了一會兒，就嚥了氣。終年六十六歲。

曹操死後，華歆、賈詡等人擁立曹丕繼任魏王，改建安二十五年為延康元年。曹丕先削奪了曹彰的兵權，讓他回鄢陵封地閒住，又以父死不來奔喪為名，派使者去向臨淄侯曹植、蕭懷侯曹熊問罪。曹熊懼罪，上吊自盡；曹植卻在親信丁儀、丁廙兄弟二人的鼓動下，將曹丕的使者轟了回來。曹丕大怒，立刻派許褚帶領三千虎衛軍趕往臨淄，將曹植等人抓到洛陽。曹丕下令把丁儀、丁廙等人殺了。他的母親卞氏哭著為曹植求情。曹丕便叫人把曹植召來，對他說：「從前父親在世的時候，你常拿文章在別人面前誇耀，我卻一直懷疑那是別人替你寫的。人們都說你才高八斗，能出口成章，我今天就限你在七步之內吟詩一首，如能作成，就免你一死；如果不能，則從重治罪，絕不輕饒！」便命曹植以「兄弟」為題，但詩中不得出現「兄弟」字樣。曹植不假思索，隨口吟出一首短詩：

煮豆燃豆萁，豆在釜中泣。本是同根生，相煎何太急！

詩中以同根而生的豆萁、豆莢比喻同胞兄弟，哀求曹丕不要骨肉相殘，曹丕聽了，也很受觸動，便饒了曹植的性命，把他貶為安鄉侯，放他回封地去了。

話分兩頭。卻說關羽遇害的消息傳到成都，劉備聽了，大叫一聲，昏厥過去。眾官急忙搶救，半天才甦醒過來。劉備哭著對大家說：「我和關、張二弟桃園結義時，曾發誓要同生共死。如今雲長已經故去，我怎能一個人獨享富貴呢！」說話間，關羽的兒子關興大哭著跑了進來，劉備一見，又哭昏過去。就這樣，劉備一連三天水米不進，只是哀哀慟哭，每天哭昏

三、五次，到後來眼淚哭乾了，幾乎哭出血來。口口聲聲要為關羽報仇，與東吳勢不兩立。孔明和眾官再三勸解。

等情緒稍稍平穩下來，劉備便要立即出兵討伐東吳。孔明勸道：「現在還不是時候。我聽說東吳將關羽的首級獻給曹操，曹操又以王侯一級的禮儀將關羽安葬，說明雙方各懷鬼胎，相互推諉，都想讓我們出兵去攻打另一方，自己好乘機漁利。如今我們只能按兵不動，先為關公發喪。待吳、魏兩家關係破裂，再抓住時機出兵討伐。」眾官也紛紛勸諫，劉備這才勉強同意，傳令川中大小將士，全軍掛孝，為關羽發喪。

辦完喪事，廖化哭拜在劉備面前，請求說：「關公父子遇害，都是劉封、孟達的罪過。請先殺此二賊。」劉備便準備派兵去捉拿二人，又被孔明攔住。孔明說：「這兩人手下有不少兵馬，逼急了會出亂子。不妨先將二人升為郡守，把他們調離開，然後再分別捉拿。」劉備覺得有理，便派人升調劉封去守綿竹。

孟達見劉封突然被調走，心裡發慌，忙請來上庸、房陵都尉申耽、申儀商議。孟達說：「當初漢中王能夠入川，我和法正起了很大作用。如今法孝直已經去世，漢中王不再顧念我的功勞，要藉故加害於我，我該如何是好？」兩人勸他索性投降魏國，說魏主曹丕剛剛繼位，降過去一定會受到重用。孟達猛然省悟，就留下一封奏表給劉備，連夜帶了幾十個人投奔魏國去了。

劉備得知孟達投魏，勃然大怒。孔明道：「可以就勢令劉封去征討孟達，讓他們二虎相殘；劉封不論勝敗，必回成都，那時再把他殺了，可一舉除掉兩害。」劉備便派人到綿竹，叫劉封起兵。劉封接受詔命，立刻帶兵去擒孟達。此時孟達已被曹丕任命為新城太守，鎮守襄陽、樊城一帶。探得劉封來伐，便寫了一封信，叫人送到蜀寨招降劉封。劉封看完來信，大怒道：「此賊上次不讓我去救叔父，現在又來離間我們父子，是存心想把我推入不忠不孝的境地！」當即扯碎來信，把使者殺了。

第二天，劉封領兵前去挑戰。孟達得知劉封扯書斬使，也十分惱怒，領兵出迎。兩人打了幾個回合，孟達敗走，劉封乘勢追殺。追了二十多里，忽聽一聲吶喊，伏兵盡出，左邊夏侯尚，右邊徐晃，一齊殺來。孟達也回身反撲，三軍夾攻，把劉封殺得大敗。劉封連夜逃回上庸，不料城上亂箭射下，申耽在敵樓上大叫：「我已降了魏國了！」劉封大怒，正要攻城，背後魏軍已經追了上來。劉封立腳不住，只得望房陵奔去。遠遠看見城上也已插滿魏軍旗幟，申儀在敵樓上將旗一揚，城後衝出一支軍馬，旗上寫著「右將軍徐晃」。劉封抵敵不住，一路敗回西川，最後身邊只剩下一百來人了。

劉封來到成都，見到劉備，哭拜在地，訴說兵敗經過。劉備怒道：「你這個不爭氣的逆子，還有什麼臉面來見我！」劉封辯解說：「叔父之難，並非孩兒不救，都是孟達從中阻攔，壞了大事。」劉備聽了，更加生氣，罵道：「你又不是木頭人，怎麼會聽那奸賊的話呢！」當即叫人把劉封推出去殺了。

劉備殺了劉封後，才聽說孟達曾勸劉封降魏，劉封毀書斬使的事，心裡又有幾分後悔；再加上思念關羽，又生起病來，出兵報仇的事只好暫時擱置下來。

延康元年（西元二二〇年）八月，曹丕終於逼迫漢獻帝讓出皇位，自立為大魏皇帝，改年號為黃初元年，追諡曹操為太祖武皇帝。第二年四月，孔明率領文武百官也在成都擁立劉備為帝，繼續漢朝的正統。劉備立劉禪為太子，封諸葛亮為丞相，許靖為司徒，大小官僚，都有升賞。

即位第二天，劉備便要徵調全國兵馬，討伐東吳，為關羽報仇。虎威將軍趙雲勸諫道：「如今曹丕篡漢自立，我們出兵伐魏，才是順應民心的正理。如果捨魏伐吳，戰事一開，一時半會兒停不下來，反而給曹魏提供了機會。請陛下三思。」劉備道：「孫權害了我的兄弟，我恨不得生吃了他的肉，殺他全家，才能雪恨，你怎麼勸阻起來？」趙雲道：「漢賊之仇是公，兄弟之仇是私，希望陛下以天下為重。」劉備回答：「不能為兄弟報仇，即使江山萬里，又有什麼意思！」便不聽趙雲的勸諫，下令準備伐吳，並派人到閬中去召張飛回來。

第四十五回　伐東吳先主興師　抗西蜀闞澤薦賢

卻說劉備一心要為關羽報仇，每天親自到教場操練軍馬，準備伐吳。文武百官對此深感憂慮，於是相約到丞相府來見孔明，勸他出面勸阻劉備。孔明便帶著眾官去見劉備，勸劉備以天下大局為重，不宜貿然親征。劉備見孔明苦苦勸諫，心裡也躊躇起來。

忽報張飛從閬中到來，劉備急忙召見。兄弟見面，不禁放聲大哭。張飛拜伏在地，抱著劉備的腳說：「陛下如今做了皇帝，莫非就忘了桃園結義時發下的誓言？為什麼遲遲不去為二哥報仇？如果陛下不肯出兵，我就帶本部人馬單獨去打東吳，拚上性命也在所不惜。」劉備道：「我和你一起去！」當下打定主意，要御駕親征，便讓張飛先回閬中準備，帶領部下人馬到江州與自己會合。劉備知道張飛酒後脾氣暴躁，經常鞭打士兵，特意囑咐他務必寬待手下將士，張飛答應著去了。

張飛走後，劉備便要立即出兵，誰也阻攔不住。學士秦宓說了幾句激烈的話，竟然被關進獄中；孔明又上書苦諫，劉備看完，便隨手扔到地上，說：「我決心已下，誰也不許再攔阻我！」便命丞相諸葛亮保太子劉禪留守兩川，馬超、馬岱協助魏延守漢中，自己親率七十五萬大軍，以老將黃忠為先鋒，趙雲為後部接應糧草，擇定日期，起程出發。

大軍剛剛離開成都，忽見一隊人馬風一般地趕到軍前，為首一員小將，白袍銀鎧，滾鞍下馬，拜伏在劉備面前，放聲大哭。劉備定睛一看，見是張飛的長子張苞，不覺大吃一驚，暗呼：「不好，三弟出事了！」

原來張飛回到閬中，下令軍中三天內辦齊白旗白甲，他要帶孝伐吳。部將范疆、張達請求寬限幾天，激惱了張飛，命令武士把二人綁於樹上，各打了五十鞭子，打得二人滿口出血。二人心中懷恨，就在當夜偷偷溜入張飛寢帳，刺殺張飛。張飛因心情不好，喝了幾杯悶酒，醉臥帳中，竟被二人行刺得手，割下首級投奔東吳去了。

劉備聽張苞述說了張飛遇害經過，當即悲痛得昏倒在地。眾將連忙救醒。劉備便要張苞和張飛的部將吳班帶領本部人馬為先鋒，討伐東吳，為父報仇。正說話間，又有一名白袍銀鎧的小將哭著闖進帳來。劉備見是關興，不由得想起當年與關羽、張飛桃園結義時的情景，忍不住又放悲聲。眾人苦苦勸住。關興、張苞爭著要做先鋒，劉備就叫二人在軍前結拜為兄弟，留在身邊護駕，單命吳班為先鋒，驅動大軍，水陸並進，浩浩蕩蕩地殺奔東吳。

大軍出了夔關，進駐白帝城，忽然近臣來奏，說東吳派諸葛瑾為使，前來求和。劉備傳旨，不許他進來。參謀黃權奏道：「諸葛瑾此來必有要事。陛下不妨召他進來，看他說些什麼。說得有理則聽，說得無理，也可以借他的口，把我們的要求轉達給孫權。」劉備就叫人帶諸葛瑾進來。諸葛瑾見到劉備，把和關羽失和的經過敘述了一遍，將責任全都推到呂蒙身上，最後說：「如今呂蒙已死，冤仇已息。孫夫人一向思念陛下，如今吳侯派我為使，情願送還夫人，縛還降將，並將荊州也一併交還，和陛下永結盟好，共滅曹丕。」劉備怒道：「你們東吳害了我的兄弟，又想用花言巧語來愚弄我嗎？」諸葛瑾道：「事有輕重緩急。如今曹丕篡漢自立，陛下身為漢朝皇叔，理應首先剷除曹丕，恢復漢室，卻為了結義兄弟，棄魏伐吳，難免有些輕重不分，有失考慮。」劉備大怒，喝道：「殺弟之仇，不共戴天！要我罷兵，萬萬不能。如不看丞相的情面上，今天就先把你殺了！回去告訴孫權，洗乾淨脖子等死吧！」諸葛瑾見劉備聽不進勸告，只得自回江南覆命。

孫權聽了諸葛瑾的彙報，大驚失色，嘆道：「如此說來，東吳就危險了！」中大夫趙咨出了一個主意，建議孫權投降魏國，並自願為使去見曹丕，說動他出兵漢中。孫權沒有別的辦法，只好同意，但特意叮囑趙咨，到了許都要不卑不亢，不能丟了東吳的臉面。趙咨慨然答應。

趙咨來到許都，曹丕聽說東吳派人來上降表，笑道：「這是想借我的力量嚇退蜀兵啊。」便傳旨召見趙咨。曹丕看完孫權的奏表，不置可否，卻問趙咨道：「吳侯孫權是一個什麼樣的人物啊？」趙咨回答：「是聰明、仁智、雄略之主。」曹丕笑道：「你未免褒獎過甚了吧？」趙咨道：「臣所言絕非過譽。吳侯從普通人中慧眼識拔魯肅，可見其聰；從行伍士卒中提拔呂蒙，可見其明；擒獲于禁而不殺，可見其仁；奪取荊州兵不血刃，可見其智；憑踞三江虎視天下，可見其雄；向陛下屈身稱臣，可見其略。以此看來，難道還算不上聰明、仁智、雄略之主嗎？」曹丕又問：「吳侯也懂得學問嗎？」趙咨道：「吳侯統帥千軍萬馬，任賢使能，心存韜略；一有空閒，就博覽書傳史籍，吸取其中的精華，不像一般書獃子，只會尋章摘句、咬文嚼字而已。」曹丕道：「我想興兵伐吳，你看可行嗎？」趙咨回答：「大國有征伐之兵，小國有禦敵之策。」曹丕問：「你們東吳害怕我大魏嗎？」趙咨道：「我們有雄兵百萬、江漢天險，沒什麼可怕的。」曹丕問：「東吳像你這樣的人才有多少？」趙咨回答：「江東出類拔萃的人物大概有八、九十位；像我這樣的，更是車載斗量，不可勝數。」曹丕嘆道：「出使四方，不辱君命，你完全可以當得起這樣的評價啊！」於是下詔，冊封孫權為吳王，加九錫，並派太常卿邢貞同趙咨一起到東吳賜爵。

曹丕雖然答應了孫權稱臣的請求，但並無意出兵伐蜀，而是坐觀吳、蜀相爭，見機漁利。而此時劉備已經聯合蠻王沙摩柯，水陸並進，水路軍已出巫口，旱路軍已到秭歸。孫權問眾臣有何拒蜀妙計，卻無一人吭聲。孫權不由嘆道：「周郎之後有魯肅，魯肅之後有呂蒙，如今呂蒙已死，再也沒人為我分憂了！」忽然班部中走出一位少年將軍，自稱深通兵法，願意率兵破蜀。孫權一看，卻是姪子孫桓，不禁大喜。當即封孫桓為左都督，老將朱然為右都督，各領二萬五千軍馬，分水陸兩路前去迎敵。

不料未出半月，前方傳來戰報，說孫桓抵擋不住關興、張苞的銳利攻勢，連折數員大將，已經退守彝陵。朱然派部將崔禹上岸增援，也被蜀將吳班、馮習設計殺敗，只好率領水軍退往下游駐紮。孫權大驚，忙派韓當、周泰為正副大將，潘璋為先鋒，凌統、甘寧為救應，起兵十萬，抵擋蜀兵。

此時蜀軍已經從巫峽、建平到彝陵邊界的路上，連紮了四十多座營寨，聲勢十分浩大。劉備見關興、張苞屢立大功，心裡非常欣慰，感嘆地說：「當年跟隨我的眾將，都已老邁無用了，想不到二位賢姪卻如此英雄，我還怕什麼孫權呢！」說話間，忽報韓當、周泰領兵來到。劉備正要遣將迎敵，近臣奏報：「老將黃忠帶著五、六個人投靠東吳去了。」劉備笑道：「黃漢升不會反叛我的。我剛才失口說了老將無用的話，他一定是不服老，向東吳挑戰去了。」說著召來關興、張苞，吩咐道：「黃漢升上了年紀，難免有失。請二位賢姪辛苦一趟，到前敵為他助陣。只要等他立了一點功勞，就把他勸回來，不要讓他發生意外。」二人領命出發。

卻說黃忠果然是不肯服老，帶著五、六名親隨來到彝陵營中。先鋒吳班和張南、馮習等人連忙把黃忠迎進大寨，問他來意。黃忠道：「我雖然年過七十，還能吃十斤肉，開兩石弓，主上昨天卻說我老邁無用，所以特地前來與東吳交鋒，看我到底老也不老！」說話間，忽報吳兵前部已到，黃忠不顧馮習等人勸告，奮然上馬出戰。吳班忙令馮習領兵助陣。

黃忠來到吳軍陣前，勒馬橫刀，單挑先鋒潘璋交戰。潘璋部將史蹟欺黃忠年老，挺槍出戰，不出三個回合，被黃忠一刀斬於馬下。潘璋大怒，揮動著關羽生前所使的青龍偃月刀，來戰黃忠。打了幾個回合，不分勝負。黃忠越戰越勇，潘璋料敵不過，撥馬便走。黃忠乘勢追殺，全勝而回。半路上遇到關興、張苞。關興道：「我們奉旨來助老將軍，既然已經斬將立功，就請老將軍趕快回營。」黃忠卻說什麼也不肯。

第二天，潘璋又來挑戰。黃忠不要關興、張苞等人助戰，獨自帶領五千軍馬出戰。不出幾個回合，潘璋拖刀便走。黃忠縱馬追趕，大呼：「賊將休走，我今天要為關公報仇！」追出三十多里，四面忽然喊聲大震，伏兵齊出。右有周泰，左有韓當，前有潘璋，後有凌統，把黃忠困在垓心。黃忠急忙奪路突圍，不料山坡上卻轉出潘璋部將馬忠，一箭射中黃忠肩窩，險些掉下馬來。吳兵見黃忠中箭，一擁而上。正在危急關頭，關興、張苞帶領兩路人馬從敵人背後殺了上來，驅散吳兵，救出黃忠。二位小將保送黃忠逕直回到劉備大營。黃忠終究上了年紀，血氣衰退，當夜就傷重身亡。劉備哀傷不已，派人把黃忠的棺槨送回成都安葬，嘆道：「五虎大將已去了三個，我還不能復仇雪恨，實在令人痛心！」於是帶領御林軍親臨猇亭前線，督促八路大軍水陸並進，一定要與吳軍決一死戰。

韓當、周泰聽說劉備御駕親征，引兵出迎。兩陣對圓，只見蜀營門旗大開，黃羅銷金傘蓋下面，劉備當先出馬，遠遠指著吳軍大罵。韓當回顧眾將，問道：「誰敢上前衝突蜀兵？」部將夏恂挺槍出馬。劉備背後張苞挺起丈八蛇矛，縱馬而出，大喝一聲，直取夏恂。夏恂見張苞聲如巨雷，心中先自慌了，轉身就要逃走；周泰的弟弟周平飛馬趕來相助。關興見了，躍馬提刀來迎。張苞大喝一聲，一矛刺中夏恂，倒撞下馬。周平大驚，措手不及，也被關興一刀斬了。二小將不肯罷休，縱馬直取韓當、周泰，韓、周二人慌忙退入陣中。劉備在陣前看見二小將如此英勇，不禁讚嘆：「真是虎父無犬子！」隨即用鞭一指，八路蜀兵一齊掩殺過去，勢如泉湧，殺得吳軍屍橫遍野、血流成河。大將甘寧因患痢疾，正在船中養病，得知蜀兵殺到，急忙上馬出迎，正巧遇上番王沙摩柯率領的一隊蠻兵，人人披髮赤足，手持弓弩長槍、盾牌刀斧，怪叫著衝殺過來。甘寧見勢頭不對，不敢交鋒，撥馬逃走，被沙摩柯一箭射中頭顱。甘寧帶箭逃到富池口，落馬而死。劉備乘勢追殺，一舉奪下猇亭。戰罷收兵，卻不見了關興，劉備忙令張苞出營尋找。

原來關興殺入吳陣，正遇仇人潘璋，立即縱馬追趕。潘璋大驚，逃入山谷中，不知去向。關興在山中追尋了半天，不見潘璋蹤影，看看天色已晚，想要回營，卻迷失了方向，只得借著星光摸索到山坳裡的一戶人家，下馬叩門。這家只有一位老者，問明關興是迷路的蜀將，就取出酒食款待，留他在家中歇宿。不料到了三更過後，潘璋也來這裡投宿，被關興遇見，一劍殺了。關興手刃了殺父仇人，又得了父親的青龍偃月刀，不勝欣喜，便把潘璋首級掛在馬頭下面，辭別老人，騎馬回營。

不料走出沒有多遠，忽聽得人喊馬嘶，一隊吳軍迎面過來，為首一將，正是潘璋部將馬忠。馬忠見主將潘璋的首級掛在關興馬頭，青龍刀又在關興手中，不由大怒，縱馬來取關興。馬忠也是當年殺害關羽的罪魁之一，關興見了仇人，分外眼紅，揮動青龍刀衝著馬忠便砍。馬忠部下三百軍士一齊上前，將關興圍在垓心。關興一個人，勢單力孤，正在危急關頭，張苞帶著一支人馬從西北方向殺了過來。馬忠見關興救兵到來，慌忙引軍退走。關興、張苞一起追趕。趕不多遠，遇見糜芳、傅士仁來尋馬忠，兩軍廝殺一場，各自收兵。

馬忠回見韓當、周泰，收聚敗軍，傷者不計其數。韓當便命馬忠帶著傅士仁、糜芳到江邊屯紮。當夜三更，糜芳在營中巡視，聽到一夥軍士正在悄聲議論。只聽一人說道：「我們都是荊州兵，被呂蒙用詭計騙到東吳。如今劉皇叔御駕親征，東吳早晚要完。劉皇叔最恨的就是糜芳、傅士仁二人，我們何不把他倆殺了，去蜀營投降請功？」另外幾個人都說：「不要性急，等得到機會，我們就下手。」

糜芳聽了，暗暗吃驚，忙去找傅士仁商議道：「如今軍心變動，我二人性命難保。劉備最恨的是馬忠，我們乾脆把他殺了，帶著他的首級去向劉備請罪，就說我們降吳是迫不得已的。」傅士仁說：「不能去，去了一定會遭大禍。」糜芳道：「劉備寬厚仁德，而且阿斗太子是我外甥，他看在親戚的情分上，一定不會加害我們。」二人商量好了，就偷偷溜進大帳，把馬忠殺了，割下首級，帶著幾十名親信到猇亭來見劉備。

巡營的張南、馮習把他們帶進御營。二人見到劉備，獻上馬忠首級，哭訴說：「我們本不想叛變，是被呂蒙用詭計騙開城門，謊稱關公已死，才不得已投降江東。如今聽說陛下親自前來，特把馬忠殺了，來向陛下請罪。請陛下饒命！」劉備一見二人，恨得咬牙切齒，罵道：「我從成都出兵這麼長時間了，你們怎麼不來請罪？如今形勢危急了，才來花言巧語蒙騙我，想保住性命。我要饒了你們，對不起九泉之下的關公！」說罷，叫關興在御營中設上關羽的靈位，就在靈前將傅士仁、糜芳殺死，和馬忠的首級一起，祭奠關羽。

此時劉備聲威大震，江東將士聽到他的名字，都嚇得魂飛膽裂。孫權心裡也有些害怕，又召聚文武官員商議對策。步騭奏道：「劉備痛恨的，是呂蒙、潘璋、馬忠、糜芳、傅士仁幾個人。現在這幾個和關羽之死有關的人都死了，只有刺殺張飛的范疆、張達還在東吳，不如把這二人抓起來，和張飛的首級一起送還劉備，並答應交還荊州，送回夫人，向劉備求和，兩家重新聯合，共同對付曹魏。這樣，蜀兵自然就退回去了。」孫權便派程秉為使者，用沉香木匣裝上張飛的首級，把范疆、張達押在囚車內，到猇亭去見劉備。沒過兩天，程秉抱頭鼠竄而回，奏報孫權：「劉備殺了范疆、張達，祭奠張飛，卻不答應講和，發誓要先滅東吳，後伐曹魏。要不是眾臣極力勸阻，連我都差點不能活著回來。」孫權聽了，急得不知怎麼辦才好。

這時，老臣闞澤出班奏道：「江東有現成的擎天柱，為什麼不用呢？」孫權忙問他指的是誰。闞澤道：「當年東吳大事，全靠周瑜；周瑜死後有魯肅，魯肅死後有呂蒙。現在呂蒙雖死，還有陸遜在荊州。此人雖然是個書生，實有雄才大略，以臣看來，不在周郎之下；上次襲取荊州，就是出自他的謀畫。主上如果起用他，一定可以大破蜀軍。」張昭卻說：「陸遜不過是一介書生，不是劉備的對手。」顧雍、步騭也表示反對，說陸遜資歷太淺，能力有限，難當大任。闞澤急得大聲疾呼：「若不用陸伯言，東吳就完了！臣願以全家性命保薦他！」孫權道：「我也知道陸伯言是個奇才。你們不必多說，就這樣決定了。」於是派人把陸遜從荊州召回。

孫權對陸遜說：「如今蜀軍大兵壓境，我任命你總督東吳軍馬，擊破劉備。」陸遜說：「江東文武百官，都是大王舊臣，只怕我年幼無才，無法約束。」孫權道：「闞德潤用全家性命保你，我也一向了解你的才能，你就不要推辭了。」陸遜道：「如果文武不服，怎麼辦？」孫權就摘下身上的佩劍遞給陸遜，對他說：「有敢不聽號令的，你可以先斬後奏。」陸遜卻不肯接劍，要孫權當著百官的面賜給他。闞澤也說：「古時候任命大將，必先築壇會眾，賜以印綬兵符，然後才能令行禁止。大王不妨效仿這種方式，拜陸遜為大都督，自然無人不服。」孫權答應了，派人連夜搭建拜將壇。

第二天，孫權大會百官，請陸遜登壇，拜為大都督，賜給他寶劍印綬，令他總領六郡八十一州各路軍馬。孫權鄭重囑咐陸遜：「朝廷裡的事，由我作主；朝廷之外，就全拜託將軍了！」陸遜領命下壇，令徐盛、丁奉為護衛，隨即徵調各路軍馬，水陸並進，趕赴猇亭前線。

第四十六回　運良謀書生爲大將　破連營火攻建奇功

且說孫權拜陸遜為大都督的任命傳到猇亭，韓當、周泰都大吃一驚，道：「主上為什麼用一個書生來領兵呢？」不久陸遜來到猇亭，眾將都瞧不起他，但也不得不勉強進帳參賀。陸遜對大家說：「主上命我為大將，督軍破蜀。軍營有軍營的法度，請各位嚴格遵守，如有違犯，休怪王法無情！」眾將都不吭聲。過了一會兒，周泰說：「眼下安東將軍孫桓被困在彝陵城中，內無糧草，外無救兵，請都督盡早援救。」陸遜說：「孫將軍深得軍心，必能堅守，不必去救。等我擊退蜀兵，彝陵自然解圍。」眾將聽了，都暗自發笑。退帳之後，韓當對周泰說：「叫這孩子來當都督，東吳完了！」周泰說：「我剛才故意用話試探他，早知道他拿不出辦法來，就憑他還能擊敗蜀兵！」

第二天，陸遜傳下號令，教眾將牢守各處關防，不許輕率出戰。眾將都笑他怯懦，不肯好好守關。又過了一天，陸遜升帳，召集眾將問道：「我三令五申，叫你們堅守關口，為何不遵號令？」韓當說：「主上任命將軍為大都督，將軍就應該早作籌畫，調撥軍馬，分頭出擊，擊退蜀軍；將軍卻叫我們一味堅守，不許出戰，難道要等老天把敵人殺死嗎？我們都是身經百戰的老將，絕非貪生怕死之輩，為什麼要讓我們縮在營裡，把銳氣都消磨掉了？」帳下眾將也紛紛應聲附和，都說：「韓將軍說的對，我們都願與蜀軍決一死戰！」陸遜聽罷，掣出寶劍，厲聲喝道：「主上把破蜀重任託付給我，只為我能忍辱負重。你們只須各守險要，不許妄動，違今者斬！」眾將都憤憤而退。

再說劉備得到探報，說東吳用陸遜為大都督，便問身邊謀臣，陸遜是怎樣一個人？馬良回奏：「陸遜雖然是個書生，但年幼多才，深通謀略，上次偷襲荊州，就是他出的詭計。」劉備大怒道：「原來是這小子害了我二弟，我一定要把他生擒活捉！」馬良提醒道：「陸遜的才能不在周瑜之下，不可輕敵。」劉備不以為然地說：「我用兵數十年，難道還不如一個乳臭未乾的孩子嗎？」於是親自率領前軍，攻打吳軍各處關隘。

韓當見蜀兵來攻，派人報知陸遜。陸遜怕韓當輕舉妄動，急忙飛馬趕來觀看。韓當接著陸遜，兩人並馬立在山上，遠遠望去，只見蜀兵漫山遍野而來，軍中隱隱現出黃羅蓋傘。韓當用手指點著說：「黃羅蓋傘下面一定是劉備，讓我去活捉他！」陸遜卻阻止道：「蜀軍銳氣正盛，只宜據險固守，不可貿然出擊。先讓劉備在平原曠野上得意幾天，等到天氣轉熱，他們一定會把營寨移到山林樹木中去，那時我再用奇計勝他。」韓當雖然嘴上應諾，心中仍是不服。

劉備叫兵士在關前挑戰，百般辱罵，見陸遜只是堅守不出，漸漸心中焦躁起來。馬良道：「陸遜深有謀略，如今從春到夏，已經幾個月過去，始終不肯出戰，一定是另有打算，陛下千萬小心。」劉備不在乎地說：「他能有什麼打算！不過是害怕我們罷了。」先鋒馮習奏道：「如今天氣炎熱，軍隊屯紮在烈日之下，取水十分不便。」劉備便傳令各營，都移到山林茂盛、靠近溪澗的地方屯紮，等秋後天氣涼爽了，再全力進兵。馬良提醒劉備，移營時要防備吳軍突然襲擊。劉備說：「我早就想好了。我令吳班帶領一萬老弱殘兵在吳寨附近平地上屯紮，引誘敵人，我親率八千精兵埋伏在山谷中。如果陸遜趁我們移營前來襲擊，就讓吳班詐敗，逗引陸遜追來，我率伏兵突然出擊，切斷他的後路，管教陸遜小兒束手就擒。」眾臣聽了，連稱妙計。馬良仍不放心，又道：「聽說諸葛丞相最近正在東川巡視，陛下何不將各營移居的位置畫成圖本，讓丞相看看？」劉備道：「我也熟知兵法，何必再去問丞相？」馬良說：「多聽聽意見，有益無害。」劉備不耐煩地說：「那你就自己去各營畫成圖本，到東川問丞相去吧。如果有什麼不妥，趕快回來告訴我。」馬良領命去了。

韓當、周泰探知蜀軍移到蔭涼處紮營，急忙報告陸遜。陸遜大喜，親自引兵來看蜀軍動靜。只見蜀軍屯紮在平地上的營寨中只有不到一萬人，而且大多都是老弱殘兵，打著「先鋒吳班」的旗號。周泰說：「這些兵在我眼裡簡直不堪一擊。我同韓將軍分兩路出擊，如果不能獲勝，甘受軍法懲罰。」陸遜仔細觀望了半天，用馬鞭指著遠處的山谷說：「你看那邊山谷中，隱隱有塵土揚起，裡面一定有伏兵，劉備故意在平地上留下這些弱兵，引誘我們上當。各位千萬不可出兵。」眾將聽了，都不以為然。

第二天，吳班引兵到關前挑戰，耀武揚威，辱罵不絕；有些蜀兵甚至脫去鎧甲，赤身裸體睡臥在地上。徐盛、丁奉入帳稟告陸遜說：「蜀兵欺人太甚！請讓我們出擊吧！」陸遜笑道：「這是劉備的誘敵之計。你們要不相信，三天後必見分曉。」徐盛說：「三天後蜀軍移營已定，出擊還有什麼用處？」陸遜說：「我正巴不得他們移營呢。」眾將都冷笑著退了下去。

三天過後，陸遜會同眾將到關上觀望，見吳班的兵已經退去，劉備的精兵正從山谷中走出來。眾將見了，都覺得後怕。陸遜說：「我不讓你們出戰，就是這個原因。如今伏兵已退，十天之內，一定大破蜀軍！」眾將都疑惑地問：「要破蜀兵，最好的時機是在敵人初到的時候。

現在蜀軍連營五、六百里，相持了七、八個月，各處要害都已防守嚴密，怎能大破呢？」陸遜說：「看來各位對兵法掌握得還不透澈。劉備是當代梟雄，足智多謀，蜀軍剛來的時候，號令嚴明，銳氣正盛；過了這麼長時間，占不了我們的便宜，士卒都十分疲憊，鬥志也懈怠了，我們正好現在出擊。」眾將這才心悅誠服。

陸遜確定了破蜀之策，立刻寫信奏報孫權。孫權看罷，高興地說：「江東有這樣的人才，我還擔心什麼！眾將都上書說他膽怯，我堅決不信，如今看看他信上說的，哪裡有什麼膽怯啊！」當即調撥吳軍前往接應。

此時劉備已經從猇亭出發，親率水軍順流而下，沿江屯紮水寨，深入吳境。黃權諫道：「水軍沿江而下，進易退難。請讓我在前面開路，陛下留在後隊，確保萬無一失。」劉備卻說：「吳兵早已嚇破了膽，我長驅直入，誰敢攔我！」眾官又紛紛勸諫，劉備這才答應分兵兩路，由黃權帶領一路走江北，劉備自領主力走江南，沿長江兩岸分立營寨，步步進取。

再說馬良趕回東川，見到孔明，呈上各處營寨圖本，報說：「如今大軍沿著長江兩岸，在依溪傍澗，林木茂盛的地方紮下四十多座大營，綿延七百多里，皇上特命我把屯營位置繪成圖本，請丞相瞧瞧。」孔明看罷，不禁拍案叫苦，問：「是誰叫主上這樣下寨的？該先把這人殺了！」馬良道：「都是主上自己的主張。」孔明嘆道：「這下完了！在山林茂密的地方紮營，是兵家的大忌。倘若敵人運用火攻，根本來不及解救。再說，哪有連營七百里和敵人作戰的？陸遜拒守不出，等的就是這個機會。你趕快回去稟告主上，叫他趕緊把營寨移紮到別的地方。」馬良問：「如果等我回去，吳兵已經獲勝，該如何是好？」孔明道：「萬一失利，就讓主上退到白帝城暫避。陸遜擔心魏兵偷襲他的後方，一定不敢來追，成都可保無事。」於是馬良帶著孔明的奏章，連夜趕回前線。孔明自己也匆匆趕回成都，調撥軍馬救應。

轉眼到了閏六月，陸遜見蜀兵日漸懈怠，不再像當初那樣防備嚴密了，便把大小將士召集到大帳中，說道：「我自從接受任命以來，一直不曾出戰，現在已經掌握了蜀軍虛實，誰敢去取江南敵營？」話未說完，韓當、周泰、凌統等大將都應聲而出，陸遜卻都不許，只把末將淳于丹叫到面前，叫他帶領五千軍馬去取江南第四營；又命徐盛、丁奉各領兵三千，在後接應；如果淳于丹敗回，就出兵相救，但不許追擊敵兵。各將領命，都分頭去了。

當夜三更前後，淳于丹帶兵悄悄來到蜀軍寨外，一聲吶喊，正要殺入，蜀將傅彤突然引軍殺出，挺槍直取淳于丹。淳于丹抵敵不住，撥馬撤退。忽然聽到喊聲大震，左有蜀將趙融，右有番將沙摩柯，各領一軍殺來。淳于丹背上中了一箭，只得奪路而逃，背後三路蜀軍緊追不捨。多虧徐盛、丁奉帶領人馬殺來，才擊退蜀兵，把淳于丹救回大營。

淳于丹帶著箭傷去見陸遜請罪。陸遜卻說：「這不是你的過錯，是我要試試敵人之虛實。破蜀的辦法，我已經想好了。」徐盛、丁奉擔心蜀兵勢大，難以取勝，陸遜笑道：「我這條計策，只瞞不過諸葛亮一人。多虧此人不在，讓我成就大功。」於是召集眾將聽令：先命朱然從水路進兵，船上要滿載茅草，依計而行；又命韓當率領一支人馬攻江北岸，周泰率領一支人馬攻江南岸，每人手執茅草一把，內藏硫黃、焰硝，各帶火種兵刃，直奔蜀營，順風點火；蜀兵有四十座大寨，陸遜吩咐只燒二十寨，每隔一座燒一座。各軍事先備足乾糧，一旦發動突擊，不許有片刻停留，晝夜追襲，直到捉住劉備才算罷休。眾將領了軍令，分頭出發。

此時劉備正在御營中苦思破吳之計，忽見軍士來報，說遠遠望見吳兵沿山邊往東去了。劉備斷定這是陸遜使的疑兵之計，便命各營休去理他，只派關興、張苞各領五百騎兵出營巡視。快到黃昏的時候，關興回報：「江北營中起火。」劉備忙令關興往江北，張苞往江南，探看究竟。等到初更時分，忽然颳起了東南風。劉備御營左邊的一座營寨突然起了大火。劉備正要派人去救，御營右邊的營寨也著起火來。一時風緊火急，樹木都燒起來了。蜀兵四散奔逃，自相踐踏，死者不知其數。吳軍又從後面殺到，慌亂中也不知有多少軍馬，只見到處都是熊熊燃燒的烈火，到處都是震耳的喊殺聲。劉備急忙上馬，奔向馮習的營寨。此時整個江岸已是火光連天，把江南江北照耀得如同白晝一般。

馮習的營寨也著了火，馮習帶著幾十名親隨衝出營寨逃生，正與吳將徐盛相遇，戰在一起。劉備遠遠望見，急忙撥馬向西退走，卻已被徐盛發現，丟下馮習，帶兵追來。劉備正在驚慌，前面又被吳將丁奉領軍攔住。眼看劉備無路可走，忽然喊聲大震，張苞率領一彪軍馬殺入重圍，救出劉備。不久傅彤也帶著殘兵趕到，幾路合兵一處，保護著劉備突圍。背後吳兵緊追不捨。張苞、傅彤只好請劉備上馬鞍山暫避，兩人領兵拚死守住山口。陸遜親自帶領大隊人馬，將馬鞍山團團圍住。

第二天，吳兵又放火燒山，山上蜀兵被燒得四處亂竄。劉備正在著急，忽然一將從火光中衝出，殺上山來，劉備一看，卻是關興。關興勸劉備道：「大火越燒越近，這裡不可久留，請陛下趕快奔往白帝城，收拾軍馬再作打算。」等到黃昏時候，關興在前，張苞在中，傅彤斷後，保護著劉備殺下山來。吳將發現劉備，都要爭功，各引大軍，緊追不捨。劉備命令軍士們都把戰袍、鎧甲脫下，堆在道路上焚燒，阻擋追兵。正奔走間，吳將朱然又引一支軍馬從江岸邊殺了過來，截住去路。關興、張苞奮力衝擊了幾次，都被亂箭射了回來，兩人都負了箭傷。背後陸遜又引大軍從山谷中殺來。急得劉備仰天長嘆：「想不到我今天死在這裡！」

正在危急關頭，忽聽前面喊聲震天，吳軍紛紛潰散，一隊蜀兵從敵人背後殺來，當先一員大將，左衝右突，如入無人之境。劉備見是趙雲，不由大喜。原來趙雲駐紮在江州，聽說前方開戰，就帶領人馬出來接應，遠遠看見東南一帶火光沖天，心知不妙，急忙趕來，正好救出劉備。陸遜聽說是趙雲趕來，急忙傳令退軍。趙雲保護著劉備往白帝城方向退走，忽然迎面遇上朱然，趙雲縱馬上前，手起一槍，將朱然刺落馬下。到了白帝城下，劉備對趙雲說：「我雖然脫險，那麼多將士還在敵人包圍之中，怎麼辦呢？」趙雲說：「敵軍很快就會追來，不能耽擱太久，請陛下先入城歇息，我再領兵去救應眾將。」於是劉備帶著身邊僅存的一百多人退入白帝城，趙雲則率領部下重新殺回吳軍陣中。

此時負責斷後的傅彤已被吳軍團團圍住。丁奉大叫：「川兵死的死，降的降，劉備也已經被我們擒獲了，你現在勢孤力窮，還不快快投降！」傅彤破口大罵：「我是堂堂漢將，怎能降你吳狗！」說罷挺槍縱馬，率蜀軍奮力死戰，打了不下一百多個回合，往來衝殺，始終無法脫身。傅彤累得口吐鮮血，死在亂軍之中。

吳班、張南正在圍攻彝陵城，忽然馮習趕來，說蜀兵已敗，急忙捨了彝陵，帶兵來救劉備，卻被陸遜、孫桓兩面夾攻，殺得大敗。張南、馮習和蠻王沙摩柯都死在亂軍之中，只有吳班被趙雲救出，送回白帝城去了。

陸遜率領吳軍一路追襲，直到夔關。陸遜忽見江邊八、九十堆亂石，隱約排列成陣勢的形狀，就登上山坡仔細觀看，見這些石堆看似隨意，卻門戶井然，變化多端，儼然一個精妙無比的石陣，不禁大驚，忙命人找來當地土人詢問。當地人說，這是當年諸葛孔明帶兵入川時，路過此地操練士卒留下的陣法，名為八陣圖。孔明曾自詡此陣可擋十萬精兵。陸遜仔細看了半天，嘆道：「孔明不愧人稱臥龍，我比不上他啊！」當即下令停止追擊，班師退兵。

撤軍途中，隨從的眾將都不理解，為什麼陸遜會被一座石陣嚇退，放棄乘勢追擊劉備的大好機會。陸遜告訴大家說：「我哪裡是被石陣嚇退的！是要防備魏國偷襲我們後方。魏主曹丕奸詐異常，知道我追趕蜀兵，一定會乘虛來襲。我要是深入西川，便急切難退了。」果然退兵不到兩天，三處人來飛報：「魏兵曹仁出濡須，曹休出洞口，曹真出南郡，三路兵馬數十萬，已經抵達吳國邊境。」陸遜笑道：「不出我之所料。我已調兵抵禦了。」

第四十七回　蜀先主臨終託孤　漢丞相安居退敵

卻說劉備奔入白帝城，由趙雲引兵據守。恰逢馬良從蜀中趕到，見大軍已敗，連稱可惜，把孔明的話一一奏報劉備。劉備懊悔不已，嘆道：「我早聽丞相之言，不致有今日之敗！現在還有什麼面目回成都呢！」於是傳旨將館驛改為永安宮，在白帝城暫住。過了幾天，近臣奏稱：「黃權領江北蜀兵降魏去了。陛下可將他的家屬拿下問罪。」劉備道：「黃權被吳兵隔斷在江北岸，欲歸無路，是不得已才降魏的。是我犯了大錯，責任不在黃權，何必懲罰他的家屬呢？」又聽說張南、馮習、傅彤等將都戰死了，劉備傷感不已；加上日夜思念關羽、張飛，漸漸憂鬱成疾，身體一天天壞了下來。

到了章武三年（西元二二三年）四月，劉備病情加重，自知不久於人世，便派人到成都，請丞相諸葛亮、尚書令李嚴等人星夜來永安宮，託付後事。孔明留太子劉禪守成都，與李嚴、劉備次子劉永、三子劉理匆匆趕到白帝城，見劉備病危，慌忙拜伏在地。劉備請孔明坐到臥榻邊上，拍著他的背說：「我自從得到了丞相，才真正開始成就一番事業。這回不聽丞相的勸告，吃了一場大敗仗，後悔也來不及了。我知道自己活不了幾天了，兒子又不成器，只好把身後事託付給你了。」說著，眼淚就落了下來。孔明也哭著答應了。

劉備環視左右，見馬良的弟弟馬謖站在一旁，就揮揮手讓他退出去，然後對孔明說：「丞相看馬謖的才學如何？」孔明道：「也算是當世難得的人才了。」劉備卻說：「不見得。我看此人言過其實，不可大用。丞相要留心考察他。」說完，把眾臣都召進殿來，取紙筆寫了遺詔，遞給孔明，嘆道：「我讀書不多，粗淺的道理還懂得一些。古人說：鳥之將死，其鳴也哀；人之將死，其言也善。我本當和你們一起誅滅曹賊，共扶漢室，不幸半路上就要和你們分別了。請丞相把這份遺詔交給太子，叫他仔細體會上面的話。凡事更望丞相多多教導他。」孔明等人都哭著跪在地上，勸劉備保重身體。

劉備命內侍扶起孔明，一手抹著眼淚，一手緊握著孔明的手，對他說：「我快要死了，還有幾句心腹話想對你說。」孔明說：「請陛下吩咐。」劉備含著眼淚說：「先生的才能勝曹丕十倍，一定能安邦定國、成就大業。如果太子還可以輔佐，請你輔佐他；如果他實在沒有出息，你可自立為成都之主。」孔明聽了這話，又是感激又是惶恐，哭著跪在地上說：「臣一定竭忠盡力，到死方休！」

劉備請孔明坐在榻上，又把兩個兒子劉永、劉理叫到近前，吩咐道：「我死之後，你們兄弟三人，要把丞相像父親一樣對待，不可怠慢。」然後又叫過趙雲，囑託道：「我和你在患難之中相從到今，不想在此地分別。望你看在我們多年的交情上，好生照顧我的兒子……」趙雲也哭著答應了。劉備又對眾官說：「各位愛卿，我來不及一一吩咐了，只望你們各自保重吧。」說完，就嚥了氣。終年六十三歲。

劉備死後，文武官僚無不哀痛。孔明率眾官護送劉備的靈柩回到成都，太子劉禪出城迎接，隆重發喪，將劉備安葬在惠陵。劉禪展讀先主的遺詔，讀到「勿以惡小而為之，勿以善小而不為」二句，不禁放聲大哭。辦完喪事，孔明便率領眾官擁立劉禪即皇帝位，改元建興。追謚先主劉備為昭烈皇帝。劉禪加封諸葛亮為武鄉侯，領益州牧。同時升賞群臣，大赦天下。

後主劉禪即位之後，把朝廷內外一切軍政大事都交給諸葛丞相處理。孔明也感激劉備知遇之恩，傾心竭力輔佐後主，事無鉅細，都親自過問，秉公而斷。一時君臣和睦，百姓安樂，朝野上下，一派太平氣象。

轉眼到了建興元年八月。這一天，忽然接到邊關奏報，魏主曹丕調集五路大軍，來取西川：第一路，以曹真為大都督，起兵十萬，攻陽平關；第二路，叛將孟達起上庸兵十萬，進犯漢中；第三路，東吳孫權，起精兵十萬，取道峽口入川；第四路，蠻王孟獲，起蠻兵十萬，犯益州四郡；第五路，番王軻比能，起羌兵十萬，進犯西平關。這五路軍馬都十分厲害。邊關守將已提前報知諸葛丞相，但不知什麼原因，丞相已經好幾天不出來處理公務了。劉禪聽了，大吃一驚，急忙派近侍帶著聖旨，宣召孔明入朝。使者去了半天，回報：「丞相府下人說，丞相病了，不能入宮。」劉禪更加著慌，第二天，又命黃門侍郎董允、諫議大夫杜瓊前去，依然被拒之門外。眼看軍情緊急，卻連著幾天見不到孔明身影，劉禪和群臣都惶惶不安。劉禪實在耐不住了，只得親自坐上車子，奔丞相府來見孔明。

相府門吏見皇上駕到，慌忙伏地迎接。劉禪問：「丞相在哪裡？」門吏回答：「不知在府裡什麼地方，只是叫我們擋住百官，不讓隨便進去。」劉禪便下了車，一個人步行走進相府。過了第三重門，卻見孔明正拄著竹杖，獨自在小池邊觀魚。劉禪走到孔明背後，靜靜地站了半天，才慢慢發話說：「丞相好安逸啊！」孔明回頭一看，見是後主，慌忙丟掉竹杖，跪倒在地謝罪。

劉禪伸手扶起孔明，問道：「如今曹丕分兵五路進犯邊境，形勢十分緊急，相父為什麼不肯出府料理政務呢？」孔明哈哈一笑，先請劉禪到內堂坐下，才不緊不慢地稟告說：「五路大軍壓境，我怎能不知？我剛才不是在觀魚，是在思考對策呢。」劉禪忙問：「想出什麼對策了嗎？」孔明說：「羌王軻比能，蠻王孟獲，反將孟達，魏將曹真，這四路兵馬，我已經退去了。只有孫權這一路，我已有退敵之計，但還需一個能言善辯的人充當使者，因為還沒想好合適的人選，所以剛才陷入沉思。請陛下放心好了。」

劉禪聽罷，真是又驚又喜，讚道：「相父果然機變百出、鬼神莫測！快把退兵的辦法說給我聽聽。」孔明道：「我知道馬超世代生長在西羌，深得羌人愛戴，稱他為『神威天將軍』，就派一名使者星夜趕到馬超那裡，令他緊守西平關，埋伏四路奇兵，每天輪換，阻擋羌王進攻，這一路先不必擔憂了；蠻兵崇尚勇力，但和漢人交鋒，總怕上當，我已調魏延帶領一支軍馬前去，讓他左出右入，右出左入，用疑兵計迷惑敵人，孟獲必然不敢貿然進兵，這一路也不必擔心了；孟達和李嚴是生死之交，李嚴現在留守白帝城，我仿照李嚴的口氣寫了封信，派人送給孟達，孟達見信，必然稱病，不肯出兵，這一路也被化解了；陽平關地勢險峻，易守難攻，我已調趙雲前去守把，囑咐他只守不戰，曹真見我軍不出，用不了多久就會自動退兵。這四路兵都不用擔憂了，我為了防備萬一，又密調關興、張苞二將，各引兵三萬，屯紮在緊要地方，做為各路的救應。這幾處軍馬調動都不用經過成都，所以朝中無人知曉。只有東吳這一路，孫權還在觀望，未必便肯出兵：如見其他四路得勝，川中危急，一定會來相攻；如果那四路都不成功，孫權才不肯出兵呢。不過話雖如此，還得派一名能言善辯的使者到東吳去，向孫權講明利害關係，只要孫權按兵不動，其他四路就不足為慮了。」劉禪聽了，高興地說：「聽相父這麼一說，我還擔憂什麼！」

孔明陪劉禪喝了幾杯酒，親自送劉禪出府。眾官還在門外等著，見劉禪面帶喜色，辭別孔明，乘上御車回宮去了，都莫名其妙，神情疑惑不定，只有一個人在仰面冷笑。孔明見是戶部尚書鄧芝，就暗地派人叫他留下來。等眾官散去，孔明把鄧芝請到書院中，問道：「現在蜀、魏、吳三國鼎立，如果想一統天下，應該先伐哪一國好呢？」鄧芝道：「以我粗淺的看法，如今主上剛剛繼承皇位，民心還不安定，應該與東吳化解仇怨，結成同盟，共同對付強大的魏國，做好長期相持的打算。」孔明高興地說：「我考慮了很久，一直沒有找到合適的人，今天總算找到了！」鄧芝問：「丞相要這個人幹什麼？」孔明說：「我想派人出使東吳，恢復兩家的聯盟，你既然明白其中的道理，一定能不辱使命，這個重任就非你不可了。」鄧芝慨然答應。第二天，孔明奏明劉禪，就派鄧芝往東吳而來。

此時吳王孫權已改年號為黃武元年，拜陸遜為輔國將軍、江陵侯，領荊州牧，將兵權完全託付給陸遜。不久前，魏主曹丕約請東吳一同伐蜀，許諾事成之後，共分蜀地，孫權採納陸遜的意見，雖然表面答應配合，卻一直按兵不動，觀望形勢變化。後來見其他幾路伐蜀的人馬都無功而返，孫權不禁暗自慶幸沒有輕舉妄動，和西蜀結下新的仇怨。

這一天，孫權正和群臣在朝堂議事，忽然接到奏報，說西蜀鄧芝求見。張昭說：「這一定又是諸葛亮的退兵之計，派鄧芝來做說客。」孫權問：「該怎樣答對他呢？」張昭道：「可先在殿前支起一口大鼎，裡面裝上幾百斤油，用炭火燒開。再選一千名身材高大的武士，各執兵器，從宮門前一直排到殿上。然後召鄧芝進來，不等他開口詭辯，先嚇他一嚇，要把他扔進油鼎裡烹了，看他怎麼對答。」

孫權便按照張昭的主意，一一布置好了，然後召見鄧芝。鄧芝來到宮門前，只見兩行武士，手持鋼刀、大斧、長戟、短劍等各種兵器，個個威風凜凜，一直排列到殿上。鄧芝毫無懼色，昂然而行。走到殿前，又見鼎鑊內熱油滾沸，旁邊的武士都兇狠狠地瞪著鄧芝，鄧芝見了，只是微微一笑。

近臣把鄧芝帶到孫權面前，鄧芝長長一揖，卻不跪拜。孫權厲聲喝問：「見了本王，為何不拜？」鄧芝高聲回答：「上國天使，不拜小邦之主。」孫權大怒，道：「你不自量力，想憑三寸不爛之舌，遊說我嗎？還是先嘗嘗油鼎的滋味吧！」鄧芝仰頭大笑，道：「人都說東吳敬重人才，誰想到卻如此懼怕一個書生！」孫權強壓怒火，問道：「誰說我懼怕你了？」鄧芝說：「你要是不懼怕我，為什麼擔心我來遊說你？」孫權道：「你不是來為諸葛亮做說客的嗎？」鄧芝說：「我是為吳國的利害而來。沒想到你們卻排列武士、支設油鼎，如臨大敵一般。用這種方式來對待一名使者，未免器量太小了吧？」孫權聽了也有些羞愧，就喝退武士，請鄧芝上殿坐下，問道：「你倒說說看，吳、魏之間是怎樣的利害關係？」

鄧芝先問孫權：「大王想和蜀國和好，還是想和魏國和好？」孫權道：「我其實是想和蜀國和好，但又擔心蜀主年紀輕、見識淺，不能有始有終。」鄧芝便侃侃論道：「大王是當世英豪，諸葛亮也是一代俊傑；吳有寬闊的長江，蜀有險峻的山川，如果兩國結成聯盟，脣齒相依，則進可以吞併天下，退可以三分而立。如果大王向魏稱臣，魏國一定會不斷提出非分的要求，不是叫大王前去朝覲，就是要把太子留作人質，一旦大王開口拒絕，立刻興兵來攻，蜀國也會乘機順流而下，到那時，恐怕江南這片土地，就由不得大王作主了。如果大王認為我說的不對，我情願死在大王面前，免得落下做說客的壞名聲。」說完，鄧芝撩起衣服走下大殿，就要往油鼎中跳。

孫權急忙命人將鄧芝攔住，把他請入後殿，以上賓之禮相待。孫權坦誠地說：「先生的話，正合我的心意。現在我打算和蜀主聯盟，先生肯為我從中介紹嗎？」鄧芝笑道：「剛才想把我油烹了的，是大王；如今想用我的，也是大王。大王自己還沒有拿定主意，怎麼能取信於人呢？」孫權忙說：「我決心已定，請先生放心。」當即派中郎將張溫隨鄧芝一起入川，和蜀國締結聯盟。

曹丕得知吳、蜀重新結盟，又驚又怒，親率三十萬大軍來伐東吳。孫權啟用徐盛為大將，在廣陵一帶大敗曹丕，射殺魏國名將張遼。孔明也派趙雲率蜀軍出陽平關，策應東吳。曹丕只得倉促退軍，回守長安。經過這次戰役，重新恢復了孫、劉聯合抗曹的基本格局，直到三國時代結束，吳、蜀之間再沒有發生大規模的戰爭。

此後兩年，三國相安無事。諸葛孔明在成都，利用這段時間休養生息，整頓武備，為進取中原做準備。恰巧趕上這兩年蜀中連獲豐收，米滿倉廒，財盈府庫，兩川百姓安享太平，一派夜不閉戶、路不拾遺的盛世景象。

到了建興三年（西元二二三年），孔明忽然接到報告，蠻王孟獲率領十萬蠻兵，侵犯益州南部邊境，已經攻陷了建寧、牂牁、越雋三郡，包圍了永昌郡。永昌太守王伉與功曹呂凱發動百姓，拒城死守，形勢十分危急，飛書向成都求救。孔明立即入奏後主劉禪，請求親率大軍，前去征討孟獲。孔明說：「南蠻不服號令，屢次騷擾邊境，擄掠人畜，已經成為國家的心腹大患。如果要北伐中原，討平曹丕，就必須先收服南蠻，免除後顧之憂。」劉禪擔心地問：「東有孫權，北有曹丕，相父遠征南方，倘若吳、魏兩國乘虛來攻，怎麼應付呢？」孔明道：「東吳已和我國講和，不會有什麼變故，萬一出現意外，有李嚴鎮守白帝城，也足以抵擋陸遜；曹丕剛吃了敗仗，銳氣大挫，一時半會兒不會有進犯我國的打算，況且有馬超守把漢中各處關口，不必擔憂。我又留下關興、張苞兩支軍馬做為救應，保陛下萬無一失。」劉禪便說：「我年幼無知，相父看著辦吧。」

於是孔明辭別後主，以趙雲、魏延為大將，王平、張翼為副將，關羽三子關索為先鋒，大軍五十萬，戰將數十員，向永昌進發。

第四十八回　征南蠻孔明渡瀘水　敗西洱孟獲走禿龍

卻說孔明親率大軍遠征南方，很快收復了建寧三郡，擊退蠻兵，解了永昌之圍。永昌太守王伉將孔明迎接入城。孔明好言慰勞一番，得知永昌孤城能夠保全不失，全仗功曹呂凱熟悉蠻情，調度有方，便請王伉把呂凱找來，向他請教平定南蠻的方略。呂凱拿出一幅地圖，獻給孔明，說：「我曾派人祕密潛入蠻族聚居地區，察看當地的山川形勢，畫成這幅〈平蠻指掌圖〉，在可以屯兵交戰的地方都做了標記，希望能對丞相有所幫助。」孔明大喜，便任命呂凱為行軍教授兼嚮導官，隨同大軍出征。

剛剛進入蠻族聚居地區，就接到哨馬飛報，說蠻王孟獲調派金環三結、董荼那、阿會喃三洞元帥，分兵三路殺來。孔明立刻召集眾將，派王平迎擊左路，馬忠迎擊右路，張嶷、張翼同領一軍迎擊中路，卻單單以不熟悉地理為由，把兩位大將趙雲、魏延晾在一邊。二人心中不服，就悄悄出寨，捉了幾名蠻兵回來，用酒食招待，細細打聽蠻軍分布情況。蠻兵告訴二人：「前面山口處就是金環三結元帥大寨，寨子東西各有一條道路，分別通往董荼那、阿會喃的營寨後面。」趙雲、魏延打聽清楚，便點起五千精兵，連夜出動，大約四更時分，來到金環三結寨外。此時蠻兵剛剛起來做飯，準備天亮廝殺，忽見趙雲、魏延殺入，不由大亂。金環三結匆忙上馬迎敵，被趙雲一槍刺死。

趙雲、魏延殺散蠻兵，奪了中路營寨，隨即各帶一半兵馬，抄襲東西兩寨的後路，王平、馬忠也帶人馬從正面殺來，兩下夾攻，蠻兵大敗。董荼那、阿會喃棄了營寨、人馬，想從山路逃跑，卻落入張嶷、張翼的埋伏，只得下馬就擒。眾將這才明白孔明用的是激將法，都暗自佩服不已。孔明命人把董荼那、阿會喃帶到帳前，好言開導了幾句，叫他們不要再幫助孟獲作亂，就把二人放回去了。隨即調遣眾將，準備對付孟獲。

第二天，孟獲果然帶領蠻兵前來挑戰。孔明命王平領兵相迎。孟獲見蜀兵旌旗雜亂，隊列不整，不禁笑道：「都說諸葛亮善於用兵，今日見了，不過如此！」回頭問身邊蠻將：「誰敢出陣生擒蜀將，奪下頭功？」副將忙牙長應聲出馬，直取王平。打了幾個回合，王平撥馬退走，孟獲驅兵大進，緊緊追趕。蜀將關索出來阻擋了一陣，也退走了。孟獲一口氣追了二十多里，忽然四面喊聲大起，張嶷、張翼兩路兵馬殺出，截斷孟獲的退路，王平、關索又引兵殺回，前後夾攻。孟獲大敗，帶領殘兵拚命殺出重圍，向錦帶山方向逃跑，卻又被趙雲領兵攔住，一陣衝殺，人馬所剩無幾。孟獲只帶著十來個人竄入山谷，棄了馬匹，爬山越嶺而逃。不料魏延按照孔明的吩咐，早已帶領五百步軍埋伏在山谷中，一擁而上，將孟獲活捉，押送到孔明大寨。

孔明傳令殺牛宰羊，在大寨中擺設酒宴，然後排開全副丞相儀仗，將俘獲的蠻兵帶到帳前。孔明端坐在大帳中，命人解去俘虜的綁繩，對他們說：「你們都是好百姓，不幸被孟獲逼迫從軍，受了驚嚇。你們的父母、兄弟、妻子，一定都在為你們擔心，盼你們平安回去。我這就放了你們，讓你們閤家團聚。」說完，讓他們飽餐酒飯，就地遣散。然後吩咐把孟獲帶進大帳。孔明問：「你如今被我捉了，服也不服？」孟獲道：「山路狹窄，不小心中了埋伏，怎麼肯服？」孔明說：「既然不服，我放你回去，好不好？」孟獲大聲道：「你要真放我回去，我就整頓軍馬，再來與你決個高低；你要能再捉住我，我就服你。」孔明就叫人給他鬆綁，把盔甲鞍馬都還給他，讓他吃飽酒飯，差人將他送出寨外。

眾將見孔明放了孟獲，都不解地問：「孟獲是南蠻首領，捉住了他，南方就算平定了，丞相為什麼又把他放了？」孔明笑道：「想捉孟獲易如反掌，可要想讓他們真心降服，就不那麼簡單了。只有讓他們心悅誠服，才能保證南方的長期安定啊！」眾將聽了，都半信半疑。

且說孟獲回到瀘水邊，尋到手下敗殘的蠻兵，謊稱自己殺死看守，乘夜逃回，眾蠻兵信以為真，都非常高興，當即簇擁著孟獲渡過瀘水，在南岸紮下營寨。孟獲會集各洞酋長，重新招聚了十多萬蠻兵，在南岸築起土城，嚴防死守，又下令把北岸的船筏都拘到南岸停泊，準備依仗瀘水之險，拖垮蜀軍。

孔明領兵來到瀘水北岸，親自到岸邊察看。此時正值五月，天氣炎熱，人馬都十分疲倦。孔明傳令在林木茂盛的陰涼地方，依山傍樹，紮下四個寨子，分派王平、張嶷、張翼、關索駐守，讓將士們避暑休整。參軍蔣琬提醒說：「倘若孟獲偷渡瀘水，施用火攻，不就重蹈先帝彝陵戰敗的覆轍了嗎？」孔明卻笑道：「你們放心，我自有妙算。」

恰在此時，馬岱押解著軍糧和解暑藥品來到。孔明把馬岱叫進帳中，命他帶領本部三千軍馬，悄悄繞到下游渡過瀘水，切斷孟獲的糧道，再會合董荼那、阿會喃兩位洞主，相機擒獲孟獲。馬岱欣然領命前去。

馬岱領兵來到下游，紮筏渡水。軍士們見水位很淺，很多人都不乘竹筏，蹚水過河。不料走到一半，紛紛跌倒，急忙搶救到岸上，已經口鼻出血而死。馬岱大驚，連夜來報告孔明。孔明忙找來當地土人詢問原因。土人說：「眼下正是夏季，白天很熱，瀘水中的毒氣向上蒸發，如果有人此時過河，就會中毒。一定要等到夜靜水冷，毒氣消散，才可以平安橫渡。」孔明便請土人帶路，指引馬岱半夜渡水，果然平安到達南岸，占據了夾山峪。

那夾山峪兩面是山，中間一條小路，只能容一人一馬通過，是蠻兵運送糧草的必經之路。馬岱占了夾山峪，剛立起寨柵，就遇上蠻兵的糧隊，便指揮蜀兵前後截擊，把一百多車糧草都奪了下來。孟獲得知消息，忙派忙牙長帶三千兵馬來奪夾山峪，又命董荼那隨後接應。馬岱列陣相迎，在陣前一刀斬了忙牙長，又指著董荼那罵道：「丞相饒你性命，你不思報答，反而又來挑釁，難道就不知羞恥嗎？」罵得董荼那滿臉慚愧，不戰自退。

董荼那回見孟獲，訴說馬岱英勇，自己抵敵不住。孟獲大怒，說他受過諸葛亮的恩惠，故意賣陣，喝令推出斬了。眾酋長再三求情，方才免死，將董荼那打了一百大棍，放回本寨。眾酋長都去探望董荼那，商議道：「我們一向和漢人相安無事，都是被孟獲脅迫，不得已才起兵造反的。想那孔明神機莫測，曹操、孫權都不是他的對手，何況我們這些人呢？我們不如拚死捉住孟獲，向孔明投降，也免得百姓再受戰亂之苦。」董荼那便帶著大家一齊衝進孟獲大寨，將醉臥帳中的孟獲捆綁起來，押送到孔明軍中。

孔明重賞董荼那等人，又好言勉勵一番，打發他們回去。然後命刀斧手把孟獲帶進大帳。孔明笑問：「你上次說，再被我捉住，就肯降服。今天怎麼樣？」孟獲道：「這不是你的本事，是我手下人自相殘害，我還是不服！」孔明說：「我再放你回去，好嗎？」孟獲道：「我也懂得一些兵法，丞相若肯放我回去，我就率兵再來決戰。如果丞相能在戰場上擒住我，我一定誠心歸降。」孔明笑著答應了，依舊用酒飯款待孟獲。酒足飯飽，孔明又親自帶著孟獲在軍營中走了一圈，將寨中屯積的糧草、軍器一一指點給他看，對孟獲說：「我有這麼多精兵猛將，糧草兵器，你怎麼能贏得了我呢？不如及早歸降，我保你世代為王，永遠鎮守這個地方。」孟獲說：「即使我願意投降，手下人也未必心服。請丞相放我回去，如果能說動大家，就一起前來歸順。」孔明很高興，親自把孟獲送到瀘水邊，放他回去了。

孟獲回到寨中，先把董荼那、阿會喃騙來殺了，又親自帶兵到夾山峪與馬岱交戰，不料馬岱早已連夜率兵撤回北岸去了。孟獲只好回到洞中，把兄弟孟優找來商議。孟獲說：「孔明帶我觀看營柵，本想誇耀軍威，卻被我看清了他營中虛實。我已有了破他的計策了。」說著附在孟優耳邊細細囑咐一番。孟優得了計策，便帶著一百多個兵丁，裝載了許多金銀、珠寶、象牙、犀角之類的禮物，渡過瀘水，奔孔明大寨而來。

孔明得到報告，微微一笑，吩咐眾將各去準備，然後命人將孟優領進大帳。孟優拜見孔明，口稱：「家兄孟獲感激丞相活命之恩，特派我準備了一點金珠寶貝，前來慰勞大軍。」孔明笑問：「你帶來多少人馬？」孟優道：「不敢多帶，只有一百來人，隨行搬運貨物。」孔明便傳令擺設酒席，叫眾將好好款待。

孟優卻偷偷派了兩名心腹溜出寨外，回去通報孟獲。孟獲得知蜀軍都在營中飲酒，滿心歡喜，立即點起三萬蠻兵，分為三隊，吩咐各軍多帶火具，到了蜀寨一齊放火。當天黃昏，蠻兵悄悄渡過瀘水，殺奔蜀軍營寨。孟獲帶領一百多名心腹兵將，直入中軍來捉孔明。眾人一聲吶喊，殺入寨中，卻不見一個蜀兵，只有孟優和他的手下醉倒在地。孟獲這才知道中計，急忙救起孟優等人，飛奔出寨，只見外面火把通明，喊聲大震，王平、魏延、趙雲三路軍馬夾攻過來。孟獲棄了軍士，匹馬殺出重圍，逃到瀘水邊，見有幾十名蠻兵正守著一隻小船，孟獲急忙跳上船頭。忽然一聲號令，船上蠻兵一齊動手，將孟獲緊緊縛住。原來這些蠻兵都是馬岱部下裝扮的。

馬岱把孟獲押回大寨，孔明笑道：「你這點詐降計，怎能騙得了我？如今第三次被我捉住，可服了嗎？」孟獲道：「這是我弟弟貪杯誤事，中了你的詭計，如果由我親自前來，一定不會失手。我還是不服。」孔明便傳令將孟獲兄弟和各路酋長一齊放走。此時蜀軍已經渡過了瀘水，占領了南岸，孟獲無處立足，一路逃回老家銀坑洞去了。

孔明對眾將說：「我三次捉住孟獲，又三次把他放了回去，是想表明：我的目的是讓他們真心歸附，而不是要滅絕他們的部族。希望你們也能明白我的用意，不辭辛勞，盡心報效國家。」眾將應聲答應。過了幾天，探馬來報，孟獲不惜重金，向八番九十三甸各部酋長借來幾十萬籐甲兵，正加緊備戰。孔明便傳令大軍向南方腹地推進，一直來到西洱河邊。孔明親自帶著幾百名騎兵到前面探路，見西洱河水勢雖慢，船筏卻入水即沉，便採納呂凱的建議，調派軍士到山中砍伐了幾十萬根竹子，在河面較窄的地方搭建竹橋。大軍順利渡過河去，在南岸紮下三座大營，等待孟獲前來。

不久，孟獲帶著幾十萬蠻兵，氣勢洶洶地殺奔西洱河畔。孟獲親自率領一萬名籐甲兵為前隊，在蜀軍寨外挑戰。孔明見蠻兵都赤裸著上身，左手持著籐牌，右手揮舞刀槍，氣焰正盛，便傳令各營閉寨堅守，不許出戰，暗中卻把眾將召來，一一布置妥當。

過了兩天，孔明突然傳令拔營，帶領大軍退回西洱河北岸。孟獲得到消息，急忙趕到蜀寨察看，只見三座大營的蜀軍一夜之間走得乾乾淨淨，卻棄下了幾百輛裝滿糧草的車仗。孟獲估計孔明倉促退兵，一定是國內突然發生了緊急變故，便下令全軍火速追擊。追到西洱河邊，見竹橋已被蜀兵拆掉，孟獲只好叫蠻兵火速上山伐竹搭橋，又把精銳善戰的主力都調到河岸上，與對面的蜀營對峙。

不料到了晚上，蜀兵突然從背後殺來。孟獲大驚，連忙殺開一條血路，奔回舊寨。剛到寨前，卻見寨中殺出一隊人馬，為首大將正是趙雲。孟獲回頭要走，馬岱又從身後殺來。孟獲抵敵不住，帶領幾十個心腹逃向山谷。剛轉過山口，卻見前面一片樹林中推出一輛四輪小車，車上端坐著孔明，望著他哈哈大笑。孟獲大怒，飛馬來殺孔明。剛到樹林跟前，忽聽「答」一聲，孟獲連人帶馬，掉進了陷坑。樹林中轉出魏延，從陷坑中拖出孟獲綁了，押送孔明大寨。

原來孔明裝作退軍，卻吩咐馬岱拆掉竹橋，悄悄趕到下游重新搭好，讓趙雲、魏延帶兵從下游繞回南岸，抄襲孟獲的後路。當下第四次捉住孟獲，孔明問他還有什麼話說，孟獲依然不服。孔明也不氣惱，又把他放回去，叫他整頓軍馬，再來交戰。

孟獲回去見了孟優，兄弟二人商議，蜀兵強大，難以抵擋，決定去禿龍洞投奔洞主朵思大王。朵思將二人迎入洞中，勸慰孟獲說：「大王請放心。如果蜀兵敢到我這裡來，管教他一人一馬都不得還鄉！」原來這禿龍洞只有兩條道路可通，東北一路地勢平坦，泉水甘冽，西北一路則道路窄狹，常有毒蛇惡蠍出沒，而且每到黃昏時分，煙瘴大起，每天只有未、申、酉三個時辰可以通行。沿途沒有飲水，只有四眼毒泉，人如飲用，死得苦不堪言。朵思命人將東北大路用石塊、木頭壘死，只留西北一路引孔明上當，自己終日與孟獲兄弟在洞中飲酒作樂。

卻說孔明一連幾天不見孟獲出兵，便率領大軍離開西洱河，繼續向南進發。此時已是六月，天氣炎熱如火，將士們十分辛苦。參軍蔣琬勸孔明班師回兵，孔明不肯，說：「此時撤兵，前功盡棄，南方就再也無法安定了。」說話間，探馬來報，說孟獲退到禿龍洞中躲避不出，並且把通往洞口的道路壘斷，山深林密，大軍無法前進。孔明又找來呂凱詢問，呂凱說：「我只聽說西北方向還有一條小路，但詳細情況也不清楚。」孔明便叫王平先去探路。

王平帶領幾百名軍士找了半天，才在投降的蠻兵指引下找到那條小路。往裡走了不遠，遇到一眼泉水，軍士們走了半日，人馬皆渴，都爭相上前喝了個痛快。不料回到大寨，人人都成了啞巴，只能用手比畫，卻一句話也說不出來。孔明大驚，知道是中毒，急忙親自前去察看，見那眼泉水深不見底，寒氣逼人。孔明找來當地土人詢問，才知這泉名叫啞泉，前面還有柔泉、黑泉、滅泉等三處毒泉，都不可飲用。而且山裡瘴氣濃重，觸者立死，每天只有未、申、酉三個時辰可以通過。孔明問清情況，便指點士卒到山間摘採一種叫「薤葉芸香」的藥草，每人口中含上一片，避祛瘴氣，趕在未、申、酉三個時辰快速通過山路，在山前就地掘井取水，紮下營寨。

朵思大王接到探報，大吃一驚，急忙和孟獲出洞觀看，果然見蜀兵已經安然通過西北小路，正在山前大桶小擔地搬運井水，飲馬做飯。朵思不覺驚嘆：「難道諸葛亮有神明護佑不成！」正要與孟獲兄弟出兵，與蜀軍決一死戰，忽報山後銀冶洞洞主楊鋒帶兵前來助戰。孟獲大喜，當即與朵思大王出洞迎接。

楊鋒來到洞中，對朵思大王說：「我帶來三萬鐵甲兵，個個能飛山越嶺，足以抵擋蜀兵百萬；五個兒子也都武藝高強，特來幫助大王。」遂命五個兒子上前拜見。朵思十分高興，當即傳令設宴款待楊鋒父子。不料酒喝到一半的時候，楊鋒忽然把酒杯一摔，幾個兒子一擁而上，早將孟獲、孟優和朵思大王揪下座位，用繩索綁了。孟獲大喊：「我和你無冤無仇，為什麼要害我？」楊鋒說：「我的兄弟子姪跟你造反，被諸葛丞相擒了，都活著放了回來。我要把你們獻給丞相，報答他的大恩。」說完驅散蠻兵，把孟獲等人押送孔明大寨。

孔明謝過楊鋒，把孟獲叫到面前問：「你想用惡瘴毒泉阻擋我，卻又被我捉住，這回你服不服？」孟獲說：「這又是我們自相殘害，我還是不服。我的家鄉銀坑山地勢險要，易守難攻。你要是能在那裡擒住我，我才心服。」孔明呵呵一笑，重賞了楊鋒父子，又把孟獲等人放了回去。

第四十九回　施攻心諸葛除後患　中反間司馬失兵權

孟獲等人離開蜀營，連夜逃回他的家鄉銀坑洞。銀坑洞位於瀘水、甘南水、西城水三河交會地帶，洞前有方圓三百多里的平原，物產豐饒。平原上有一座三江城，孟獲請朵思大王帶兵駐守，自己召聚族人，商議破蜀之計。妻弟帶來洞主說：「西南邊八納洞的洞主木鹿大王，能驅使虎豹豺狼作戰，手下還有三萬神兵，十分英勇。不如把他請來對付蜀兵。」孟獲聽了，就派帶來洞主去請木鹿大王。

過了兩天，孔明率領大軍來到三江城下。孔明見此城三面環水，只有一條旱路，就命趙雲、魏延同領一軍從旱路攻城。南蠻部落中人大多會使弓弩，一弩同時可發十箭，每枝箭頭上都浸有毒藥，射到身上立刻皮肉潰爛。見蜀兵來攻，城上弓弩齊發，射傷了不少人馬。趙雲、魏延不能取勝，回去稟告孔明，孔明親自乘坐小車到城下看了虛實，便傳令拔寨退軍。一連五天，不再攻城。朵思大王只道蜀兵懼怕毒箭，防守漸漸懈怠起來。到第六天黃昏時分，孔明突然傳下將令，叫每位軍士在入更之前準備泥土一包，聽候調用。軍士們不知要泥土有什麼用，但軍令如山，只得各自準備起來。過了初更，孔明又傳將令道：「各軍士包都在三江城下交割，先到者有賞。」一眾軍得令，都提著土包，飛奔到城下堆放，十幾萬大軍每人一包泥土，轉眼就在城外堆成一條登城大路。孔明一聲令下：「先上城者為頭功！」蜀兵人人奮勇爭先，沿著坡路衝上城頭。蠻兵來不及放箭，蜀兵已經殺到面前，大半被擒，小半棄城逃走，孔明兵不血刃奪了三江城，朵思大王也死在亂軍之中。

孟獲接到敗報，一時慌了手腳。他的妻子祝融夫人卻挺身而出，願意領兵出戰，殺退蜀軍。這祝融夫人善使飛刀，百發百中，當即帶了五萬蠻兵，殺出洞口。蜀將張嶷上前交戰，不出幾個回合，被祝融夫人賣個破綻，一飛刀打下馬來。蠻兵一擁而上，把張嶷綁回大寨。馬忠見張嶷被捉，急忙出馬相救，卻被絆馬索絆倒了坐騎，連人帶刀跌翻在地，也被蠻兵擒了回去。祝融夫人得勝回洞，叫刀斧手把張嶷、馬忠推出去斬首，卻被孟獲攔住。孟獲說：「諸葛亮捉住我五次，都不曾殺我，我也不能殺他的部將。先把他們關押在洞中，等我擒住諸葛亮，再作處理。」不料第二天，祝融夫人再次出戰，卻被孔明用計誘入埋伏，也用絆馬索擒了。孟獲無奈，只好用張嶷、馬忠二將把夫人交換回去。

又過了兩天，八納洞主木鹿大王應邀前來助戰。孟獲大喜，設宴招待。第二天，木鹿大王帶領本洞兵馬向蜀軍挑戰。趙雲、魏延領兵相迎。只見木鹿大王身騎白象，腰掛兩把寶刀，手持鈴鐺，身後的蠻兵都不穿衣甲，裸身赤體，手裡牽著各種猛獸。趙雲、魏延不禁面面相覷，驚訝地說：「我們打了一輩子仗，從沒見過這樣的兵馬。」二人正在驚疑不定，忽見木鹿大王口中念念有詞，把手中的鈴鐺搖了兩搖，那些虎豹豺狼聽到信號，都張牙舞爪地猛撲過來。蜀兵哪裡見過這種陣勢，嚇得掉頭就跑。蠻兵隨後追殺，一直追到三江城下。

趙雲、魏延收聚敗兵，來到帳前向孔明請罪。孔明笑道：「這不是你們的過錯。我早就知道南蠻有驅使虎豹的本領，在臨出兵前已經準備好破解的辦法了。我隨軍帶來了二十輛車子，今天先用一半，留下一半以後再用。」於是命人把十輛紅油櫃車推到帳下，留下十輛黑油櫃車不動。眾將都不明白孔明想幹什麼。孔明將櫃子打開，裡面都是一些木頭刻成的巨獸，用五色絨線做獸毛，鋼鐵做爪牙，用油彩繪成各種兇猛的模樣。孔明取出一百頭假獸，又選出一千名精壯軍士，每十人控制一頭，在假獸口中填滿煙火燃料，藏在軍中。

第二天，孔明率領大軍驅動假獸，一直來到銀坑洞口。木鹿大王自以為沒有對手，接到報告，立即和孟獲帶領洞兵出戰。遠遠望見孔明綸巾羽扇，身穿道袍，端坐在小車上。孟獲用手指點著說：「車上坐的便是諸葛亮！只要抓住此人，就大功告成了！」木鹿大王聽了，念動咒語，把鈴鐺一搖，那些猛獸又衝了出去。卻見孔明不慌不忙，輕輕揮了一下手中的羽扇，軍士們急忙點著假獸口中的燃料，推著假獸迎上前來。那些真的猛獸見到蜀陣中的巨獸個個口吐火焰，鼻冒黑煙，身上的銅鈴嘩嘩亂響，都嚇得掉頭亂跑，反而將蠻兵衝倒無數。孔明趁勢指揮軍馬追殺過去，一舉占據了銀坑洞。孟獲帶領家人翻山越嶺逃命去了，木鹿大王則死在亂軍之中。

次日，孔明正要分兵緝拿孟獲，忽然軍士來報：「蠻王孟獲的妻弟帶來洞主，押著孟獲、祝融夫人和幾百名蠻兵蠻將，來向丞相投降。」孔明聽了微微一笑，先把張嶷、馬忠找來，吩咐二將帶領兩千精兵在兩廊埋伏，然後命人把帶來洞主放進營寨。帶來洞主押著孟獲等人來到殿下。孔明不等他開口，便大喝一聲：「給我拿下！」兩廊埋伏的精兵一齊衝出，兩個捉一個，把帶來洞主和孟獲等人一起綁了起來。孔明大笑道：「就憑你們這點小詭計，還想騙過我去！你們見兩次被自己人擒來獻降，我都沒有殺你，就以為我容易輕信，故意來詐降，想乘機把我殺死。」說著喝令武士搜查他們身上，果然都暗中藏著尖刀。孔明問孟獲說：「你上次說只要在你老家把你擒住，你就肯服，現在有什麼打算嗎？」孟獲道：「這回是我們自己上門送死，不是你的本事，我還不服！」孔明便又下令把他們都放了。

孟獲失了銀坑洞，不知去哪裡安身。帶來洞主勸他去投烏戈國的兀突骨大王。烏戈國的軍士都身穿籐甲，是取山澗老籐反覆油浸日晒製成，經水不溼，刀箭不入，號稱籐甲軍。若能得到他們相助，一定可以打敗蜀兵。孟獲便投奔烏戈國，見到兀突骨大王，把自己屢戰屢敗的經過訴說一遍。兀突骨答應借給他三萬籐甲兵，到桃花渡口阻截蜀兵。

不久，魏延帶領蜀兵前部來到桃花渡口。兀突骨大王得到報告，親自帶領一隊籐甲軍殺過河來。蜀兵的弩箭射到籐甲上，都紛紛掉落在地上，刀砍槍刺，也無法穿透籐甲。籐甲兵揮舞著大刀、鋼叉，一擁而上，魏延抵擋不住，慌忙退走。籐甲軍也不追趕，回到桃花渡口，都穿著籐甲跳入河中；有的蠻兵困乏了，就把籐甲脫下，鋪在水面，然後縱身坐到上面，逍遙自在地過河去了。

魏延大驚，急忙去報告孔明。孔明找來當地土人問明原因，又親自到桃花渡口附近察看地形。走到一處山谷，兩邊都是筆直的懸崖峭壁，中間一條蜿蜒的小路，形狀很像一條長蛇。孔明問清此地叫「盤蛇谷」，心中已有了破敵的計策。回到大帳，孔明就把馬岱、趙雲分別找來，面授機宜，兩將各自領命去了。孔明又把魏延叫到跟前，吩咐他再去向籐甲軍挑戰，但只許敗，不許勝，要想辦法把蠻兵引誘入盤蛇谷中。其餘眾將，也都做了布置。

卻說兀突骨勝了一仗，十分得意。孟獲提醒道：「諸葛亮慣用的計策是設埋伏。今後和他交手，要事先叮囑軍士，見到山谷險要、樹木茂密的地方，都不要貿然深入。」兀突骨說：

「大王說得有理。今後我在前面廝殺，你在背後指點，省得再中諸葛亮的詭計。」二人正在商議，忽報魏延又在桃花渡口北岸立起營寨。兀突骨立即帶領籐甲軍渡河來戰。打了幾個回合，魏延抵擋不住，轉身敗走。兀突骨追了十多里，奪下蜀軍營寨，就地屯住。第二天，魏延又來挑戰，打了幾個回合，又敗下陣去。兀突骨乘勢追殺，又奪了一座蜀寨。就這樣不到幾天的工夫，魏延屢戰屢敗，接連棄了七座營寨。兀突骨記著孟獲的囑咐，見到林木茂盛的地方就收兵不追，果然連連獲勝，不禁大為得意，以為識破了孔明的計謀，膽子也逐漸壯了起來。

這一天，魏延又吃了一場敗仗，帶領殘兵退入盤蛇谷。兀突骨望見山上光禿禿的沒有草木，料定不會有埋伏，便放心地追入谷中。走到山谷深處，蜀兵已跑得不見蹤影，只有幾十輛黑油櫃車停在道路中間。蠻兵報說：「這裡一定是蜀兵的運糧道路，見我們大兵追到，撇下糧車逃跑了。」兀突骨大喜，催動兵馬加緊追趕。快出谷口時，忽然兩邊山上滾下無數橫木亂石，壘斷了谷口去路。兀突骨急忙回兵，卻聽得後軍一陣發喊，報說退路已被乾柴壘斷。這時兩邊山上扔下無數火把，把谷中的柴車都點著了。那幾十輛黑油櫃車中原來裝的都是火藥，遇火即炸，一時間山谷中鐵炮橫飛，火光亂舞。蠻兵身上的籐甲都是油浸過的，沾火就著，兀突骨和三萬籐甲軍走投無路，都被活活燒死在盤蛇谷中。孔明在山上看到蠻兵的慘狀，也不禁流淚嘆息道：「我雖然為國家立了大功，卻也傷害了太多人的性命啊！」

卻說孟獲留在寨中，正等著兀突骨得勝的消息，忽然一千多名蠻兵來到寨前，稟告道：「兀突骨大王已將諸葛亮包圍在盤蛇谷中，請大王趕快領兵接應。」孟獲大喜，立即帶領手下人馬傾巢出動，前來助戰。剛到盤蛇谷口，忽然一聲吶喊，兩路蜀軍從左右殺來。孟獲剛要抵敵，那一千多名引路的兵丁卻搶先動手，將孟獲的手下親信都擒住了，原來他們都是蜀兵假扮的。孟獲單人匹馬殺出重圍，又向山間小路逃走，卻見前面山凹裡轉出一簇人馬，擁著一輛小車，車中端坐一人，正是孔明。孟獲急忙回馬要走，不防旁邊閃出馬岱，攔住去路。孟獲措手不及，被馬岱生擒活捉了。

孟獲被押到蜀軍大寨，見祝融夫人以及孟優、帶來洞主等人也都被捉住了。蜀兵將他們解去綁繩，安置在一座營帳中飲酒。酒足飯飽，只見一位官員走進來，對孟獲說：「丞相說這次又用計謀擒你，很是慚愧，不好意思和你見面。特命我來放你們回去，重整人馬，再來決戰。」孟獲流著眼淚說：「七擒七縱，這是古往今來從未有過的事情。我不是不懂道理的人，丞相這樣待我，我怎麼還有臉和他作對呢？」於是帶著妻子、親屬來到孔明帳外，伏地請罪，說：「感謝丞相的恩德，我孟獲永遠不再反了！」孔明連忙把他請入帳中，設宴招待。並當眾宣布，讓孟獲仍為部落之主，蜀軍占領的土地也都如數退還。孟獲和蠻兵聽了，都十分感動，高高興興地回去了。

過了兩天，孔明下令班師。孟獲率領各部落大小洞主、酋長一直送過瀘水，才依依不捨地回去。大軍經過永昌，孔明命王伉、呂凱留守四郡，囑咐他們要愛護百姓，和蠻人相安共處，不要荒廢農務。一切安排妥當，孔明這才放心地回到成都，積極練兵屯糧，準備北伐中原。

轉眼到了蜀漢建興四年（西元二二四年）。一天，孔明忽然接到報告，魏主曹丕病故，年僅十五歲的長子曹叡即位。曹丕臨終前，將政事託付給大將軍曹真、大司馬曹休、司空陳群、驃騎大將軍司馬懿等人。司馬懿自己請求出鎮雍、涼二州，現已上任去了。孔明得知消息，吃驚地說：「司馬懿老謀深算，是個很有才能的人，倘若讓他把雍、涼兵馬練成精兵，一定會成為蜀國的勁敵。看來現在只有搶先動手，出兵伐魏了。」參軍馬謖諫道：「我軍剛從南方回來，人馬都十分疲憊，正在休整，短時間內不宜再次遠征。要除司馬懿，我們不妨另想辦法。」說著獻上一條反間計。孔明覺得很好，當即派人分頭行動。

這一天，魏國鄴郡的城門上，忽然出現一張告示，以驃騎大將軍司馬懿的名義，逼迫曹叡退位，改立陳思王曹植為君，並聲稱不久就將率領雍、涼兩州兵馬入京。守門的官吏急忙把告示揭下，飛報魏主曹叡。曹叡看罷，大驚失色，連忙召集眾臣商議。太尉華歆道：「司馬懿主動請求去守雍、涼，早就居心不良。如今反情已明，應該趕快出兵討伐。」司徒王朗也說：「司馬懿精通兵法，善於用兵，而且一向很有野心。如果不及早把他除去，將來一定是個禍害。」曹叡聽了，便要調動兵馬，御駕親征。大將軍曹真站出來勸阻道：「現在事情真假不明，要提防是蜀、吳奸細使的反間計。我看司馬懿不會有異心，貿然出兵，反而會逼得他真的造反。」曹叡問：「萬一司馬懿是真的謀反，該怎麼辦呢？」曹真說：「陛下要是不放心，可以仿效漢高祖偽遊雲夢擒韓信的做法，假借到安邑去遊玩，司馬懿一定會來迎接，如果發現他確實有謀反的跡象，當場把他抓起來就是了。」曹叡覺得這個辦法可行，就命曹真留守洛陽，親自帶領十萬御林軍，浩浩蕩蕩往安邑而來。

走到半路，忽然接到探報，說司馬懿帶領數萬軍馬，正往安邑殺來。曹叡大驚，忙命大司馬曹休領兵前去迎戰。原來司馬懿聽說魏主曹叡來遊安邑，就帶了幾萬兵馬興沖沖趕來迎接，一心想讓曹叡看看他訓練的雍、涼精兵。此時見前面塵土大起，還以為是曹叡親自到了，連忙跪倒在路邊接駕。不料來的卻是曹休，見到司馬懿劈面就問：「陛下對你如此器重，你為什麼要造反？」司馬懿一聽這話，嚇得脊背上直冒冷汗，忙問緣由，曹休一一說了。司馬懿大呼冤枉，說：「這明擺著是吳、蜀奸細使的反間計，想讓我們君臣自相殘害，他們好乘虛而入。我一定要到陛下面前分辨明白。」於是急忙退了軍馬，一個人隨曹休去見魏主。

來到曹叡車前，司馬懿跪在地上哭奏道：「我受先帝重託，輔佐陛下，怎敢有半點異心？這一定是吳、蜀使的奸計。請陛下給我一支人馬，破蜀伐吳，表明心跡。」曹叡聽了，也猶疑不定。華歆在一旁悄悄奏道：「不能再給他兵權了。不如解除他的官職，讓他回鄉養老去吧。」曹叡依了華歆的話，當即將司馬懿削職回鄉，留下曹休總督雍、涼軍馬，自己起駕回洛陽去了。

早有細作報入川中。孔明大喜，道：「我早就想出兵伐魏，一直顧忌司馬懿的雍、涼兵馬，遲遲沒有行動。如今司馬懿已經中計被貶，我還有什麼擔憂呢！」便連夜起草了一道〈出師表〉，次日早朝時上奏後主劉禪。劉禪擔心孔明剛剛南征歸來，又要出兵北伐，未免過於辛苦，勸他休整一段時間再說。孔明卻再三堅持，說此時正是伐魏的大好時機。劉禪見他態度堅決，便批准了北伐的請求，封孔明為平北大都督丞相武鄉侯，命他擇日出兵。

於是孔明留下郭攸之、董允、費禕、向寵、蔣琬等文武官員一百多人，管理蜀中軍政；調派魏延、張翼、王平、馬岱、廖化、馬謖、關興、張苞等三十多員大將，隨同出征。孔明正在調兵遣將，忽然一員老將闖上帳來，大聲道：「我年紀雖老，精力未衰，丞相為什麼不用？」眾人一看，卻是趙雲。孔明婉言勸道：「我上次南征回來，聽說馬超將軍病故的消息，就十分惋惜。將軍上了年紀，萬一陣上有個閃失，不僅動搖了一世英名，也會挫減大軍的銳氣。」趙雲厲聲道：「我自從追隨先帝以來，臨陣不退，遇敵當先，從來沒有挫敗過。何況大丈夫能夠戰死疆場，就是最好的歸宿，死而無憾！我願為前部先鋒！」孔明再三苦勸，趙雲執意要去。孔明見阻攔不住，只好同意，又叫鄧芝協助他，撥調精兵五千、副將十員，隨同二將先行出發。

孔明隨後辭別後主，親自率領大軍，浩浩蕩蕩，往漢中進發。

第五十回　趙子龍大戰鳳鳴山　諸葛亮智取天水城

卻說孔明北伐的消息傳到洛陽，魏主曹叡大驚，問群臣：「誰可為將，擊退蜀兵？」駙馬夏侯楙應聲而出，願帶兵出征。這夏侯楙是夏侯淵的兒子，娶曹操的女兒清河公主為妻，雖然在朝廷中執掌重兵，卻從未親身經歷過戰役，此時一心想為父報仇，主動請纓。司徒王朗諫道：「諸葛亮足智多謀，不可輕敵。夏侯駙馬未經大戰，恐怕難以擔當如此重任。」夏侯楙聽了，把眼一瞪，斥道：「我從小隨父親學習韜略，深通兵法，你怎敢欺我年幼？我如不能生擒諸葛亮，絕不回朝見駕！」眾人都不敢再開口。曹叡便任命夏侯楙為大都督，徵調關西各路軍馬二十多萬，來戰孔明。

孔明此時已率大軍抵達沔陽。路過馬超墳墓，孔明親自前去祭拜。回到寨中，正在和眾將商議進兵計畫，忽然得到夏侯楙率領關中軍馬前來迎敵的消息。魏延獻計說：「夏侯楙是紈子弟，懦弱無謀。請丞相給我五千精兵，從褒中子午谷進兵，不出十天，可以直抵長安。夏侯楙猝不及防，一定會棄城逃走。丞相乘機率大軍從斜谷進兵，咸陽以西就可以一舉平定了。」孔明笑道：「這個方案太冒險了。你以為中原全無有見識的人物嗎？倘若魏人在子午谷偏僻的小路上埋下一支伏兵，不僅五千人馬性命難保，我軍的士氣也會大受挫傷。這個辦法絕不能用。」魏延爭辯道：「丞相從大路進兵，敵人一定會集中關中軍馬正面抗拒，曠日持久，什麼時候才能得到中原？」孔明說：「只要運用得當，何愁不勝！」最終沒有採納魏延的計策，命令趙雲仍從大路進軍。

趙雲率領前鋒走到鳳鳴山下，與夏侯楙的先鋒韓德狹路相逢。那韓德是西涼名將，善使開山大斧，有萬夫不當之勇，四個兒子韓瑛、韓瑤、韓瓊、韓琪，都精通武藝，弓馬過人，被夏侯楙重金請來助陣。此時父子五人帶領八萬西涼兵為前部，遇到蜀兵，立刻擺開陣勢。韓德在四個兒子的簇擁下出馬來到陣前，高聲叫罵：「西蜀小寇，敢來犯我邊界！」趙雲大怒，挺槍縱馬，單挑韓德交戰。長子韓瑛躍馬來迎，戰不三合，被趙雲一槍刺死。韓德其餘三個兒子見傷了哥哥，一擁而上。趙雲振奮舊日虎威，抖擻精神，獨戰三將。轉眼之間，槍挑韓琪，箭射韓瓊，生擒韓瑤歸陣。韓德大怒，掄動開山大斧，直取趙雲。趙雲挺槍相迎。戰不三合，趙雲手起槍落，又將韓德刺死於馬下。西涼兵平素早已聽說趙雲的威名，如今見他英勇不減當年，誰敢交鋒？紛紛向後退避。趙雲匹馬單槍，在敵人陣中往來衝突，如入無人之境。鄧芝見趙雲大勝，指揮蜀兵掩殺過來，西涼兵大敗而逃，衝動了後面夏侯楙的大軍，一直退出十多里，才收拾殘兵紮寨。夏侯楙連夜與眾將商議道：「今日親眼見到趙雲的英勇，才信當年長阪坡的事情，果然名不虛傳！這裡沒人是他對手，如何是好？」參軍程武獻上一條埋伏計，夏侯楙覺得可行，就命副將董禧、薛則各帶三萬兵先去埋伏。

第二天，夏侯楙重整旗鼓，來向蜀軍討戰。鄧芝提醒趙雲說：「魏兵昨天剛吃了敗仗，今天就又來討戰，其中一定有詐。老將軍要多加小心。」趙雲笑道：「這種乳臭未乾的孩子，能有多大能耐？看我今天活捉夏侯楙！」說完躍馬而出。夏侯楙把手一揮，魏陣中八員副將一齊迎戰。趙雲毫無畏懼，一枝槍左挑右搠，上下翻飛，殺得八員魏將招架不住，陸續奔逃。趙雲乘勢追殺，鄧芝急忙領兵跟進。趙雲一馬當先，深入重地，忽聽得四面喊聲大震，左有董禧，右有薛則，兩路魏兵一齊衝出，殺退鄧芝，將趙雲圍在垓心。趙雲手下只有一千來人，東衝西突，殺不出重圍。殺到山坡下，只見夏侯楙在山上指揮三軍，蜀軍往東就指東，蜀軍往西就指西。趙雲從清晨殺到黃昏，不能突圍，只得令兵士下馬稍歇，等待月亮升上來再戰。剛剛卸下衣甲，席地坐下，忽然四面火光沖天，鼓聲大震，魏兵已經殺了上來。趙雲急忙上馬迎敵。眼看四面魏軍漸漸逼近，八方弩箭雨點般射來，趙雲不禁仰天長嘆：「我不服老，今天死在這裡了！」

正在此時，忽見東北角上喊聲大起，魏兵紛紛亂竄。轉眼間，一彪軍馬殺入重圍，為首大將手持丈八點鋼矛，馬項下掛一顆人頭，正是張苞。張苞見到趙雲，說：「丞相擔心老將軍有什麼閃失，特派我領五千兵前來接應，正遇魏將薛則攔路，被我殺了。」趙雲大喜，便和張苞合兵一處，向西北角殺來。遠遠看見魏兵紛紛棄戈逃走，又有一彪軍馬從外殺入，為首大將一手提著青龍偃月刀，一手挽顆人頭，正是關興。只聽關興喊道：「丞相叫我帶五千兵前來接應老將軍，剛巧在陣上遇到魏將董禧，被我一刀殺了。丞相隨後便到。」趙雲道：「二位將軍已建奇功，何不趁勢擒住夏侯楙，一舉確定勝局？」張苞、關興齊聲答應，轉身殺入魏軍陣中。趙雲回頭對身邊的將士說：「他們兩個是我的子姪輩，尚且爭先立功；我是國家上將，朝廷老臣，難道還不如這些孩子們嗎？今天豁上這條老命，報效國家吧！」眾軍聽了，人人振奮，跟隨趙雲，重新殺進魏陣，來捉夏侯楙。當夜三路兵馬夾攻，大破魏軍，直殺得屍橫遍野，血流成河。夏侯楙年輕無謀，從沒見過這種陣勢，早已慌了手腳，帶著一百多名隨身將士一路逃進南安郡，緊閉城門，死守不出。關興、張苞、趙雲、鄧芝先後領兵趕到，將南安城團團圍住，一連猛攻了十天，攻打不下。

忽報孔明親領大隊人馬趕到，四將連忙迎進大帳，稟報交戰經過。孔明乘著小車親自到城邊周圍看了一遍，回寨升帳，對眾將說：「此城壕深牆高，不易攻打。我們的目標不是這一座城池，時間拖久了，對我們不利。必須另想辦法。」又問：「此處西連天水，北通安定，那兩郡的太守不知是誰？」探卒答道：「天水太守馬遵，安定太守崔諒。」孔明便把魏延、關興、張苞分別喚到跟前，輕聲囑咐一番。又喚來兩名親信軍士，授以密計。眾人領命，各自按計行事去了。孔明卻不再攻城，只派軍士們運來許多柴草，堆在城下，揚言要火燒南安。魏兵聽說，都當作笑談，毫不懼怕。

卻說安定太守崔諒，聽說蜀兵圍了南安，困住夏侯楙，心中又驚又怕，集合起僅有的數千軍馬，加緊上城巡守。這一天，忽然有一人從南邊飛馬奔來，自稱是夏侯都督帳下心腹將官裴緒，有機密事要見太守。崔諒急忙請入相見，詢問南安情況。那人說：「蜀軍連日猛攻，南安危在旦夕。夏侯都督每天在城上升火為號，向安定、天水二郡求救，卻不見援兵到來，因此派我殺出重圍，前來告急。」說著從貼身處取出告急文書，給崔諒看了一眼，便稱說還要往天水告急求救，叫人換了馬匹，匆匆出城走了。沒過兩天，又有報馬來到城下，告說天水太守已起兵救援南安去了，叫安定早早接應。崔諒與府官商議，眾人都說夏侯楙是曹操的女婿，如果不去救援，將來要被曹叡怪罪。崔諒只得點起人馬，離城去救南安，只留下一些文官守城。

崔諒領兵日夜兼程，向南安大路進發。趕到離南安還有五十多里的地方，忽聽前後喊聲大震，哨馬報道：「前面關興截住去路，背後張苞殺來！」安定的軍士嚇得四下逃竄。崔諒拚命殺出包圍，從小路奔回安定。剛到城壕邊，城上亂箭射下。只聽蜀將魏延在城上叫道：「我已取了城池！何不趕快投降？」崔諒大驚，知道中了孔明調虎離山之計，慌忙朝天水方向逃竄。走出不到十里，又被一支軍馬攔住去路。只見大旗下面，一人頭戴綸巾，手搖羽扇，端坐在小車上，正是孔明。崔諒回馬要走，關興、張苞已經帶兵從四面圍了上來，大呼：「崔諒早降！」崔諒見走投無路，只好下馬投降。

孔明回到大寨，設宴款待崔諒。席間，孔明對崔諒說：「聽說南安太守楊陵和你交情很深，我想請你進城說降楊陵，活捉夏侯楙，不知願不願意？」崔諒滿口答應。孔明大喜，立刻傳令各路軍馬後退二十里紮寨，放崔諒入城。崔諒見到夏侯楙、楊陵，把實情和盤托出。三人商議，決定將計就計，把蜀兵騙進城中，一齊殺掉。於是崔諒重新出城來見孔明，說楊陵計畫今夜活捉夏侯楙，獻城投降，只是手下人手不足，不敢輕舉妄動。孔明道：「這個容易。」就叫關興、張苞帶領一百多名蜀兵換上魏軍服裝，扮作原來安定的人馬，隨崔諒混進城去，幫助楊陵。

當天黃昏，關興、張苞挑選了一百多名精壯兵丁，各帶兵器，扮作安定軍馬，隨崔諒來到南安城下。楊陵在城上裝腔作勢地盤問了幾句，便親自打開城門，放崔諒等人進城，暗中卻已埋伏好刀斧手，只等關、張二將入城，便動手擒拿。不料城門一開，關興便搶先衝入城中，手起刀落，將楊陵殺死。崔諒大驚，回馬想逃，身後張苞大聲喝道：「賊子休走！你們這點詭計，怎能瞞得過諸葛丞相！」手起一槍，把崔諒刺於馬下。二人乘勢衝進城中，放起火來。四

定接替魏延，準備故技重施，奪取天水。侯楙聯絡，將計就計奪下南安。當下孔明進了南安，一面收降魏兵，出榜安民，一面派人去安住，交馬只一合，就把他活捉過來。原來孔明早已看穿崔諒不是真心投降，故意放他進城與夏面蜀兵見到火起，一齊殺來接應。夏侯楙措手不及，慌忙從南門奪路逃走，卻正被蜀將王平攔

再說天水郡太守馬遵，得知夏侯楙困在南安城中，便召集文武官員商議。功曹梁緒、主簿尹賞、主記梁虔等人怕將來曹叡怪罪，都主張出兵去救南安。馬遵正在猶疑不定，忽報夏侯駙馬差心腹將官裴緒前來求救，忙命迎入府中。那裴緒又將上回在安定的那番話對馬遵說了一遍，將告急公文給馬遵看了，便匆匆上馬離去。次日，又有報馬來到城下，稱說：「安定兵馬已經先去了，請太守火速前去會合。」馬遵不再疑慮，正要起兵，忽然一人從外面衝了進來，大呼：「太守千萬不要上諸葛亮的當！」眾人望去，卻是中郎將姜維。

這姜維表字伯約，是天水郡冀縣人。從小博覽群書，兵法武藝，無所不通，而且十分孝順母親，在本地威望很高。此時因母親患病，正請假在家照料，聽說馬遵要出兵去救南安，急忙趕來勸阻。姜維對馬遵說：「我聽說諸葛亮把南安圍得水洩不通，怎麼能有人單槍匹馬殺出重圍，來這裡求救？這一定是諸葛亮派人詐稱魏將，想騙太守出城，卻暗中埋伏一支兵馬，乘虛襲取天水。」一席話說得馬遵恍然大悟，忙問姜維如何應對。姜維笑道：「太守放心。看我將計就計，管教蜀兵有來無回。」

原來孔明果然派遣趙雲帶領一支軍馬埋伏在山間偏僻處，只等天水守軍離開，便乘虛襲城。這一天，趙雲接到探報，說天水太守馬遵已經出城去救南安，只留文官守城。趙雲大喜，

一面派人通知張翼、高翔在半路截殺馬遵，一面領兵直撲天水郡城下，高叫：「常山趙子龍在此，快快獻城投降！」卻見城上梁緒哈哈大笑，指著趙雲說：「你中了姜伯約的妙計，還逞什麼威風？」趙雲大怒，正要揮軍攻城，忽聽得喊聲大震，四面火光沖天，當先一員少年將軍飛馬殺來，口中喝道：「天水姜伯約在此！」挺槍直取趙雲。兩人戰了幾個回合，趙雲見姜維槍法嫻熟，不禁暗暗吃驚，心說：「想不到此處竟有這般人物！」又打了幾個回合，馬遵、梁虔也領兵殺了回來，趙雲首尾不能兼顧，只得奪路敗走，被張翼、高翔兩軍接應去了。

趙雲回來見到孔明，說中了姜維之計，又誇獎姜維槍法高妙，與他人大不相同。孔明驚道：「我以為天水唾手可得，不想竟有這般人物。」便親領大軍來攻天水。姜維見趙雲敗走，料定孔明會親自前來，早與馬遵商議，將軍馬分為四支，自己與馬遵、梁虔、尹賞各領一軍埋伏在城外四周，只留梁緒率領百姓在城上守禦。孔明來到天水城下，見城上旗幟整齊，刀槍如林，不敢輕率攻城，傳令先在城下紮營。不料到了半夜，忽然四下火光沖天，喊聲震地，城上也鼓噪吶喊相應，蜀兵不知敵人兵馬從何處殺來，四下亂竄。孔明急忙上馬，在關興、張苞二將的保護下，殺出重圍。回頭望去，只見正東方向一帶火光，好像一條蜿蜒的長蛇。孔明令關興前去打探，回報說：「那是姜維的兵馬。」孔明不禁嘆道：「兵不在多，在於調遣得當。此人真是一個難得的將才！」

孔明收兵回寨，思慮良久，找來幾名安定降軍，詢問：「姜維的家鄉在哪裡？」答說：「姜維的老母現居冀城。」孔明又問：「天水郡哪座城池最為緊要？」答說：「天水郡的錢糧都儲存在上邽，只要打下上邽，天水的糧道就斷絕了。」孔明大喜，立刻把魏延、趙雲喚入帳中，令魏延引一軍去攻冀城，趙雲引一軍去攻上邽，並叮囑他們只要虛張聲勢，等敵人援兵趕到，放進城中，就算成功。孔明自己帶領大軍退後三十里下寨。

早有人報入天水郡。姜維得到消息，連忙懇求馬遵給他一支兵馬去保護母親。馬遵便令姜維帶三千軍馬去保冀城，梁虔帶三千軍馬去保上邽。姜維趕到冀城，魏延按照孔明的吩咐，虛攔了幾個回合，就放他入城去了。那邊趙雲也把梁虔放進上城。

孔明又派人專程到南安，把夏侯楙押解到軍前，先問他：「你怕死嗎？」夏侯楙連忙跪拜求饒。孔明道：「眼下姜維據守冀城，派人送信來說，只要駙馬發話，他就願意歸降。我現在饒你性命，你肯去招降他嗎？」夏侯楙連稱「願意」。孔明就叫人給他衣服鞍馬，卻不派人跟隨他，放他獨自去招降姜維。

夏侯楙離開蜀軍大寨，一路向前走去，卻不認得去冀城的路徑。正在彷徨不定，忽見前面有幾個百姓匆匆跑來，急忙上前詢問。那些人道：「我們是冀縣百姓，因為姜維獻了城池，投降了諸葛亮，蜀將魏延放火劫財，我們只好棄家出走，逃難到上去。」夏侯楙聽說姜維已經投降，大吃一驚，忙向百姓打聽清楚去天水城的道路，催馬向天水奔去。

馬遵得知夏侯楙到來，慌忙開城迎接。夏侯楙把經過敘說一遍，馬遵聽了，不禁惋惜地說：「想不到姜維竟然投降了蜀國！」功曹梁緒在一旁說：「說不定是姜維為救夏侯都督，故意詐降。」夏侯楙立刻駁斥道：「我還沒到冀城，他已經獻城投降，怎麼會是詐降呢？」這時已到初更時分，大家正在胡亂猜疑，忽報蜀兵又來攻城。火光中只見姜維挺槍勒馬，在城下大叫：「請夏侯都督答話！」夏侯和馬遵連忙來到城上，見姜維耀武揚威，高喊：「我為救都督投降了蜀國，都督為什麼反而背棄約定？」夏侯楙慌道：「我哪裡和你有什麼約定？」姜維答道：「是你寫信叫我降蜀，為什麼又說這種話？你要自己脫身，卻把我出賣了。如今我受到蜀國重用，封了上將，再也不會回來了！」說完催動兵馬攻城，直到天亮才退兵。這樣一來，城裡人都相信姜維已經降了蜀國，卻不知攻城的姜維是孔明派人假扮的。

孔明乘機親率主力來攻冀城。幾天過去，城中糧食日漸缺少，連軍糧都供應不全了。這一天，姜維在城上，看見蜀軍正用大小車輛搬運糧草，送入魏延寨中，便帶上三千兵馬出城劫糧。蜀兵見姜維殺來，都棄了糧車，四散逃走。姜維奪了糧車，正要回城，卻被蜀將張翼攔住去路。戰了不幾個回合，王平又引軍從背後殺來。兩下夾攻，姜維抵敵不住，急忙奪路回城，不料城上早已插滿蜀軍旗號，原來已被魏延襲了。姜維殺出一條血路，望天水奔去。路上又被張苞攔殺一陣，只剩下單槍匹馬，孤身一人來到天水城下。城上守軍見是姜維，慌忙報告馬遵。馬遵認定是姜維又來騙取城門，命令城上軍士亂箭射下。眼看蜀兵越追越近，姜維進不了城，只好飛馬趕奔上邽，又被梁虔大罵一通，拒之城外。姜維不能分說，仰天長嘆，只好撥馬望長安走去。

走了沒有多遠，只聽一聲吶喊，前面樹林中湧出數千人馬，為首蜀將關興，攔住去路。姜維人困馬乏，無力抵擋，回馬要走。忽然一輛小車從山坡中轉出，車上一人正是孔明。只見孔明手搖羽扇，指著姜維說：「伯約，到了這個時候，還不肯投降嗎？」姜維眼見走投無路，只得下馬投降。孔明慌忙下車相迎，拉著姜維的手說：「我自從出山以來，一直在尋訪賢士，想把平生所學傳授給他，始終沒有找到合適的人選。今天遇到你，我的心願才算實現了！」姜維聽了十分感動，這才誠心歸降。

孔明又用計收降了尹賞、梁緒、梁虔等人，收取了天水、上邽，只有夏侯楙、馬遵逃脫，帶著幾百名殘兵投奔羌中去了。孔明進入天水，賞軍安民，任命梁緒為天水太守，尹賞為冀城令，梁虔為上邽令，整頓兵馬，準備繼續出征。眾將見孔明不去追趕夏侯楙，都來詢問緣故。孔明卻高興地說：「我放走夏侯楙，好比放走一隻鴨子；得到姜維，才是真正得到一隻鳳凰啊！」

第五十一回　孔明臨陣罵王朗　馬謖大意失街亭

話說孔明出兵北伐，接連攻取南安、安定、天水三郡，又收降了姜維，聲威大震，遠近州郡，望風歸降。孔明整頓軍馬，率領蜀軍越過祁山，直抵渭水南岸。魏主曹叡聞訊大驚，急召文武百官商議。司徒王朗薦舉大將軍曹真，說他在先帝曹丕時代就深受重用，每戰必勝。曹叡便任命曹真為大都督，雍州刺史郭淮為副都督，王朗為軍師，選拔軍馬二十萬，出兵退蜀。此時王朗已經七十六歲了。

魏太和元年（西元二二七年）十一月，曹真辭別魏主，率領大軍來到長安，渡過渭水，在西岸紮營下寨。曹真與王朗、郭淮商議退敵方略。王朗道：「明天嚴整隊伍，排列儀仗，看老夫親自出馬，只消一席話，管教諸葛亮拱手投降，蜀兵不戰自退。」曹真大喜，立刻派人到蜀營下了戰書，約定明日交鋒。

第二天，兩軍相對，在祁山前列開陣勢。蜀軍見魏兵人馬雄壯，軍容整齊，果然與夏侯楙大不相同。三通鼓罷，司徒王朗騎馬出陣，上首是大都督曹真，下首是副都督郭淮，兩個先鋒曹遵、朱讚，壓住陣腳。小校跑出軍前，大叫：「請對陣主將答話！」只見蜀兵門旗開處，關興、張苞各率一隊驍將魚貫而出，分立兩邊，中央一輛四輪車，孔明端坐車中，綸巾羽扇，飄然而出。孔明見到王朗，在車上拱了拱手，王朗也在馬上欠身答禮，然後開口說道：「久聞臥龍先生大名，今日幸得一會。先生既然自命為知天命、識時務的人，難道不懂得師出無名，必然失敗嗎？」孔明道：「我奉命討伐逆賊，怎能說師出無名？」王朗當下賣弄口才，滔滔不絕，說出一番大道理來，說曹魏代漢，上順天意，下得民心，蜀漢自不量力，妄想螳臂當車，只會自取滅亡。還勸孔明及早看清形勢，棄甲投降，不失榮華富貴。孔明聽了，不由得哈哈大笑，痛斥王朗道：「我原以為你身為漢朝的舊臣，一定有高明的見解，沒想到竟說出這種卑鄙無恥的話來！你自己貪生怕死，助紂為虐，罪惡深重，天地不容！天下人都恨不得吃你的肉，剝你的皮，你還有臉到兩軍陣前比手畫腳，胡說八道，真是白活了一把年紀，不知羞恥！」一番話罵得老王朗氣急敗壞，一口黏痰頂上喉頭，喘不過氣來，竟然大叫一聲，從馬背上栽到地下，活活氣死了。孔明用羽扇指著曹真說：「我今天饒過你們，回去把兵馬整頓好，我們明日決戰。」說完，掉轉小車，收軍回寨。

曹真將王朗屍首用棺木盛貯，派人送回長安，又與副都督郭淮商議。郭淮說：「諸葛亮算定我軍要辦理喪事，今夜必來劫寨。我們可分兵四路，兩路從山僻小路，乘虛去偷襲蜀寨；兩路埋伏在我們的營寨外，伏擊來劫寨的蜀軍。」曹真大喜，便令曹遵、朱讚兩個先鋒各帶一萬軍馬抄到祁山背後等候，只要見到蜀兵離營前來，立刻驅兵奔襲蜀軍大寨；自己與郭淮各領一支人馬埋伏在寨外，只等蜀兵殺到，舉火為號，一齊殺出。眾將分頭準備去了。

那邊孔明回到寨中，立刻把趙雲、魏延喚來，命令二人當夜各帶本部軍馬去劫魏寨。魏延說：「曹真深通兵法，一定會料到我們可能趁喪劫寨，我們豈不是自投羅網？」孔明笑道：「我正要曹真知道我們要去劫寨。他一定會把兵馬埋伏在祁山背後，等我軍過去，卻來偷襲我大寨；你們二人帶兵前去，轉過山腳，就遠遠停下等待，看到大寨這邊起火，立刻分兵兩路：

文長守住山口，子龍引兵殺回，遇到魏兵，先放他們過去，再從背後乘勢追殺，可獲全勝。」二將領命，帶兵出發。孔明又找來關興、張苞、馬岱等將，密授機宜，讓他們分頭埋伏。

當日黃昏，魏先鋒曹遵、朱讚率軍離開大寨，抄小路往蜀營進發。走到二更前後，遠遠望見前面山前隱約有軍馬行動。曹遵暗自讚嘆郭淮神機妙算，急忙催動人馬趕路。趕到蜀寨，已經快到三更。曹遵一馬當先，殺入蜀寨，卻是一座空營，不見一個人影。曹遵知道中計，急忙撤退，卻正遇朱讚的兵馬趕到，黑暗中只道是蜀營的伏兵，自相掩殺，人馬大亂。直到曹遵與朱讚打了照面，才知道是一場誤會，正要合兵後退，王平、馬岱、張嶷、張翼從四面衝殺過來。曹、朱二人拚命殺出重圍，奔上大路，又被趙雲、魏延兩支兵馬截殺，潰不成軍。曹、朱二人收拾殘兵，倉皇奔回本寨。守寨軍士見黑暗中有人馬奔來，只道是蜀兵前來劫寨，慌忙放起號火。曹真、郭淮見到信號，立即帶兵從左右殺出，又自相殘殺一場。等到發現誤會，背後魏延、關興、張苞三路蜀兵又分頭殺到，魏兵死傷無數，敗退十多里下寨，孔明大獲全勝。

曹真、郭淮吃了一場敗仗，眼見蜀兵勢力強大，自己抵擋不住，便派使者攜帶禮物去向西羌求援，請羌王出兵抄襲蜀軍後路。使者去後，曹真閉營不戰，日日盼望回音。這一天，伏路探軍來報：「蜀兵正在拔寨退兵。」曹真、郭淮大喜，以為羌兵已經在蜀軍背後偷襲得手，立即命曹遵、朱讚分兵兩路追趕。不料很快接到消息，二位先鋒中了蜀軍埋伏，被魏延、趙雲斬了。原來孔明已派姜維用計殺退羌兵，又故意引兵撤退，誘魏兵出擊，打了一個措手不及。曹真、郭淮正要退兵，忽聽背後喊聲大震，鼓角齊鳴，關興、張苞兩路兵馬殺出，圍住曹真、郭淮，痛殺一陣。曹、郭二人奪路逃竄，一直退到渭水岸邊，才立住陣腳。曹真折了兩個先鋒，懊惱不已，只得寫了奏表，派人趕往洛陽求救。

魏主曹叡得到曹真的奏報，大為震驚，急忙召集眾臣商議。太傅鍾繇奏道：「做為一軍主將，應具備過人的膽識和才略。曹真雖然久經戰陣，畢竟不是諸葛亮的對手。我願以全家性命，保舉一人，可退蜀兵。不知陛下能否批准？」曹叡道：「太傅是三朝老臣，有何人選，儘管保舉，召來為朕分憂。」鍾繇奏道：「上回諸葛亮打算興師犯境，單單畏懼此人，因此散布流言，讓陛下削去他的兵權，然後才敢長驅大進。如果重新起用此人，不愁蜀兵不退。」曹叡知道他說的是司馬懿，便說：「這件事朕也很後悔。司馬仲達現在哪裡？」鍾繇答說正在宛城閒居。曹叡立即降詔，派人到宛城傳旨，恢復司馬懿驃騎大將軍的官職，加封為平西都督，命他率領南陽各路軍馬趕赴長安。曹叡自己也御駕親征，到長安與司馬懿會合。

卻說孔明自從出師以來，屢獲全勝，心中十分高興。這一天，正在祁山寨中商議軍事，忽報鎮守永安的將軍李嚴派兒子李豐來見。孔明只道東吳出兵進犯，心中一驚，連忙喚李豐進帳詢問。李豐一見孔明，便說：「特來報喜。」孔明一愣，問他有何喜事。李豐說：「曹魏新城太守孟達寫信給家父，說他當初降魏，是情勢所迫，萬不得已；如今曹叡即位，對他百般猜忌，孟達心中不安，聽說丞相出兵伐魏，他願意率領金城、新城、上庸三處軍馬起兵響應，直取洛陽。家父特命我把和孟達來往的書信送給丞相，現在孟達的信使就等在帳外，請丞相定奪。」孔明大喜，重賞李豐等人。

孔明正在詢問孟達的信使，忽然接到魏主曹叡親至長安督戰、司馬懿官復原職的消息，不由得大吃一驚，臉上露出憂慮的神情。參軍馬謖在一旁道：「曹叡有什麼了不起！他到了長安，正好一併擒獲。丞相為什麼要驚訝呢？」孔明道：「我哪裡是怕曹叡！顧慮的只是司馬懿一人而已。如今孟達正要在新城起事，碰上司馬懿，是必敗無疑。孟達一死，奪取中原就不那麼容易了。」馬謖道：「丞相何不趕快給孟達寫封信，叫他小心提防？」孔明覺得有理，當即寫好書信，叫孟達的信使連夜趕回新城，交給孟達。

過了幾天，孟達派人送來回信。孔明打開一看，上面寫著：「請丞相不必多慮。宛城離洛陽約八百里，至新城一千二百里。即使司馬懿得知我要舉事的消息，還須上表奏准魏主，調撥軍馬，一來一往，總要一個月時間，那時我已經準備就緒，還怕他什麼？請丞相放寬心懷，等待我的好消息吧！」孔明看罷，把信扔到地上，頓足嘆道：「看來孟達非死在司馬懿手裡不可了！」馬謖問：「丞相為什麼這麼說？」孔明道：「兵法上說：『攻其不備，出其不意。』哪裡有一個月時間供他準備？司馬懿一旦知道孟達要反，哪裡還會先去奏請曹叡批准？一定會帶領大軍一路急行，直撲新城，用不了十天時間，就到孟達的城下了。孟達這樣大意，肯定會吃虧的。」

又過了半月時間，果然探馬來報：「司馬懿日夜兼程，只用了八天就趕到新城，孟達措手不及，又被金城太守申儀、上庸太守申耽出賣，兵敗被殺。現在司馬懿已經到長安見過曹叡，命大將張郃為先鋒，帶領二十萬大軍直出潼關，向我軍殺來。」孔明大驚，顧不上惋惜孟達，連忙召集眾將，調遣兵馬，準備對付司馬懿。

孔明說：「司馬懿出兵潼關，一定會先取街亭，扼斷我軍咽喉。哪位將軍敢帶一支兵馬，去街亭把守？」話音未落，馬謖應聲而出，道：「末將願往。」孔明遲疑地說：「街亭雖小，干係重大，萬一失守，我軍前功盡棄。你雖然深通謀略，無奈街亭一無城牆，二無險阻，守起來很不容易呀。」馬謖道：「我自幼熟讀兵書，深通兵法，一個小小的街亭，還怕守不住嗎？」孔明說：「司馬懿不是一般人物，先鋒張郃又是曹魏的名將，我擔心你不是他們的對手。」馬謖道：「別說是司馬懿、張郃，就是曹叡親來，我也不怕！如有閃失，請丞相殺我全家。」孔明說：「軍中無戲言。」馬謖道：「願立軍令狀。」當即寫好軍令狀呈上。孔明只好說：「我給你二萬五千精兵，再撥一員上將，相助你去。」說完把王平喚到身邊，吩咐道：「我知道你一向處事謹慎，就把這副重任託付給你。你一定要小心謹守街亭，把營寨紮在要道路口，讓敵人一時半會兒不能偷過。紮好營寨，立即多畫幾張地圖，派人送給我看。凡事商議而行，不可輕率大意。記住！記住！」二人辭別孔明，帶兵離去。

孔明仍怕二人有失，又派高翔領兵一萬，到街亭東北的列柳城屯紮，倘若街亭危急，便出兵接應。高翔走後，孔明又尋思高翔不是張郃對手，必須要派一員大將，屯兵在街亭後面，才可萬無一失，便命魏延帶領本部兵馬，到街亭背後屯紮。孔明送走魏延，心裡才多少有些安定，又命趙雲、鄧芝分領一軍從箕谷出發，虛張聲勢，擾亂魏兵的部署，自己親率大軍，以姜維為先鋒，從斜谷向郿城進兵，準備直取長安。

單說馬謖、王平二人，領兵來到街亭，看了地勢，馬謖笑道：「丞相也太多心了。這麼偏僻的山間小城，魏兵哪裡敢來！」王平說：「不管魏兵敢不敢來，先在這五路總口紮下營寨，做好長期駐守的準備。」馬謖卻說：「路口怎麼能當下寨的地方！你看旁邊這座小山，樹木茂盛，和四面都不相連，真是一處難得的天險。就把營寨紮在山上好了。」王平說：「屯兵路口，只要把寨柵樹立起來，敵人即使有十萬大軍，也無法偷偷溜過；如果放棄路口，屯兵山上，倘若魏兵把小山四面圍住，如何是好？」馬謖大笑道：「你怎麼像女人一樣絮叨！兵法上說：『居高臨下，勢如破竹。』如果魏兵敢來，我教他片甲不回！」王平說：「我隨丞相征戰多年，學了不少東西。我看這座山就是一塊絕地。如果魏兵切斷水道，我軍就不戰自亂了。」馬謖喝道：「你不要信口胡說！《孫子兵法》說：『置之死地而後生。』魏兵斷我水道，我軍只能拚命，正好以一當百。我熟讀兵書，丞相遇事還時常向我請教，你有什麼資格攔阻！」王平見說不通，只好請求馬謖分一半兵馬給他，在小山西側紮下一座小寨，相互救應。馬謖仍不同意。

二人正在相爭不下，忽見山中居民成群結隊地跑來，報說魏兵已經殺到。馬謖見情勢緊急，只好勉強撥出五千兵馬交給王平，說：「你自己找地方紮寨去吧。等我破了魏兵，不要到丞相面前和我爭功！」說完帶著兩萬人馬上山去了。王平見這點人馬無法扼守大路，只好帶兵在離山十里的地方紮下一座小寨，然後將兩寨地勢畫成圖本，派人連夜送呈孔明。

卻說司馬懿大軍臨近街亭，先派次子司馬昭前去探路。如果街亭有兵守禦，就再作打算。司馬昭奉令探了一遍，回報說：「街亭有兵守把。」司馬懿嘆道：「諸葛亮真是厲害，我比不上他！」司馬昭笑道：「我看街亭不難攻取，父親何必灰心喪氣呢？」司馬懿忙問緣故。司馬昭道：「孩兒親眼看見，路口並無寨柵，蜀軍都屯紮在山上，破它不是難事。」司馬懿又驚又喜，還不敢相信，當夜換上便服，親自帶著幾名隨從來到山下，借著月色前後察看一遍，方才放心回去。馬謖在山上看見，大笑道：「魏兵要想活命，就別來圍山！」傳令將士：「倘若敵人進攻，只要看到山頂上紅旗搖動，就四面衝殺下去。」

司馬懿回到寨中，派人打聽守街亭的蜀將姓名，得知是馬良的弟弟馬謖，不禁笑道：「徒有虛名，只是一個庸才！孔明用這樣的人物，怎能不誤事！」又問：「街亭附近還有別的蜀軍沒有？」探馬報說：「離山十里有王平安營。」司馬懿便命張郃帶領一軍，攔住王平來路。又令申耽、申儀將小山包圍，先切斷汲水道路，待蜀兵自己慌亂，然後乘勢攻擊。當夜調度停當。

第二天天一亮，司馬懿便驅動軍馬，一擁而進，把小山四面圍定。馬謖在山上望去，只見魏兵漫山遍野，號令嚴整，蜀兵見魏軍勢大，都嚇得魂飛膽喪，任憑馬謖將紅旗連連揮動，軍卒你推我讓，只是不敢下山。馬謖大怒，拔出寶劍親自殺了二個偏將，眾軍害怕，只得努力衝下山來。魏兵端然不動，蜀兵只好又退上山去。馬謖見情況不妙，叫軍士緊守寨門，等候王平救應。不想王平已被張郃擋住，殺不過來。山上蜀兵被圍困了整整一天，沒有飲水，又做不了飯，軍心大亂，到了半夜，紛紛打開寨門，下山降魏。馬謖禁止不住。司馬懿又令人放火燒山，山上蜀兵更是一片混亂。馬謖眼看守不住了，只得驅趕殘兵從西側殺下山來逃命。司馬懿讓條大路，放過馬謖，卻命張郃隨後掩殺，蜀兵大敗。

馬謖逃出三十多里，正遇魏延趕來接應。魏延放過馬謖，攔住張郃，二人戰了幾個回合，張郃回軍退走。魏延要奪回街亭，驅兵趕來，卻中了魏軍的埋伏，只聽一聲吶喊，左邊司馬懿，右邊司馬昭，各率一軍，將魏延團團圍住。張郃也返身殺回，三路兵合在一處，魏延左衝右突，不得脫身，手下兵馬已經損折大半。正在危急關頭，王平領兵殺入包圍，救出魏延。二人收拾殘兵，奔回王平營寨，卻見寨中插滿魏兵旌旗，寨子已被申耽、申儀奪了。王平、魏延只好殺出一條血路，奔列柳城去投高翔。半路遇到高翔領兵前來救應，三人合計了一下，決定天黑後再去偷襲魏寨，收復街亭。不料魏軍早有準備，三人又折了許多人馬，好不容易脫身突圍，奔回列柳城，哪知列柳城也被郭淮乘虛奪了。魏延擔心陽平關有失，忙與王平、高翔投陽平關去了。

司馬懿見魏延等人逃往陽平關，也怕乘勢追去，反被孔明抄襲後路，便收軍回營。見到郭淮，司馬懿說：「街亭一失，諸葛亮必退。你趕快回去，和曹真都督星夜追擊，可獲全勝。」又命張郃抄小路去箕谷截擊趙雲、鄧芝，自己率領大軍轉向斜谷，向蜀兵囤積糧草的西城進發。

第五十二回　孔明揮淚斬馬謖　姜維獻書賺曹真

卻說孔明自令馬謖等人去守街亭後，心中一直放心不下。這天接到王平派人送來的圖本，孔明打開一看，不由得拍案大驚，道：「這個無知的馬謖，要拖累我們全軍了！」眾將忙問怎麼回事，孔明指著地圖說：「馬謖放棄要路，上山紮營，倘若魏軍到來，四面包圍，切斷汲水道路，用不了兩天，必然軍心渙散。街亭一失，全軍就無法立足，只能撤退了。」長史楊儀道：「我願去接替馬謖守街亭。」孔明忙把安營方法，一一教給楊儀。

楊儀正要出發，忽然探馬報道：「街亭、列柳城都失守了！」孔明頓足長嘆道：「大事完了！這全是我的過錯！」急忙喚來關興、張苞，吩咐二人各帶三千精兵，到武功山小路埋伏，遇到魏兵，不可出擊，只許鼓噪吶喊，虛張聲勢；等敵人退走，便到陽平關去。又令張翼先帶人去修理劍閣，準備歸路。同時密傳號令，叫大軍暗暗收拾行裝，準備起程。又命馬岱、姜維斷後，埋伏在山谷中，等大隊人馬退完了，再收兵退回。又差心腹人分頭通知天水、南安、安定三郡官吏百姓，叫他們隨蜀軍退入漢中，同時派人到冀縣，把姜維的老母親也送入漢中。

一切安排妥當，孔明親自帶著剩下的五千兵馬，去西城縣搬運糧草。剛進西城，忽然探馬接連來報，說司馬懿親領十五萬大軍來奪西城，離城已不到十五里了。此時孔明身邊只剩下一班文官，帶的五千兵也有一半先押運著糧草走了，城中只有兩千五百兵丁。眾官聽得這個消息，都嚇得變了臉色。孔明登城望去，果見遠處塵土沖天，魏兵正分兩路朝西城縣殺來。孔明傳令，叫兵將收下城上的旗號，各自隱蔽在街巷中，不許亂走亂動，不許高聲說話，違令者立斬。又傳令大開四門，每一門用二十名軍士，扮作百姓模樣，灑掃街道，叮囑他們：「如果魏兵到來，不可慌張，我自有計策退敵。」布置完畢，孔明身披鶴氅，頭戴綸巾，帶著兩名琴童登上城樓，在欄杆前坐下，焚起一爐幽香，神情安然地彈起琴來。

魏軍的前哨來到城下，見了如此模樣，都不敢前進，急忙報知司馬懿。司馬懿半信半疑，傳令三軍就地休息，自己飛馬趕到軍前察看。遠遠望去，果然看見孔明端坐城上，面帶笑容，焚香操琴。城門內外，有二十多名百姓在低頭灑掃，旁若無人。司馬懿看罷，心中大為疑惑，連忙回到中軍，傳令將後軍改作前軍，前軍改作後軍，火速往北山路退兵。司馬昭說：「也許城中空虛，諸葛亮故意做出這副樣子虛張聲勢，父親為什麼要匆忙退兵？」司馬懿道：「你懂什麼？諸葛亮一生謹慎，從不冒險，如今大開城門，必有埋伏。我兵如果貿然進攻，一定落入他的圈套。」說著催動兩路兵馬，匆匆退往北山去了。

孔明見魏軍遠去，緩緩放下古琴，拍掌大笑。眾官都早已嚇出一身冷汗，爭著問道：「司馬懿是魏國名將，帶領十五萬精兵來取西城，為什麼見到丞相，就匆匆退走了？」孔明道：「他知我一生謹慎，不肯冒險，見到這種陣勢，一定疑心我有伏兵，所以退走了。我並不是故意冒險，只因手邊只有這一點人馬，如果棄城逃走，走不出多遠就得被司馬懿擒獲，萬不得已，才行此險招。如今魏軍退向山北小路，正好讓關興、張苞再嚇他一嚇。」說完，又忍不住放聲大笑，得意地說：「我要是司馬懿，絕不會這麼輕易退兵的。」眾官無不嘆服。孔明隨即帶上西城百姓，連夜退回漢中。

卻說司馬懿退入武功山，行進到山間小路，忽聽山坡後喊殺連天，鼓聲震地。司馬懿驚道：「果然中了諸葛亮的埋伏！」只見大路上一軍殺來，旗上大書「右護衛使虎翼將軍張苞」。魏兵棄甲拋戈，爭相逃命。跑了一段路程，剛想停下來喘口氣，山谷中又是一片吶喊，前面閃出一桿大旗，上書「左護衛使龍驤將軍關興」。一時間山鳴谷應，到處都是蜀軍的喊殺聲、鑼鼓聲，不知到底埋伏著多少人馬。魏軍已經嚇慌了神，不敢久停，紛紛丟下糧草輜重，奪路狂奔，一路逃回街亭。

司馬懿回到街亭，穩住心神，又派探馬去西城打探。不久探馬回報，說孔明只有二千五百軍士和幾個文官，西城根本沒有埋伏；北山裡也只有五、六千蜀軍，只是鼓噪吶喊，並不敢出來廝殺。如今已經都退回漢中去了。司馬懿追悔莫及，仰天嘆道：「我不如孔明，我不如孔明啊！」只得安撫了各處官民，留下郭淮、張郃鎮守長安，自己帶兵護送曹叡回洛陽去了。

卻說孔明回到漢中，檢點軍士，只少趙雲、鄧芝二人。孔明心中擔憂，正要派關興、張苞帶兵前去接應，趙雲、鄧芝已經回來了，人馬輜重，毫無損失。孔明大喜，親領眾將出帳迎接。孔明拉著趙雲的手問：「各路人馬都有損失，只有子龍不少一人一馬，是什麼原因？」鄧芝在一旁稟告說：「趙將軍叫我打著他的旗號，帶領大隊人馬先走，他獨自斷後，斬將立功，把郭淮的追兵嚇退，所以軍資雜物都不曾損失。」孔明大喜，撥出金銀、絹匹，要重賞趙雲部下。趙雲推辭不受，說：「這次伐魏失利，我們都有責任，哪有反受獎賞的道理？請把金帛存在庫裡，等冬天為將士們添置軍衣吧。」孔明聽了，更加敬佩。

忽報馬謖、王平、魏延、高翔在帳外請罪。孔明先喚王平進帳，責備他說：「我令你和馬謖同守街亭，你為什麼不勸阻他，以致耽誤大事？」王平把經過訴說一遍，委屈地說：「我再三相勸，他只是不聽，丞相不信，可問各部將校。」孔明便喝退王平，傳喚馬謖入帳。馬謖自己反綁雙手，跪在帳前。孔明把臉一繃，厲聲責道：「你白讀了一肚子兵書、戰法！我三番五次地叮囑你，街亭關係重大，你也以全家性命擔保，為什麼聽不進王平的勸告？如今損兵折將，失地陷城，都是你的責任，休怪軍法無情！」喝令左右把他推出斬首。馬謖哭訴道：「丞相待我像親生兒子一樣，我也一直把丞相視作父親一般敬重。如今我犯了死罪，沒什麼可說的了，只望丞相能把我的兒子教育成人，我就死而無憾了。」孔明也含著眼淚說：「你我情同兄弟，你的兒子就是我的兒子，不必多囑咐了。」

左右把馬謖推出轅門外，正要行刑，參軍蔣琬恰好從成都趕來，見狀大驚，高叫：「刀下留人！」急忙奔入帳中，為馬謖求情說：「如今天下未定，先殺大將，未免太可惜了。」孔明道：「號令嚴明，才能無敵天下。不斬馬謖，軍紀還怎麼維持？」說完喝令行刑。不一會兒，武士把馬謖的首級獻上來，孔明見了，放聲大哭。蔣琬問道：「馬謖已經明正軍法，丞相為什麼又哭起來？」孔明道：「我不是哭馬謖，是恨自己用人不當。當年先帝在白帝城臨終之時，曾囑咐我說：『馬謖言過其實，不可大用。』我沒有聽從先帝的告誡，才有今天這樣的結果，實在是痛心啊！」眾將聽了，無不感動落淚。

孔明斬了馬謖，又連夜寫了一道奏章，自貶三級，請後主免去他丞相職位。過了幾天，後主下詔，貶孔明為右將軍，代理丞相事務，照舊總督軍馬。孔明拜謝受詔，便留在漢中，專心訓練士卒，囤積糧草，打造攻城渡水的器械，等待時機，準備再次出兵北伐。

轉眼到了蜀漢建興六年（西元二二八年）。這一年九月，東吳鄱陽太守周魴詐降曹魏，引誘魏國揚州大都督曹休深入吳境，被陸遜在石亭附近打了一場漂亮的殲滅戰，消滅魏軍十多萬人，繳獲車仗馬匹、軍資器械，不計其數。曹休隻身逃回洛陽，羞憤而死。消息傳到蜀中，孔明大喜，立即上表後主劉禪，請求再次出兵伐魏。後主被孔明〈出師表〉中「鞠躬盡瘁、死而後已」的誓言所感動，同意了他的請求。此時趙雲已經去世，孔明便令魏延總督前部先鋒，點起三十萬精兵，浩浩蕩蕩地向陳倉道口進發。

早有細作報入洛陽，魏主曹叡召集群臣商議。大將軍曹真因上次防守隴西無功，自請帶兵拒蜀，並說：「臣近得一員大將王雙，使六十斤大刀，開兩石鐵胎弓，暗藏三個流星錘，百發百中，有萬夫不當之勇。臣保此人為先鋒。」曹叡大喜，宣召王雙上殿。曹叡見王雙身高九尺，面黑睛黃，虎背熊腰，高興地說：「朕得此大將，還怕什麼！」便賜他錦袍金甲，封為虎威將軍前部大先鋒。任命曹真為大都督。曹真謝恩出朝，便帶領十五萬精兵，會合郭淮、張郃，分兵守把隘口，阻擋孔明。

魏延率領蜀兵前隊來到陳倉，回報孔明，說：「陳倉口新築起一座城池，由司馬懿舉薦的大將郝昭守把，深溝高壘，遍排鹿角，防守得十分嚴密。不如放棄此城，從太白嶺小道轉出祁山。」孔明不同意，道：「陳倉正北就是街亭，只有拿下此城，方可進兵。」命魏延圍住城池，全力攻打。魏延一連攻了幾天，不能得手，孔明大怒，便要親自指揮攻城。幕僚鄞祥勸阻道：「丞相不必動怒。郝昭與我同是隴西人，從小交好，我願進城陳說利害，勸郝昭獻城投降。」孔明這才壓住怒氣，打發鄞祥前去。

不久，鄞祥回見孔明，說郝昭不肯投降，還放出大話，讓孔明有本事儘管使來。孔明怒道：「匹夫如此無禮！欺我沒有攻城的手段嗎？」隨即找來當地百姓詢問，得知陳倉城中只有三千多魏兵，孔明笑道：「量此區區小城，怎能擋得住我！」當下傳令全軍猛攻，務必在敵人援兵趕到之前，奪下陳倉。

蜀軍架起一百多架雲梯，每架上可同時站立十來個人，周圍用木板遮護。軍士各自手握短梯軟索，聽到軍中擂鼓，一齊上城。郝昭在敵樓上見了，便叫魏兵準備好火箭，等雲梯架在城邊，突然下令放箭，將雲梯燒著。雲梯上的蜀兵被燒死很多。第二天，孔明改用衝車攻城。蜀軍推著連夜趕造的衝車，吶喊著衝向城門。郝昭一見，急命運來一批大石，鑿上眼，用繩索穿定，對準衝車飛打，衝車都被打折。孔明又叫廖化帶領三千軍士，在夜間挖掘地道，想悄悄潛入城去，哪知又被郝昭識破，事先在城中挖掘了重重壕溝，蜀軍又不能得逞。這樣晝夜相攻，一連二十多天，孔明還是無計破城。

孔明正在營中憂悶，忽報：「魏國的援兵到了，打的是『先鋒大將王雙』的旗號。」孔明問眾將：「誰去迎敵？」魏延應聲願往，孔明卻不同意，說他是先鋒大將，不可輕易出動，只派了兩名偏將謝雄、龔起，各領三千兵馬去戰王雙，又傳令大隊人馬退後二十里下寨，免得被敵人前後夾攻。正在移營，敗軍來報，謝雄、龔起都被王雙斬了。孔明大驚，忙令廖化、王平、張嶷三將出戰。不料三將仍然不是王雙對手，又折一陣，張嶷還被王雙的流星錘擊中後背，受傷不輕，眼睜睜地看著王雙突破蜀軍陣營，帶著兩萬兵馬在陳倉城外紮下營寨。

孔明只好找來姜維商議，問：「看來陳倉道口這條路是行不通了，不知還有什麼別的計策？」姜維道：「陳倉城池堅固，郝昭守禦嚴密，又得王雙相助，實在很難攻破。不如留一員大將在這裡與王雙相持，同時分兵守把要道，防備街亭方面的偷襲；丞相卻領大軍去襲取祁山。末將已想好一條活捉曹真的妙計……」說著俯在孔明耳邊低語一番。孔明大喜，當即令王平、李恢分兵把守街亭小路，魏延帶領一軍把守陳倉道口，然後以馬岱為先鋒，率領大軍從小路出斜谷，望祁山進發。

大軍快到隘口，姜維寫了一封降書，派一名心腹小校，悄悄去送給魏軍都督曹真。小校在山谷中被魏兵擒住，自稱不是奸細，有機密事要見都督。魏兵把小校押到曹真面前，小校請曹真摒退左右，然後從貼身內衣裡取出姜維的密書，雙手呈上。曹真打開一看，見信上寫著：「罪將姜維百拜曹大都督麾下：上次誤中諸葛亮之計，不得已失身降蜀。如今隨蜀兵西來，想和大都督裡應外合，放火燒去蜀軍糧草，擒獲諸葛亮，自贖前罪。」曹真不禁大喜，重賞小校，令他回報姜維，約期會合。

曹真把大將費耀找來商議。費耀說：「諸葛亮多謀，姜維智廣，只怕其中有詐。」曹真卻認為姜維本是魏人，不得已降蜀，不會有什麼圈套。費耀道：「不如這樣：都督留守本寨，讓我帶領一支軍馬去接應姜維。如果成功，功勞是都督的；如果中了姜維的奸計，我自己承當。」曹真覺得這個辦法不錯，便同意了。

費耀帶領五萬兵馬，向斜谷進發。行了兩三程，前哨來報：「斜谷道中發現蜀兵。」費耀急忙催軍前進。剛一照面，蜀兵不戰自退。費耀領兵追了一程，正要休息，蜀兵又來。剛要對陣，蜀兵又退。這樣一連三次，魏軍一天一夜不得休息，人馬疲乏至極。正要屯軍造飯，忽然四面喊聲大震，鼓角齊鳴，蜀兵漫山遍野殺來。門旗開處，閃出一輛四輪車，孔明端坐其中。費耀遠遠望見孔明，心中暗喜，回頭吩咐左右：「如果蜀兵掩殺過來，便向後退走。等見到山後火起，再回身殺去，自有兵來接應。」說完，催馬上前。孔明把羽扇一招，馬岱、張嶷各領一路兵衝出。魏兵轉身便退。退了不到三十里，費耀望見蜀兵背後火起，喊聲不絕，只道姜維已經動手燒糧，便回身殺來。蜀兵且戰且退。費耀一馬當先，只望火光處追趕。眼看來到近前，忽然山路中鼓角喧天，左有關興，右有張苞，兩路軍馬一齊殺出。山上矢石如雨，向下射來。魏兵大敗。費耀知道中計，急忙領軍向山谷中退去。背後關興引生力軍趕來，魏兵人困馬乏，自相踐踏及落澗身死者，不計其數。轉過山口，迎面一彪軍馬攔住去路，為首大將，正是姜維。費耀慌忙奪路逃入山谷，卻見蜀兵四面圍殺上來，料想無法脫身，只得拔劍自刎。孔明連夜驅兵，直出祁山前下寨，重賞姜維。姜維說：「只恨沒有殺了曹真！」孔明也說：「這麼好的計策，只殺了一個費耀，的確可惜！」

曹真得知折了費耀，追悔莫及，只得將孔明又出祁山，自己損兵折將的情形飛奏魏主。曹叡大驚，忙召司馬懿商議對策。司馬懿道：「蜀兵如從陳倉入犯，運糧便利；如今被郝昭、王雙攔住陳倉路口，不得已改從斜谷出祁山，沿途都是羊腸小路，糧草搬運困難。請陛下降詔，令曹真堅守各路關隘，不要出戰。用不了一個月，蜀兵糧盡，自然退兵。那時乘勢追擊，可獲全勝。」曹叡這才放心。司馬懿又說：「陛下可派人告誡曹真：追趕蜀兵時一定要探清虛實，不可深入重地，以免中諸葛亮之計。」曹叡便命太常卿韓暨持節前往曹真軍中，將這番意思轉告曹真。

曹真接到詔命，便與副都督郭淮、部將孫禮商議。郭淮道：「這一定是司馬仲達的主意，所言深識諸葛亮用兵之法。」孫禮提議說：「我去祁山裝作押運糧車，車上裝滿乾柴茅草，加上硫磺焰硝等引火的東西，只說是隴西運糧車到。蜀兵無糧，一定來搶，我們放火燒車，打他一個伏擊，同時發兵突襲蜀營，可獲大勝。」曹真連稱妙計，便命孫禮依計行事。

卻說孔明在祁山寨中，每日令人挑戰，魏兵只堅守不出。眼看軍中糧草已不足一月吃用，孔明正在憂悶，忽報：「魏將孫禮押運著數千輛糧車，正從祁山西面經過。」孔明問：「這孫禮是什麼來頭？」有投降的魏兵稟告說：「此人曾救過魏主曹叡的御駕，是曹真的心腹愛將。」孔明笑道：「這樣說來，是魏軍料我乏糧，想誘我上鉤了。車上裝的一定都是茅草之類引火的東西。我一生最擅長的就是火攻，他們竟敢班門弄斧，看我將計就計，給他們一點教訓。」便祕密調撥眾將，分頭準備。

當夜二更時分，馬岱帶領三千蜀兵悄悄來到祁山西面，見許多車仗，重重疊疊，攢繞成營寨的樣子，車仗上虛插著魏軍旌旗。此時恰好颳起了西南風，馬岱按照孔明的吩咐，不衝進營中，只在營南上風頭放起火來。火借風勢，很快把車仗都燒著了，火光沖天。埋伏在營外的孫禮看見火起，只道蜀兵已經攻入魏寨，急忙引兵殺出，卻被馬忠、張嶷兩路蜀兵從背後掩殺上來，馬岱也引兵殺回，內外夾攻，一時間火緊風急，人馬亂竄，魏兵死傷無數。那邊曹真望見西山火光，忙令前寨魏將張虎、樂綝盡起人馬，殺奔蜀軍大寨，不料卻是一座空營。二將急忙收軍，已被蜀將吳班、吳懿截斷歸路，圍住廝殺。等二人拚死衝出重圍，奔回本寨，卻見土城上箭如飛蝗，營寨已被關興、張苞奪了。張虎、樂綝落荒而走，半路上遇見孫禮的敗軍，一起投奔曹真的大寨。

蜀兵得勝，回見孔明，孔明隨即下令拔寨退兵。楊儀不解地問：「如今剛獲大勝，挫盡魏兵銳氣，為什麼反要收軍？」孔明道：「我軍無糧，利在急戰。如果敵人堅守不出，暗中派輕騎斷我糧道，那時要退都退不成了。現在魏兵剛吃了敗仗，驚魂未定，我們正好乘機退去。我只擔憂魏延那一路，在陳倉道口拒住王雙，急切不能脫身；我已派人授以密計，叫魏延斬殺王雙，管教魏人不敢來追。」說罷，孔明只留下幾名鼓手在寨中打更，率領大軍連夜退回漢中。

那邊魏延得了孔明的密計，當夜拔寨起程，急回漢中。早有細作報知王雙。王雙急忙領兵追趕。追出二十多里，眼見魏延的旗號就在前面，王雙大叫：「魏延休走！」正待拍馬趕上，忽聽背後魏兵叫道：「城外寨中火起！」王雙急忙勒馬回望，只見一片火光沖天，忙令退軍。剛剛轉過山坡，忽然一騎馬從林中躍出，大喝：「魏延在此！」王雙大驚，措手不及，被魏延一刀砍於馬下。魏兵疑有埋伏，都四散逃走了。原來魏延遵照孔明的密計，叫大隊人馬先退，只留下三十名騎兵，潛伏在王雙營邊；等王雙起兵追趕時，卻去他營中放火；待他回寨，再突然殺出，果然出其不意斬了王雙。當下魏延帶著三十來人追上大隊，回漢中向孔明覆命。

再說曹真吃了敗仗，從此閉寨堅守，不敢出戰。過了一天，忽報左將軍張郃奉旨前來助戰。曹真把張郃請入大帳，問他臨行前見過司馬懿沒有。張郃道：「仲達吩咐說：我軍勝了，蜀兵還會再戰；如果我軍敗了，蜀兵一定會撤退。現在我軍失利，不知都督曾派人去探過蜀營消息沒有？」曹真馬上派人去打探，果然只剩下一座空營，蜀兵已退走二天了。曹真正在懊悔，忽然又接到陳倉城郝昭的報告，說王雙中伏被殺。曹真聞知，又是羞憤又是傷心，一下子病倒了，只好留下郭淮、孫禮、張郃等人分守長安各路，自己回洛陽養病去了。

第五十三回　諸葛亮走馬取陳倉　司馬懿擁兵戰渭水

孔明二次伐魏、大敗曹真的消息傳到東吳，群臣都勸吳王乘機興師伐魏，圖取中原。張昭因為三分的局勢早已形成，魏、蜀兩國都已稱帝，便勸孫權先即了帝位，然後出兵。百官聽了張昭的話，同聲附和。孫權便擇日在武昌南郊登壇即位，改黃武八年為黃龍元年。尊父孫堅為武烈皇帝，兄孫策為長沙桓王，立子孫登為皇太子。這一年，是魏明帝太和三年，蜀後主黃龍七年（西元二二九年）。

孫權既登帝位，以陸遜為上將軍、顧雍為丞相，共謀伐魏之策。張昭奏道：「陛下可先遣使入川，與蜀結盟，相約合兵滅魏，共分天下，然後再從長計議。」孫權便派使者入川來見後主。成都眾官都認為孫權妄自稱帝，形同僭逆，主張和吳國斷絕往來。只有蔣琬建議派人去漢中，徵詢一下丞相的意見。很快孔明命使者回覆：「可派人攜帶重禮到東吳祝賀，約請陸遜出兵伐魏。陸遜一出，魏主必命司馬懿前去拒敵。那時我再出祁山，可直取長安。」後主依了孔明的意見，便派太尉陳震帶著名馬、玉帶以及金珠寶貝，入吳作賀。

陳震從東吳回來，先到漢中，報知孔明，說孫權已命陸遜整訓荊襄各處兵馬，準備興師。孔明大喜，立刻籌畫再出祁山。他擔心陳倉不可輕進，先令人前去哨探。回報說：「陳倉城中郝昭病重，郭淮已派張郃前去接替郝昭守城，但目前還未到達。」孔明高興地說：「上天助我，大事成功了！」隨即喚來魏延、姜維，吩咐二人領兵五千，星夜直奔陳倉城下，但見城頭火起，併力攻城。二人疑惑不定，問道：「什麼時候起程？」孔明道：「限三日內準備完畢，不用再來辭別，即便起行。」魏延、姜維受計去了。孔明又把關興、張苞找來，附耳低語了幾句，二人也各受密計而去。

第二天，陳倉城外突然出現一隊蜀兵。到了晚上，城裡有好幾處地方先後起火，守城士卒忙去報告郝昭。此時郝昭已經病危，正在呻吟，忽報蜀軍到了城下，大吃一驚，急忙令人上城守把。忽聽外面喊聲震天，城中大亂。郝昭知道事情不妙，正想查問，有人氣急敗壞地進來報告：「蜀兵預先埋伏在城內，裡應外合，已經破了陳倉！」郝昭急怒攻心，當場氣絕身死。魏兵失了主帥，亂成一團，爭相逃竄。蜀兵一擁而入，占了陳倉。

又過了一天，魏延、姜維才領兵來到陳倉城下。見城頭早已插滿蜀軍旗幟，都驚異不已。忽見孔明在城樓上叫道：「你二人來得遲了！」二人慌忙下馬。原來孔明表面上叫魏延、姜維三天內領兵攻城，暗中卻和關興、張苞星夜趕奔陳倉，早有細作預伏在城裡放火接應，出其不意地襲取了陳倉。當下孔明對魏延、姜維說：「你二人暫且不要卸甲休息，立即帶領本部人馬去襲取散關。否則張郃援兵一到，散關就難以攻破了。」魏延、姜維領命，帶兵直撲散關。守關魏兵毫無準備，一哄而散。魏延、姜維兵不血刃，得了散關，正要卸甲休息，遠遠看見關外塵頭大起，張郃帶領魏兵趕到。魏、姜二人不禁由衷讚嘆：「丞相真是料事如神啊！」急忙分兵守住要路。張郃殺了一陣，不能取勝，就退回長安去了。

孔明於是親領大軍，出陳倉、斜谷，取了建威，直到祁山下寨。後主又命大將陳式前來助戰。孔明料定魏軍必派重兵防守雍城、郿城，就避開這兩處不攻，先派姜維去取武都，王平去取陰平，打通與漢中的連接，從側面牽制魏兵。

再說張郃回到長安，告知郭淮、孫禮：「陳倉已失，郝昭已死，散關也被蜀兵奪了。」郭淮大驚，道：「看來蜀軍又要進攻雍、郿兩城了！」便讓張郃留守長安，孫禮去保雍城，自己領兵去郿城守禦，同時派人飛馬趕赴洛陽，向魏主告急。

魏主曹叡得知孔明又出祁山，陳倉、散關相繼失守的消息，大驚失色。忽然又接到急報，說東吳孫權已經稱帝，與西蜀結盟，正在加緊訓練人馬，很快也要出兵。曹叡一連接到兩處告急警報，慌得手足無措。此時曹真還在病中，曹叡忙召司馬懿商議。司馬懿奏道：「以臣看來，東吳不會出兵。」曹叡忙問緣故。司馬懿說：「孔明一直想報猇亭之仇，只怕我軍乘虛進攻，所以暫時與東吳結盟。陸遜也很明白這一點，所以假意做出興兵的姿態，實際上是坐觀成敗罷了。陛下不必防吳，只須防蜀。」曹叡聽了，連稱：「高見！」當即任命司馬懿為大都督，總領隴西各路軍馬。又令近臣到曹真那裡把總兵將印收回。司馬懿忙說不用，讓他自己去取。

司馬懿來到曹真府中，先探問了病情，便對曹真說：「東吳、西蜀聯合興兵入寇，孔明又出祁山下寨，都督聽說了嗎？」曹真驚訝地說：「我家人見我病重，不讓我知。現在國家危急，為什麼不趕快委任你為大都督，擊退蜀兵呢？」說著叫家人趕快把將印取來。司馬懿連忙擺手說：「都督不要多心。國家有難，我自當竭盡全力，只是不敢接受此印！」曹真掙扎著跳下床來，說：「要是你不肯接受此任，國家就危險了！我要抱病去見陛下，全力保薦你！」司馬懿這才告訴曹真：「天子已有恩命，只是我不敢領受。」曹真喜道：「仲達今領此任，一定可以擊退蜀兵。」立刻叫人把將印取來。司馬懿見曹真再三讓印，只好接受下來。

司馬懿拜辭了魏主，立即帶兵趕往長安，與張郃會合。司馬懿聽了張郃的彙報，便令張郃為先鋒，戴凌為副將，領十萬兵到祁山，在渭水南岸下寨。郭淮、孫禮都來參見。司馬懿問清近日一直沒有和蜀兵交過手，不禁有些擔心，說：「蜀兵遠道而來，利在速戰；如今來而不戰，一定另有圖謀。」便問二將：「隴西各路最近有什麼動靜嗎？」郭淮回答：「各郡都在小心提防，只有武都、陰平二處沒有消息回報。」司馬懿忙道：「我帶人在這裡牽制孔明大軍，你們二人趕緊抄小路去救武都、陰平，繞到蜀兵背後，讓他們不戰自亂。」二將受命，立即點起五千人馬出發。

半路上，郭淮問孫禮道：「你看仲達比孔明如何？」孫禮說：「孔明比仲達高明多了。」郭淮道：「孔明雖然高明，恐怕這一次也要輸給仲達了。蜀兵如果正在攻打兩郡，我倆從背後抄襲過去，他們豈不亂作一團？」正說話間，忽然哨馬來報：「陰平已被王平打破，武都已被姜維打破。前面不遠，就有蜀兵駐紮。」孫禮慌道：「蜀兵既然占領了城池，為什麼還把兵馬駐紮在這裡？一定有圈套。我們趕快退兵吧。」郭淮剛要傳令退兵，忽聽一聲炮響，山背後閃出一支軍馬，當先一輛四輪車，孔明端坐車上，指著二人大笑，說道：「郭淮、孫禮休走！司馬懿那點詭計，怎能瞞得過我？趕快下馬投降吧！」郭淮、孫禮見了，嚇得驚慌失措，回馬就逃。只聽背後喊殺連天，王平、姜維、關興、張苞各自領兵殺來，四下夾攻，魏兵大敗。郭、孫二人慌忙棄了馬匹，爬山而逃。張苞望見，拍馬趕來，不料一個閃失，連人帶馬，跌入山澗之中。後軍急忙救起，頭已跌破。孔明急忙令人把張苞送回成都醫治。

郭、孫二人趁機走脫，回見司馬懿，訴說兵敗經過。司馬懿好言撫慰，說：「不是你二人的責任，是孔明比我智高一籌。」當即叫他們仍回雍、郿二城，堅守勿戰。二將走後，司馬懿又把張郃、戴凌叫到面前，吩咐道：「孔明得了武都、陰平，必然離開蜀營，去那邊安撫百姓。你二人各領一萬精兵，連夜繞到蜀營背後，與我前後夾擊，奪下蜀軍大寨。」張郃、戴凌得令，各取小路出發，深入蜀兵背後。

三更時分，兩軍會合在一處，從蜀營背後掩殺過來。剛走不遠，忽然被數百輛草車攔住去路。張郃料知蜀兵已有準備，急忙傳令退軍，忽見滿山火把齊明，鼓角大震，蜀兵四下衝出，將二人圍住。孔明站在祁山上高叫：「戴凌、張郃聽著：司馬懿料我往武都、陰平撫民，不在營中，令你二人前來劫寨，卻又中了我的計策，還不早早下馬投降？」張郃大怒，縱馬挺槍，殺上山來。山上矢石如雨，張郃衝不上山，便拍馬舞槍，衝出重圍，蜀兵無人敢當。張郃殺到外圍，回頭見戴凌被蜀兵困在垓心，當即奮勇翻身，又殺入重圍，救出戴凌。孔明在山上，見張郃在萬軍之中，往來衝突，英勇非常，對左右道：「聽說當年張翼德大戰張郃，人人驚懼。今日一見，果然名不虛傳！留下此人，必為蜀中之害，一定要設計除掉他。」便下令收軍回營。

那邊司馬懿正要出兵，忽見張郃、戴凌狼狽逃回，不覺大驚，吩咐收軍回寨，堅守不出。孔明每日令魏延到陣前挑戰，司馬懿打定主意，拒不應戰，一連半月，雙方不曾交兵。這一天，孔明正在帳中苦思對策，忽報侍中費禕帶著後主的詔書到來。孔明接入營中，宣讀詔書，卻是後主因孔明累立大功，詔命恢復他丞相的職位。孔明推辭不掉，只得拜受。

送走費禕，孔明見司馬懿始終按兵不出，忽然想出一條計策，傳令各營拔寨退兵。早有細作報知魏營，眾將紛紛請求出兵追擊。司馬懿卻說：「孔明一定又有陰謀，不可輕舉妄動。」張郃道：「這一定是蜀兵糧盡而退，為什麼不追？」司馬懿道：「蜀中連續兩年豐收，孔明糧草豐足，雖然輸運艱難，也足以支持半年，怎肯輕易撤退？這是見我連日不戰，故意設計引誘我們。」便派出探馬，遠遠監視蜀軍動向。

不一會，探馬回報：「孔明離此三十里下寨。」司馬懿笑道：「我早料到孔明不會退兵。我軍堅守營寨，不可輕進。」轉眼過了十天，不見蜀將前來挑戰。司馬懿令人再去哨探，回報說：「蜀兵已拔寨走了。」司馬懿不信，換了衣服，雜在軍中，親自前去察看，果然看見蜀兵又退三十里下寨。司馬懿回營對張郃說：「這是孔明的詭計，不可追趕。」又過了十天，探馬報說蜀兵又退三十里下寨。張郃按捺不住，道：「這明明是孔明用緩兵之計，緩緩退回漢中，都督還猶豫什麼，趕快派兵追吧！末將願去決一死戰！」司馬懿說：「孔明詭計極多，倘有差失，挫折我軍銳氣，不可輕進。」張郃道：「我如不勝，甘當軍令。」司馬懿見他執意要去，只好分兵兩支，叫張郃、戴凌帶領一軍先行，見到蜀軍務必奮力死戰，自己隨後引軍接應。

次日，張郃、戴凌帶領副將數十員、精兵三萬，奮勇前進，直到半路下寨。早有探馬報知孔明。孔明召集眾將，對大家說：「魏兵此次來追，必然拚力死戰，需要智勇雙全的大將率領伏兵截斷敵人後路，你們哪個願去？」王平、張翼挺身而出。孔明便命二將各領一萬人馬到山谷中埋伏，放過魏軍前隊，從後掩殺。如果司馬懿隨後趕來，就分兵迎戰，危急時自有接應。二人走後，孔明又喚過姜維、廖化，吩咐道：「我給你二人一個錦囊，帶三千精兵，去前山埋伏。如見魏兵圍住王平、張翼，不必去救，只打開錦囊看視，自有解危之策。」又命關興帶五千精兵在山谷埋伏，令吳班、吳懿、馬忠、張嶷四將正面迎敵。眾將各自領命而去。

第二天，張郃、戴凌領兵前來。馬忠、張嶷、吳懿、吳班四將出馬交鋒，打了一會兒，便假裝不敵，且戰且走。張郃驅兵追殺。此時正值六月，天氣十分炎熱，魏兵一口氣追出五十里開外，個個汗如潑水，喘作一團。孔明在山上望見，把紅旗一招，關興引兵殺出。馬忠等四將也一齊回軍掩殺。張郃、戴凌死戰不退。忽然喊聲大震，王平、張翼分兩路殺出，將魏兵後路截斷。張郃、戴凌力戰多時，不得脫身。忽然背後鼓角喧天，司馬懿親領精兵殺到，把王平、張翼圍在垓心。張翼大呼：「丞相早已算定，必有妙計。我等當決一死戰！」便讓王平領一軍截住張郃、戴凌，自己竭力擋住司馬懿。一時間，兩軍拚死相搏，叫殺連天。

姜維、廖化在山上探望，見魏兵勢大，蜀兵漸漸抵擋不住，急忙打開錦囊看計。只見上面寫著：「如見司馬懿領兵來圍王平、張翼，你二人可分兵兩路，直取司馬懿大營；待司馬懿匆匆回救，就乘亂攻擊。雖然不能奪下魏營，可獲全勝。」二人大喜，立即分兵兩路，直奔司馬懿大營撲去。

司馬懿雖然出兵，仍怕中了孔明之計，沿途不住地令人傳報。正在督戰，忽然接到飛報，說蜀兵分兩路攻取大寨去了，司馬懿大驚失色，對眾將道：「我說孔明有計，你們不信，非要追來，如今誤了大事！」急忙領軍退回。張郃、戴凌見形勢不妙，也從山僻小路逃走了。蜀兵隨後掩殺，大獲全勝。司馬懿匆匆趕回大寨，蜀兵已經退走。這一仗，魏軍死傷極多，遺棄馬匹器械無數。氣得司馬懿大罵眾將，說：「你們不知兵法，只憑血氣之勇，強要出戰，以致慘敗。今後不許妄動，再敢抗令不遵，定按軍法治罪！」眾將羞慚而退。

孔明收拾得勝軍馬，正要繼續進兵，忽然有人從成都趕來，報說張苞傷重不治。孔明聞知，放聲大哭，口吐鮮血，昏倒在地。眾人慌忙救醒。孔明從此得病，臥床不起。過了十來天，眼見病情沒有好轉，不能理事，孔明便暗中傳下軍令，全軍悄悄拔寨動身，暫時退回漢中，再圖進取。蜀兵走了五天，司馬懿才得到消息，不禁嘆道：「孔明用兵如神，我比不上啊！」便留下眾將分兵把守隘口，自己領兵回洛陽去了。

曹魏太和四年（西元二三〇年）七月，魏大都督曹真病已痊癒，上表請求伐蜀，願與司馬懿同領大軍。魏主曹叡大喜，當即拜曹真為大司馬、征西大都督，司馬懿為大將軍、征西副都督，劉曄為軍師，帶領四十萬大兵，出長安，奔劍閣，來取漢中。此時孔明的病也早已好了，正每日率領人馬操練八卦陣法，準備再伐中原。聽到魏國出兵的消息，便喚來張嶷、王平，吩咐道：「你二人先領一千兵馬去守陳倉古道，阻擋魏兵，我隨後親率大軍前去接應。」二將見只給他們一千兵馬，卻要阻擋司馬懿四十萬大軍，都面面相覷，不敢領命。孔明笑道：「目前已近秋天，月內必有大雨，魏軍糧草轉運困難，絕不敢冒險深入。因此我讓大軍在漢中多休整一月，等雨過天晴，再出兵破敵。」二將這才放心前去。

卻說曹真、司馬懿同領大軍，來到陳倉城內，卻不見一間房屋。詢問土人，才知道上次孔明退兵時，把城中居民都遷往漢中，然後放火燒燬了房屋。曹真便要從陳倉道進軍。司馬懿道：「這一月內必有大雨，不可輕進。」曹真聽從司馬懿的話，便在陳倉城中駐下人馬，趕搭窩鋪，預防陰雨。不到半月，果然天降大雨，不出幾天，平地水深三尺，軍器盡溼，人馬不得休息。大雨一連下了三十天，馬無草料，軍無戰心，營中怨聲不絕。消息傳到洛陽，魏主曹叡急忙下詔，叫曹真、司馬懿班師回朝。司馬懿與曹真商議，埋伏下兩支軍馬斷後，拔寨退兵。

王平見魏軍退走，急忙派人回報孔明。眾將紛紛主張乘勢追擊。孔明道：「司馬懿善能用兵，退軍必有埋伏，如果貿然追擊，正中其計。不如讓他遠去，我卻分兵直出斜谷，奪取祁山，殺他一個不提防。」眾將不解地問：「通往長安的道路不止一條，丞相為何每次都要取道祁山出兵呢？」孔明道：「祁山是長安的門戶，也是與隴西各郡交通的必經之地。加上它前臨渭濱，後靠斜谷，進可攻，退可守，地形複雜，是用兵的好地方。因此要首先占據它。」眾將這才明白。孔明隨即令魏延、張嶷、杜瓊、陳式領兵出箕谷，馬岱、王平、張翼、馬忠領兵出斜谷，都到祁山腳下會合。自己親領大軍，以關興、廖化為先鋒，隨後進發。

再說曹真、司馬懿二人帶兵徐徐撤退，一連幾日，不見蜀兵追來，埋伏的兵馬陸續撤回。曹真得意地說：「孔明恐怕還不知道我軍已經撤退了呢！」司馬懿卻說：「蜀兵隨後就要來了。」曹真詫異地問：「你怎麼知道？」司馬懿道：「這幾天天氣轉晴，孔明不來追趕，是料定我們留有伏兵，故意放我兵遠去。等我們大軍退盡，他卻要去奪祁山了。」曹真不信。司馬懿便道：「我們不妨打一個賭。我料孔明必從兩谷出兵來奪祁山，你我各守一個谷口，十天之內，如果不見蜀兵，我面塗紅粉，身穿女衣，來見都督請罪。」曹真說：「好！倘若來了蜀兵，我願把天子賞賜的玉帶、御馬都輸給你。」兩人當即分兵，曹真去守祁山西面的斜谷口，司馬懿去守祁山東面的箕谷口，各自安下營寨，等候蜀軍到來。

第五十四回　斜谷口曹真輸賭賽　木門道張郃中埋伏

　　卻說魏延、張嶷、陳式、杜瓊四將，帶領二萬蜀兵，取道箕谷進取祁山。正行進間，忽然參謀鄧芝從後面追來。四將忙問何事？鄧芝道：「丞相有令：提防魏兵在箕谷口埋伏，不可冒進。」陳式道：「丞相用兵為什麼如此多疑？我料魏兵連遭大雨，衣甲皆毀，必然匆忙退軍，哪裡會有埋伏？我們加緊進兵，定獲大勝，為何又叫休進？」鄧芝道：「丞相計無不中，謀無不成，你怎敢違背將令？」陳式笑道：「丞相要真那麼神奇，也不會有街亭之敗了！」魏延也在一邊附和道：「丞相早聽我的話，直出子午谷，此時別說長安，連洛陽也攻下來了！他卻認準要從祁山出兵，有什麼好處？既令進兵，又叫休進，號令怎麼這樣不明！」陳式道：「我自帶本部五千兵馬，直出箕谷，先到祁山下寨，看丞相羞也不羞！」鄧芝再三阻擋，陳式不聽，逕自領兵去了。鄧芝只得飛報孔明。

　　陳式帶兵出了箕谷，剛行數里，忽聽見一聲炮響，四面伏兵盡出。陳式慌忙退兵，魏兵早已截住谷口，圍得鐵桶一般。陳式左衝右突，不能脫身。正在惶急，忽然喊聲大震，魏延帶領一支軍馬突破谷口，救出陳式。回到谷中，五千兵只剩得四、五百帶傷人馬。魏兵又從背後趕來，卻得杜瓊、張嶷引兵接應，殺退魏兵。陳式、魏延這才相信孔明料事如神，懊悔不及。

　　再說鄧芝回去，把魏延、陳式的話轉述給孔明聽。孔明笑道：「魏延早就心懷不滿，我看他作戰勇猛，一直容忍，日後必生禍害。」說話間，陳式的敗報接連傳來。孔明立即令鄧芝再去箕谷，撫慰陳式，以防他譁變；一面令馬岱、王平為左路，馬忠、張翼為右路，一律走山間小路，晝伏夜行，火速趕往祁山前會合，突襲曹真營寨。然後自領精兵向斜谷進發。

卻說曹真心中不信蜀兵會來，縱令軍士在斜谷口下寨歇息；只等十天過去，好羞司馬懿。到了第七天，忽報谷中發現小隊蜀兵，曹真便令副將秦良帶五千兵前去哨探，不許蜀兵近界。秦良趕到谷口，看見蜀兵退去，連忙引兵趕來。追到五、六十里，不見了蜀兵蹤影，秦良心中疑惑，令軍士下馬歇息。忽然四面喊聲大震，前有吳班、吳懿，後有關興、廖化，一齊引兵殺來。左右是山，無路可走。蜀兵在山頭大叫：「下馬投降者免死！」魏兵紛紛投降。秦良拚命死戰，被廖化一刀斬於馬下。孔明收了降兵的衣甲，挑選五千蜀兵換上，扮作魏兵，令關興、廖化、吳班、吳懿四將領著，直奔曹真大寨。

出了谷口，先令報馬到魏營送信，說只有小隊蜀兵，都趕跑了。曹真大喜，毫無防備。忽然司馬懿差心腹人來見曹真，報說：「司馬都督用埋伏計，殺了蜀兵四千餘人。司馬都督讓我轉告將軍，不要把打賭的事放在心上，務必小心提防。」曹真道：「我這裡一個蜀兵也沒見著。」把來人打發回去。忽報秦良引兵回來了。曹真親自出帳迎接。剛出寨門，忽聽兵士亂嚷，說寨前寨後都起火了。曹真正要回寨察看，關興、廖化、吳班、吳懿四將指揮假魏兵已從營前殺將進來；馬岱、王平從左面殺來，馬忠、張翼從右側殺到。魏軍措手不及，各自逃生。眾將保護著曹真，望東而逃，蜀兵在背後緊追不捨。

曹真正在奔走，忽然喊聲大震，前面又有一彪軍殺到，嚇得曹真膽戰心裂。仔細一看，卻是司馬懿領兵來救。司馬懿大戰一場，殺退蜀兵，見孔明已奪了祁山地勢，此處無法立足，便傳令退兵渭濱，再作打算。曹真保住性命，見了司馬懿，羞愧得無地自容，問：「仲達怎麼知道我要吃敗仗，及時趕來相救？」司馬懿說：「我聽來人回報，說你這裡沒有一個蜀兵，料定孔明會來劫寨，所以趕來接應。今後你我同心協力，報效國家，打賭的事就不要再提了。」曹真更覺惶恐，竟然一氣成病，臥床不起。司馬懿怕軍心不穩，就接管了兵權。

卻說孔明率大軍四出祁山，安下營寨，魏延、陳式、杜瓊、張嶷入帳請罪。孔明問：「是誰失陷了軍馬？」魏延告說：「陳式不聽號令，擅入谷口，導致大敗。」陳式忙道：「是魏延慫恿我這樣做的。」孔明喝道：「魏延救了你的性命，你反倒攀連他！你違犯了將令，還狡辯什麼！」當即命武士將陳式推出斬首。

孔明斬了陳式，正議進兵，細作來報，說曹真臥病不起，現在營中治療。孔明大喜，對眾將道：「如果曹真病輕，必回長安休養；如今魏兵不退，必是病重，所以留在軍中，安定軍心。」於是寫了一封書信，找來幾個秦良的降兵，叫他們把信帶給曹真。降兵回到魏營，將信交給曹真。曹真扶病而起，拆信細看，見上面歷數他失敗的戰役，嘲笑他不知天文，不通地理，損兵折將，無顏見關中父老。曹真看罷，氣得大叫一聲，昏暈過去，當夜便死在軍中。司馬懿派人將他的屍體送回洛陽安葬。

魏主曹叡聞知曹真已死，下詔催司馬懿出戰。司馬懿便率大軍來與孔明交鋒，先寫下戰書，派人送到蜀營。孔明接過戰書，對眾將說：「曹真一定死了。」便在戰書上批了「明日交鋒」四字，打發使者回去。孔明連夜將密計分授姜維、關興，叫他們各自準備。

第二天，孔明盡起祁山大軍，來到渭濱，依山臨河，排開陣勢。三通鼓罷，魏陣中門旗一開，司馬懿當先出馬，見孔明端坐在四輪車上，手搖羽扇，悠然自得。司馬懿笑孔明不識時務，屢次出征，勞軍傷財，勸他及早回兵，各守疆界。孔明卻罵他祖祖輩輩享食漢朝俸祿，不思報效，反而助紂為虐，不知羞恥。司馬懿惱羞成怒，大叫：「今天我與你決一雌雄！你若能勝，我終生不再帶兵！」

孔明笑道：「你要鬥將？鬥兵？還是鬥陣法？」司馬懿說：「先鬥陣法。」孔明把羽扇一搖，布成一個陣勢，問道：「你識得此陣嗎？」司馬懿哂道：「這是八卦陣，怎麼不識！」孔明笑道：「識便識了，敢來攻打嗎？」司馬懿道：「既然識得，便敢攻打。」回身叫過來戴凌、張虎、樂綝三將，吩咐他們從正東生門殺入，往西南休門殺出，再由正北開門殺入：「此陣可破。」三將得令，各帶三十名精兵，從生門殺入陣中，要往西南衝去，卻被蜀兵亂箭射住。只見陣中門戶重重疊疊，變化無窮，哪裡分得清東西南北？三將不能相顧，只管亂撞，不一會兒，便已昏頭轉向，被蜀軍一聲吶喊，一個個捉了，捆綁起來。孔明令將他們的衣服脫了，臉上塗墨，放出陣去。司馬懿見狀，勃然大怒，親自麾動三軍，殺向蜀陣。兩軍剛剛交上手，忽然陣後鼓角齊鳴，喊聲大震，關興、姜維各帶一支軍馬從魏軍身後殺來。司馬懿大驚，急忙退軍。蜀兵隨後趕殺，一直追到渭水岸邊。魏軍人馬十成去了六、七成，狼狽退回渭濱南岸，堅守不出。

孔明得勝回營，正遇都尉苟安解送糧米來軍中交割。苟安好酒，沿途貪杯誤事，比預定期限晚了十天。孔明大怒，便要將他處斬，被長史楊儀苦苦勸住，打了他八十軍棍了事。不料苟安受了責罰，心中懷恨，連夜帶了五、六個親隨，到魏寨投降。司馬懿聽苟安講述了受責經過，忽然心生一計，重賞茍安，叫他祕密潛回成都，散布流言，說孔明自恃功高，怨恨後主，有篡位稱帝之心，設法讓後主召回孔明。茍安連連答應。

茍安回到成都，果然到處散布謠言。宮中宦官聞知大驚，立刻密報後主。後主慌道：「這該如何是好？」宦官便出主意，叫後主把孔明召回成都，削去兵權，免生意外。次日後主果然下詔，宣孔明班師回朝。派使者日夜兼程，將詔書送往祁山大寨。

使者來到祁山，宣讀詔書，孔明不禁仰天長嘆，對眾將道：「主上年幼，身邊一定出了佞臣！眼看就要大功告成，突然命我回師，我如不回是欺主，如奉命退兵，日後很難再有這樣好的機會了！」無奈傳令，大軍分作五路，增灶退軍。長史楊儀問：「兵書上有用添兵減灶之法取勝的先例，如今丞相退兵，為何增灶？」孔明道：「司馬懿知我退兵，必然追趕，但又擔心我有伏兵，一定會在舊營內查點灶數。見到我軍每日增灶，便心生疑慮，不敢追擊，我們就能從容退軍了。」

司馬懿得知蜀軍撤退，果然不敢輕易追擊，先派軍士清點蜀營灶數。見蜀營灶穴每日遞增，心中疑惑，不敢再追。直到蜀軍退盡，盤問川口的土人，才知中了孔明增灶之計，不禁仰天長嘆，自愧謀略不如孔明。

蜀兵不折一兵一卒，退回漢中，孔明賞勞了三軍將士，立即趕回成都。見到後主，孔明奏問：「老臣正要直取長安，忽然陛下降詔召回，不知有何大事？」後主無言可答，憋了半天，才說：「朕好久不見丞相，很是想念，所以降旨召回，也沒什麼大事。」孔明道：「這不是陛下本心，一定有奸臣讒言，說我壞話。」後主默不作聲。孔明懇切地說：「老臣受先帝厚恩，發誓以死相報。如果總有奸人在內挑撥，臣怎能專心在外討賊呢？」後主慚愧地說：「朕錯聽了宦官的話，現在也追悔莫及。」孔明追查謠言的源頭，才知是苟安搗鬼，急忙令人捕捉，苟安早已投魏國去了。只好把傳布流言的宦官治了罪。

孔明拜辭後主回到漢中，一面發檄令李嚴供應糧草，一面再議出師。楊儀建議道：「前幾次出兵，軍力既感疲乏，糧草也接濟不上；這次不如分兩班出兵，限期輪換。這樣兵力就不會匱乏了。」孔明點頭贊同道：「我們討伐中原，不是一朝一夕就能成功的事情，是該有這樣長久的打算。」於是下令分兵兩班，以一百天為一個限期，輪流替換，違限者按軍法處治。

建興九年（西元二三一年）二月，孔明再次出師伐魏。魏主曹叡得知消息，急命司馬懿出師禦敵，並親排鑾駕，將司馬懿送出城外。司馬懿辭別魏主，來到長安，會齊各路人馬，令郭淮留守隴西各郡，然後以張郃為先鋒，總督大軍，分道向祁山進發。走到半路，前軍前部先鋒王平、張嶷已出陳倉，過劍閣，由散關望斜谷而來。司馬懿對張郃說：「我看孔明長驅大進，一定會去搶割隴西小麥，充作軍糧。你去祁山前面紮下大寨，我和郭淮巡守天水各郡，以防蜀兵割麥。」二人於是分兵而行。

孔明率兵馬來到祁山，見渭濱已有魏軍營寨，就對眾將道：「一定是司馬懿親自領兵在此據守。如今我們營中缺糧，屢次派人催李嚴運米應付，只是不到。我料隴上小麥已經成熟，打算悄悄領兵去割麥，補充軍糧。」於是留王平、張嶷、吳班、吳懿四將守祁山營，孔明自引姜維、魏延等將去襲鹵城。鹵城太守一向敬仰孔明，慌忙開城出降。孔明撫慰一番，便向太守打聽：「哪裡的小麥熟了？」太守告訴孔明：「隴上的麥子已經成熟。」孔明便留張翼、馬忠守鹵城，自領三軍將士趕赴隴上。

剛到上邽城外，前軍回報，說司馬懿引兵在此。孔明吃了一驚，心思：「他倒預知我要來割麥！」便傳令將在蜀中預先造好的三輛四輪車推出來，車子的款式、裝飾，都與孔明自己乘坐的那輛一模一樣。孔明把姜維、馬岱、魏延三人叫到面前，叫他們裝扮成自己的樣子，每一輛車都用二十四人，身穿黑衣，赤足披髮，仗劍執幡，充作推車使者，再各領一千軍護車，五百軍擂鼓，分三面埋伏在上城背後；又令三萬名軍士人人手執鐮刀、馱繩，準備割麥。安排完畢，孔明自己也挑選出二十四個精壯兵士，和前三輛車一樣裝扮，又讓關興扮作天神模樣，手執七星皂幡，步行在車前引路。孔明端坐車上，望魏營進發。

此時細雨紛紛，冷霧瀰漫，魏軍哨探見前面突然出現這樣一路人馬，不知是人是鬼，都嚇得失魂喪膽，火速報知司馬懿。司馬懿親自出營視看，只見孔明高冠闊氅，手搖羽扇，端坐在四輪車上；左右隨從好似妖怪，前面一人，又隱約像天神一般。司馬懿道：「這又是孔明在裝神弄鬼！」立即調派二千人馬，吩咐他們：「你們快去，連車帶人，一齊捉來！」孔明見魏兵趕來，回車便走，魏兵追了一程，恐怕中伏，不敢再追。孔明見追兵不來，又令推車轉出山坳，朝著魏兵歇下。魏兵猶豫許久，又放馬趕來，孔明卻又退入山坳去了。魏兵正不知所措，司馬懿引軍趕到，對眾將說：「孔明詭計多端，不知又在搞什麼花樣，由他去吧。」正要回兵，忽然左邊戰鼓大震，一支人馬衝殺過來。司馬懿急忙派兵迎敵，卻見蜀兵隊裡二十四個黑衣人披髮赤足，擁出一輛四輪車來，孔明手搖羽扇，端坐車上。司馬懿驚道：「方才那個明明已經逃遠，這裡怎麼又有一個孔明？怪哉！怪哉！」正在驚疑不定，右邊戰鼓又鳴，又有一個孔明帶軍殺來。魏軍人心惶惶，不敢交戰，各自奪路而逃。逃到半路，迎面又是一隊人馬殺來，當先一輛四輪車，孔明端坐車上，左右前後的推車使者也與前面一模一樣。魏兵嚇得喪魂失魄。司馬懿也搞不清是人是鬼，又不知到底有多少蜀兵，十分驚懼，急急引兵奔入上邽，閉門不出。趁此時候，孔明早令三萬精兵將隴上小麥割盡，運到鹵城打晒去了。

司馬懿逃入上城中，三天不敢出城。後見蜀兵退去，才令軍士出城打探。探馬捉回一個落伍的蜀兵，司馬懿親自審問，才知道只有先來誘陣的是真孔明，其餘三個各是姜維、馬岱、魏延假扮的，不禁懊惱不已。正巧副都督郭淮來見，司馬懿便把中計經過敘說一遍，郭淮笑道：「這種小伎倆只能蒙騙一時，都督何必放在心上！鹵城彈丸之地，你我各領一軍前後攻打，定能活捉孔明。」司馬懿覺得有理，便分兵兩路，悄悄向鹵城進發。

來到鹵城城外，司馬懿見天色已晚，就傳令暫且休息，半夜攻城。一更時分，郭淮也領兵趕到。兩下合兵，一聲鼓響，把鹵城圍得鐵桶一般。城上萬弩齊發，矢石如雨，魏兵不敢前進。忽然魏軍中響起幾聲信炮，三軍大驚，又不知何處兵來。郭淮正要命人到麥田裡搜索，四角上火光沖天，喊聲大震，姜維、魏延、馬岱、馬忠各領一路蜀兵四面殺來，城內蜀兵也奮勇殺出，裡應外合，大殺了一陣，魏兵死傷無數。司馬懿、郭淮帶領敗兵奮死突出重圍，占住了一座山頭，孔明令四將圍住山頭，四面紮下營寨。司馬懿不敢出戰，也無法退敵，只得採納郭淮的建議，一面在鹵城與蜀軍相持，一面暗地派人去徵調雍、涼各州軍馬。

孔明在鹵城與司馬懿相持多日，不見魏兵出戰，料定他們別有用心，就喚來姜維、馬岱，叫二人各領一萬軍先去守住沿途險要，不要讓魏兵斷了後路。二將剛走，長史楊儀入帳稟告：

「百日士卒輪換期限已到，漢中兵馬已出川口待命，現有八萬軍馬，有四萬該換班了。」孔明就傳令迅速執行。眾軍聞知，各各收拾行李，準備起程。忽報孫禮帶領二十萬雍、涼兵馬前來助戰，司馬懿也引兵來攻鹵城了。軍情緊急，蜀兵都驚駭不定。楊儀勸孔明把換班的兵士暫且留下，等新兵來到，再讓他們回去。孔明卻不答應。他說：「行軍用兵，以信用為本。既然有令在先，就不能失信。兵士們的父母妻子都在翹首盼望自己的親人平安歸去，我就是再有困難，也絕不相留。」傳令應去的兵士，當天起程。兵士們都非常感動，大呼：「丞相待我們這麼好，我們情願暫不回家，拚命殺退魏兵，報答丞相！」孔明見他們意志堅決，便叫他們出城安營，待雍、涼魏兵一到，不等他歇腳，立即進攻。眾軍領命，各執兵器，出城列陣。雍、涼人馬遠道而來，走得人困馬乏，正想安營歇息，被蜀兵一擁而上，個個奮勇爭先，哪裡抵擋得住？望後便退。這一仗，殺得雍、涼兵屍橫遍野，死傷無數。

孔明得勝收兵，正在賞勞將士，忽報鎮守永安的李嚴有書告急。孔明大驚，連忙拆信細看，信中說最近東吳與魏聯合，有進攻蜀國的跡象，請丞相早作打算。孔明立即召集眾將，先叫祁山大寨人馬，緩緩退回西川，然後喚楊儀、馬忠入帳，叫他們領一萬弓弩手，先去劍閣木門道兩側埋伏，等魏兵追到，號炮一響，就急忙滾下木石，截斷敵人去路，兩邊一齊射箭。二人引兵去了。孔明又命魏延、關興斷後，城上遍插旌旗，城內虛放煙火，掩護大軍向木門道退去。

張郃見蜀軍大隊退去，急忙來報司馬懿。司馬懿親自到鹵城城下察看，果然只剩下一座空城。司馬懿大喜，問眾將誰敢去追擊蜀兵。先鋒張郃搶先要去。司馬懿知他性格急躁，本不肯答應，張郃卻再三堅持，司馬懿只得撥給他五千人馬，叮囑他多加小心。又叫大將魏平領二萬馬步兵隨後接應。

張郃領命，引兵火速望前追趕。追出三十多里，魏延帶領一隊軍馬攔住去路。張郃大怒，上前交鋒。不上十個回合，魏延詐敗退走。張郃隨後緊追不捨。又追出三十多里，關興殺出，戰了幾個回合，也敗下陣去。魏延又返身殺來。就這樣且戰且退，把張郃引入木門道中。張郃殺得性起，忘了司馬懿的叮囑，一味催馬緊追。此時天色已晚，忽聽一聲炮響，山上火光沖天，石塊、亂柴紛紛滾將下來，阻住去路。張郃知道中計，急忙回馬，背後也已被木石塞滿了歸路，只剩下中間一段空地，兩邊都是峭壁，張郃進退無路。忽然一聲梆子響，兩邊山上萬弩齊發，將張郃連同手下數百兵將，統統射死在木門道中。

魏平隨後領兵趕到，見塞了道路，知道張郃中計，卻無法援救。正待回馬急退，忽聽得山頭上有人大叫：「諸葛丞相在此！」魏平抬頭一看，只見孔明站在火光中，用羽扇指著下面，高聲說道：「我今天圍獵，本打算射殺一馬（司馬懿），卻誤中一獐（張郃）。你們回去告訴司馬懿，他遲早要落入我的手中。」魏平回去轉告司馬懿，司馬懿悲傷不已，仰天嘆道：「這是我的過錯啊！」便收兵回洛陽去了。

第五十五回　司馬智守九浮橋　諸葛病歿五丈原

卻說孔明用計殺了張郃，退回漢中，正要上成都去見後主，劉禪卻先派尚書費禕到漢中來了，詢問孔明為何忽然班師。孔明道：「永安都護李嚴發書告急，說東吳有意興兵進犯，所以匆忙回師。」費禕詫異地說：「正是李嚴奏稱軍糧已經準備齊全，丞相卻無故回師，天子才讓我來詢問的。」孔明大驚，立刻令人訪察，卻是李嚴因軍糧供應不上，恐怕孔明怪罪，從中搗鬼。孔明大怒，奏明劉禪，將李嚴削職為民。不久，孔明回到成都，任命李嚴的兒子李豐為長史，積草屯糧，訓練將士，準備再次伐魏。

光陰荏苒，不覺過了三年。建興十二年（西元二三五年）二月，孔明入朝奏請後主，請求再次出兵北伐。劉禪覺得三國鼎立的局面已經多年，吳、魏都不來侵犯，樂得安享太平。太史譙周等大臣也認為孔明屢次伐魏，徒勞無功，白白耗費人材物力。孔明卻說：「臣受先帝知遇之恩，做夢都在籌畫伐魏大計。為陛下收復中原，重興漢室，是臣最大的願望。」劉禪見孔明態度堅決，只得准了。

孔明辭別劉禪，回到漢中，立即調集蜀兵三十四萬，分五路進發。此時關興已經病故，孔明便令姜維、魏延為先鋒，先出祁山下寨；又命李恢運送糧草到斜谷道口等候。

魏主曹叡得知諸葛亮又出祁山，急召司馬懿商議。司馬懿願意領兵前去退敵，又舉薦夏侯淵的四個兒子同去。曹叡便命司馬懿為大都督，夏侯霸、夏侯威為左右先鋒，夏侯惠、夏侯和為行軍司馬，領兵四十萬前去迎敵。臨行前，曹叡特意囑咐司馬懿，不要輕易與蜀軍交鋒，等蜀軍糧盡撤退，再出兵追擊。

司馬懿帶兵來到渭濱下寨，先撥出五萬軍士，在渭水上搭起九座浮橋，令先鋒夏侯霸、夏侯威渡過渭水安營；又在大寨背後築起一座土城，以防不測。此時孔明已在祁山前面紮下五座大寨，分屯軍馬，擺出一副打持久戰的架勢。司馬懿每日派人哨探，監視蜀軍的動向。這一天，探馬飛報，說蜀軍分兵數路，向隴上方向移動，還紮了一百多隻木筏，好像要渡渭水進攻北原。司馬懿仔細盤問，聽說木筏上插著許多草靶，料到孔明是以進攻北原為掩護，伺機順水燒斷浮橋，奪取南岸魏軍的營寨，便召集眾將，一一授以密計，叫他們分頭準備，又命兩個兒子司馬師、司馬昭領兵救應前營，自己帶著一支人馬去隴上，協助郭淮、孫禮防守北原。

卻說孔明令魏延、馬岱引兵渡渭水攻北原，令吳班、吳懿引木筏兵去燒浮橋，令王平、張嶷為前隊，姜維、馬忠為中隊，廖化、張翼為後隊，兵分三路，去攻渭水旱營。這天正午，各路人馬離開大寨，渡過渭水，緩緩前行。單說魏延、馬岱一路，來到北原附近，已近黃昏。守將孫禮不等蜀兵近前，丟下營寨就走。魏延知道敵人已有準備，急令退軍，四下喊聲大震，司馬懿、郭淮已各帶一支兵馬衝殺過來。魏延、馬岱奮力殺出包圍，退到河邊，蜀兵奔逃無路，大半落入水中淹死。多虧吳懿領著木筏兵及時趕來，才把敗殘的軍馬渡過渭河。另一半木筏兵隨吳班順流而下去燒浮橋，卻被張虎、樂綝在岸上亂箭射住，吳班中箭，落水而死，木筏都被魏兵奪去。此時王平、張嶷還不知進攻北原的軍馬已經失利，依然直撲魏營。二更時分，來到魏軍營外，卻不見一個魏兵。二將心中疑惑，不敢貿然殺進營中。正在猶豫，忽然有人飛馬來報：「北原、浮橋兩路都戰敗了，丞相叫將軍趕快退兵！」王平、張嶷大驚，急忙退軍，魏兵已從背後包抄上來，兩軍混戰一場。等二人奮力突圍，部下蜀兵已經折傷大半。

孔明回到祁山大寨，收聚敗兵，共損失了一萬多人，不覺心中憂悶。忽報費禕自成都來見。孔明便寫了一封信，叫費禕送交吳主孫權，請東吳出兵，夾攻魏國。費禕領命而去。不久，費禕回報孔明，說孫權已親率大軍三十萬，分兵三路北伐。孔明大喜。

這一天，孔明正與眾將商議進兵，忽報有魏將前來投降。孔明把他叫進來盤問。那人自稱是魏國偏將軍鄭文，因司馬懿加封秦朗為前將軍，他心中不服，特來降蜀。話沒說完，人報魏將秦朗引兵在寨外，指名向鄭文挑戰。孔明問：「秦朗的武藝比你怎樣？」鄭文道：「我一下就可以斬了他。」孔明便道：「你要能殺了秦朗，我就相信你。」鄭文欣然上馬，與秦朗交鋒。孔明親自出營觀戰。只見秦朗挺槍直取鄭文，鄭文拍馬舞刀相迎，只一個回合，就把秦朗斬於馬下。魏軍四散逃走。孔明回到帳中，等鄭文回來，二話不說，喝令武士將他推出斬首。鄭文大叫：「小將無罪！」孔明道：「我認得秦朗，不是你剛殺的那個人。還不如實招來！」鄭文見瞞不過，只得承認是司馬懿派來詐降的，哭著乞求饒命。孔明說：「你要想活命，就寫一封信，叫司馬懿來劫營。」鄭文無奈，只得寫了封信，交給孔明。孔明下令將鄭文暫且收押起來。

眾將驚奇地問：「丞相怎麼看出這個人是詐降的呢？」孔明道：「司馬懿一向不肯輕易用人。既然委任秦朗為前將軍，秦朗的武藝想必相當高強；如今與鄭文只打了一個照面，就被鄭文斬了，一定是假秦朗。所以我斷定他是詐降。」眾人聽了，都十分佩服。孔明於是挑選了一名能說會道的軍士，低聲吩咐一番，叫他拿著鄭文的書信，到魏營去見司馬懿。

軍士來到魏營，遞上鄭文書信。司馬懿拆信一看，見是鄭文約定當夜舉火為號，請他統領大軍前去劫寨，鄭文自在寨中接應。司馬懿將來信仔細看了幾遍，又反覆盤問送信的軍士，沒有發現什麼破綻，就讓他回去通知鄭文，準定二更時分帶軍趕到蜀營。

打發走送信的軍士，司馬懿就把兩個兒子找來，叫他們準備軍馬，當晚隨自己去劫蜀寨。長子司馬師勸諫道：「父親單憑一張字條就親自前去冒險，萬一有個疏忽，如何是好？不如另派將領前去劫營，父親隨後接應就好了。」司馬懿覺得有理，就令秦朗帶一萬兵去劫蜀寨，自己領兵在後面接應。

當夜二更時分，秦朗帶兵悄悄潛入蜀營附近，見營中火起，立即帶領人馬衝進蜀營，卻不見一個人影。秦朗知道中計，忙叫退兵，四下裡忽然火把齊明，喊聲震地，左有王平、張嶷，右有馬岱、馬忠，兩路兵馬一齊殺來。秦朗左衝右突，無法脫身。後面的司馬懿見蜀寨火光沖天，喊聲不絕，又不知魏兵的勝負，只顧催動兵馬，趕去接應。忽然一聲喊起，鼓角喧天，火炮震地，左有魏延，右有姜維，又是兩路軍馬殺出。魏兵大敗，四散逃命，司馬懿連忙退回本寨。秦朗帶領的那一萬名魏兵，都被蜀兵圍住，死的死，降的降，秦朗也死在亂箭之下。

孔明勝了這一仗，正要大舉進攻，長史楊儀進帳報告，說是蜀道崎嶇難行，單靠人力牛馬運送糧草，很不方便。如今糧米都壅積在劍閣，卻運不過來，軍中的糧食已經快吃完了。

孔明笑道：「我早已籌畫好了。你們趕快去造一些木牛流馬，運送糧草的問題就解決了。」說著拿出一幅圖樣來。眾人聞所未聞，都爭相圍上來觀看，原來是一些靈便的木製小車，內設機關，外形設計成牛馬的形狀。眾將忙命人依樣打造。不出幾天，木牛流馬都製造完備，就像活的一般，馱運重物，上山下嶺，都非常方便。眾人無不驚嘆孔明設計的巧妙。

孔明派右將軍高翔帶領一千名兵士，駕著木牛流馬，來往於劍閣、祁山之間運糧，供給蜀兵應用。過了幾天，高翔慌慌張張地跑回報告，說司馬懿派兵伏擊了運糧隊，搶了幾匹木牛流馬回去，正在依樣打造。孔明笑道：「我正希望他搶去仿造。我只費了幾匹木牛流馬，卻讓軍中不久便能得到許多資助了。」又過了幾天，人報魏兵也學會製造木牛流馬，正用它來往隴西搬運糧草。孔明大喜，立刻喚王平、張嶷等將進帳，祕密吩咐一番，叫他們依計行事。

這一天，魏將岑威率領軍士駕著木牛流馬，從隴上運糧回來，走到半路，忽報前面有兵巡糧。岑威見是魏兵，毫無防備。等兩支人馬會合一處，忽然一人挺身大呼：「蜀中大將王平在此！」一刀將岑威斬於馬下。原來那支隊伍都是蜀兵裝扮的。王平當下殺散魏兵，趕著木牛流馬朝蜀營走去。敗兵飛奔到北原大寨報信。郭淮聽說軍糧被劫，急忙領軍來救。王平遠遠望見，就命兵士把木牛流馬的舌頭調了方向，都丟棄在道路上，帶著蜀兵飛快地逃走了。郭淮也不追趕，只叫魏兵驅回木牛流馬。不料大家你推我扳，木牛流馬紋絲不動。郭淮心中納悶，卻無可奈何。忽聽山後喊聲四起，魏延、姜維兩路兵殺來，王平也引兵殺回，三路夾攻，殺得郭淮大敗而逃。王平令軍士將木牛流馬的舌頭重新扭轉，又行動自如了。郭淮望見，不禁目瞪口呆。

此時司馬懿得知消息，親率大軍趕來救援。剛到半路，忽聽一聲炮響，張翼、廖化各領一路蜀兵從險峻處殺出。魏軍著慌，各自逃竄。司馬懿單槍匹馬，向樹林裡逃去，廖化當先追趕。看看就要趕上，廖化一刀砍去，司馬懿慌忙繞樹躲閃，這一刀正砍在樹上。等到廖化拔出刀時，司馬懿已逃出林外。廖化隨後趕出，不見司馬懿去向，卻見樹林東邊地上丟著一個金盔。廖化便往東趕去，不知司馬懿是故意將金盔丟在林東，自己已從西面逃走了。

司馬懿逃回寨中，心中懊惱不已，下令閉寨堅守，從此不再出戰。孔明派魏延拿著司馬懿丟失的金盔，在魏營外百般辱罵挑戰，魏將個個憤恨不平，要出營應戰，司馬懿只是不許，對眾將說：「小不忍則亂大謀。只要耐心堅守，蜀軍自會退兵。」孔明見司馬懿不肯出戰，便作長遠打算，叫蜀兵和當地百姓一起種田，收穫的糧食分成三份，兵士取一份，百姓取兩份，軍民互不侵犯，百姓都很高興。

兩軍相持數月。一天，忽報孔明率蜀兵移駐五丈原，派人送來一盒禮物和一封書信。司馬懿傳喚來人進帳，接過盒子，打開一看，裡面是一套女人的頭飾和孝衣。再看來信，竟是嘲笑他身為大將，卻像女人一樣躲在窩裡不敢出戰，沒有一點大丈夫的氣概。司馬懿看罷，心中大怒，表面上卻裝著笑臉道：「孔明竟把我看作婦人了！」當即收下禮物，叫人款待來使。司馬懿問使者：「你們諸葛丞相平日的寢食怎麼樣？事務忙不忙啊？」使者回答：「丞相早起晚睡，軍中懲罰在二十軍棍以上的都要他親自決定，每天的飯量卻不過幾升而已。」司馬懿聽了，回頭對眾將說：「孔明事無大小都要親自過問，又得不到休息，這樣食少事煩，一定活不長的。」使者回到五丈原，把司馬懿的話轉告孔明。孔明感慨地說：「司馬懿還真了解我啊！」從此覺得身體不大舒服，每日只是勉力支撐。

一天，孔明正抱病在帳中理事，忽然費禕從成都匆匆趕來，報說：「吳主孫權分兵三路伐魏，被魏將滿寵設計燒燬了糧草戰具。吳兵又感染了時疫，很多人都病倒了。陸遜約孫權前後夾攻，又半路走漏了消息，孫權見不能取勝，已經帶兵退回江東去了。」孔明聽到此信，心裡焦急，不覺長嘆一聲，昏倒在地。眾將急忙上前搶救，半天才甦醒過來。孔明嘆道：「我心中昏亂如麻，舊病復發，恐怕活不了多久了！」

過了幾天，孔明自覺病情越來越重，就悄悄把姜維叫到床前，取出自己寫的兵書傳給姜維，對他說：「我平生所學，都在這二十四篇兵法裡面了。你是我唯一的傳人，希望你多加努力！」姜維哭著接過手中。孔明又把「連珠弩」的圖樣傳給姜維，叫他依法造用。又叮囑他今後用兵，要特別小心陰平這個地方。姜維一一答應。

姜維離開後，孔明又將馬岱喚入帳內，祕密囑咐了幾句，叫他出去，請長史楊儀進來。孔明把兵符、印綬交給楊儀，命他代掌全軍事務，又把楊儀叫到床邊，給他一個錦囊，低聲吩咐道：「我死之後，魏延必反。等到和他對陣時，你打開這個錦囊，自然有人幫你斬殺魏延。」孔明調度完畢，又連夜寫了一道奏章，派人送往成都。此時已是深夜，孔明強支病體，令侍從扶上小車，出寨到各營巡視。走了幾處，自覺秋風吹面，徹骨生寒，不由得仰天長嘆道：「蒼天啊蒼天，今後我再不能臨陣討賊了！」又呆呆地待了好久，才讓兵士把他推回帳中。

又過了兩天，孔明病勢更加沉重，又把楊儀叫到床前，吩咐說：「我死以後，軍中不要發喪，可令後寨先行，一營一營緩緩退兵。如果司馬懿來追，你就把我先前雕刻的木像安在車上，推出軍前，司馬懿見到，一定會驚慌逃走。」說罷，便昏厥過去。眾將正在手忙腳亂地搶救，忽然尚書李福奉後主劉禪之命，星夜從成都趕來探病，見孔明已經不省人事，不禁伏在床沿放聲大哭。過了一會兒，孔明緩緩睜開眼睛，見李福站在床前，微微一笑，吃力地說：「我知道你的來意。」李福忙問：「天子讓我來問丞相，身後誰可繼任？」孔明道：「我死之後，蔣琬可任大事。」李福又問蔣琬之後，誰可繼任，孔明說了費禕的名字。李福還要再問，孔明已經嚥氣了。這一天是蜀漢建興十二年八月二十三日，諸葛亮終年五十四歲。

姜維、楊儀遵照孔明遺命，祕不發喪，一面傳令各寨依次退軍，一面叫費禕拿著兵符去通知魏延。費禕來到魏延寨中，摒退左右，告訴魏延：「丞相已在昨夜三更去世。臨終前再三囑付，叫將軍斷後，阻擋司馬懿，掩護大軍撤退。」魏延聽說楊儀代理了孔明的職務，不滿地說：「丞相雖然死了，我還沒死，憑什麼讓一個長史擔當指揮全軍的大任?就讓楊儀護送丞相的靈柩回蜀安葬好了，我自率大兵去攻司馬懿。豈能因丞相一人而耽誤國家大事呢？」費禕急忙搬出孔明的遺命勸阻。魏延怒道：「丞相當初要聽從我的建議，早就奪下長安了！我現在官任前將軍、征西大將軍、南鄭侯，怎肯為一長史斷後！」費禕見話頭不妙，就答應回去勸楊儀交出兵權，叫魏延千萬不可胡來。魏延這才勉強答應。

費禕辭別魏延，急忙趕到大寨來見楊儀。楊儀驚道：「丞相料事如神，魏延果然要反。」便改令姜維斷後，自己護送著孔明的靈柩先走。魏延在寨中等了半天，不見費禕來回覆，心中疑惑，便讓馬岱前去打探，回報說：「後軍由姜維總督著，楊儀已帶著前軍退入谷中去了。」魏延氣得破口大罵，便問馬岱：「你肯幫助我嗎？」馬岱說：「我早就恨透楊儀了，願意幫助將軍。」魏延大喜，立即帶領本部人馬拔寨動身，趕奔棧閣道口去阻截楊儀。

卻說司馬懿見蜀軍突然退兵，頓足叫道：「孔明真的死了！趕快追擊！」叫上兩個兒子司馬師、司馬昭，親自帶兵殺向五丈原。來到蜀營，已經空無一人。司馬懿讓司馬師、司馬昭回去多調人馬，自己率領現有兵卒繼續向前追趕。追到山腳下，已經遠遠望見蜀兵就在前面，忽聽山後一聲炮響，無數蜀兵潮湧而出，只見幾十員上將簇擁著推出一輛四輪車來，車上端坐一人，綸巾羽扇，正是孔明。司馬懿大吃一驚，慌道：「孔明還活著！我輕入重地，中他的計了！」回馬便逃。姜維從後面順勢殺來，魏兵嚇得魂飛魄散，棄甲丟盔，拋戈撇戟，各逃性命，自相踐踏，死者無數。司馬懿一口氣狂奔了五十多里，才定下神來，會合夏侯霸、夏侯惠等人，緩緩回歸本寨。過了兩天，蜀兵退盡，司馬懿才從當地百姓口中得知，孔明確實已經死了，那天只有姜維帶著一千多人斷後，車上的孔明，只是一個木頭人而已。司馬懿追悔莫及，只好傳令班師。一路上，看到孔明安營下寨的地方，無不布置得井然有序，司馬懿嘆服不止。

楊儀、姜維領兵退到棧閣道口，這才揚起白旗，更衣發喪。蜀軍無不失聲痛哭。前隊剛入棧道，忽見前面火光沖天，喊聲震地，原來魏延已趕在大軍前面燒斷了棧道，帶兵攔住去路。楊儀大驚，只好帶兵從槎山小道繞回漢中。

楊儀回到南鄭，一面上表奏報劉禪，一面派先鋒何平帶三千人馬去攔截魏延。魏延與何平大戰一場，雖然殺退何平，手下軍兵也已散去大半，剩下的大多是馬岱的部下。魏延想去投降魏國，馬岱卻勸他索性取了漢中，自立為王。魏延聽了馬岱的話，帶領人馬直取南鄭。兩軍對陣，魏延自恃勇猛，耀武揚威，不可一世。楊儀見情勢緊急，猛然想起孔明留下的錦囊，連忙打開一看，不禁轉憂為喜，從容騎馬來到陣前，手指魏延，笑道：「丞相早就料到你會謀反，果然不錯！你敢在馬上連叫三聲『誰敢殺我』，我就讓出漢中！」魏延聽了狂聲大笑，道：

「要是孔明活著，我還懼他三分；如今他已死了，天下還有誰是我的對手？別說連叫三聲，便叫三萬聲，又有何難！」說完提刀立馬，縱聲大叫：「誰敢殺我？」話音未落，背後一人厲聲應道：「我敢殺你！」手起刀落，將魏延斬於馬下。眾人望去，卻是馬岱。原來孔明臨終之時，授馬岱以密計，叫他假意依附魏延，相機行事，馬岱依計而行，果然出其不意，殺了魏延。

馬岱殺了魏延，與楊儀、姜維合兵一處，護送孔明的靈柩趕往成都。劉禪接到奏報，親自帶領文武百官，人人掛孝，出城二十里迎接。劉禪見了孔明靈柩，放聲大哭。一時間，上至公卿大夫，下及平民百姓，男女老幼，無不失聲痛哭。劉禪親自扶柩入城。回到朝中，降旨加封楊儀為中軍師，又把魏延南鄭侯的爵位賜給了馬岱。楊儀呈上孔明的遺表，劉禪看了，忍不住又痛哭一場。遵照諸葛亮的遺願，將他安葬在定軍山下，墓上不用牆垣磚石，也免除一切祭物。劉禪親自致祭，追封諸葛亮為忠武侯。後代歌詠諸葛亮的詩歌很多，以唐代大詩人杜甫的這一首〈蜀相〉最為有名：

丞相祠堂何處尋，錦官城外柏森森。
映階碧草自春色，隔葉黃鸝空好音。
三顧頻煩天下計，兩朝開濟老臣心。
出師未捷身先死，長使英雄淚滿襟！

第五十六回　公孫淵稱王反遼東　司馬懿詐病誅曹爽

卻說諸葛亮去世之後，後主劉禪遵照他的遺言，用蔣琬為丞相，費褘為尚書令，同理朝政；又加封吳懿為車騎將軍，鎮守漢中，姜維為輔漢將軍、平襄侯，總督各路人馬。同時派宗預出使東吳，重申舊好。長史楊儀自認為年齡、資歷都高於蔣琬，又在誅殺魏延的事件中立有大功，沒有得到重賞，職位反在蔣琬之下，心中不滿，時常口出怨言，甚至在費褘面前發牢騷說：「當初諸葛丞相剛去世的時候，我要帶著全軍人馬投降魏國，何至於今天受人冷落！」費褘把他的這些言論祕密奏報後主，後主大怒，將楊儀下獄勘問，貶為平民。楊儀又羞又忿，伏劍自殺了。

此後數年，三國各不興兵，邊界相安無事。單說曹魏這邊，忽然接到幽州刺史毌丘儉急報，稱盤踞遼東的公孫淵造反，自立為燕王，令大將軍卑衍為元帥，楊祚為先鋒，起遼兵十五萬，殺奔中原而來。曹叡大驚，急召司馬懿入朝商議。司馬懿奏道：「兵不在多，在於統帥者能設奇用智。臣願率部下四萬馬步官軍，出征破賊。」曹叡道：「此去遼東四千多里，往返征戰，至少需要一年時間，倘若吳、蜀乘機入犯，怎麼辦呢？」司馬懿道：「臣已定下守禦之策，陛下不必擔憂。」曹叡大喜，便命司馬懿興師征討公孫淵。

司馬懿辭朝出城，便令胡遵為先鋒，率領前部兵馬先到遼東下寨。公孫淵得知消息，令卑衍、楊祚帶領八萬人馬屯紮遼隧，擋住進入遼東的要道。二人商議，命手下深溝高塹，堅守不出，想拖延時日，等魏軍糧草耗盡，後援供應不上，自然退兵。司馬懿識破他們的意圖，料想遼兵主力集中在遼隧，後方一定空虛，於是帶兵抄小路直奔遼東的老營襄平，同時在半路上埋伏下兩支人馬。卑衍、楊祚得知司馬懿偷襲後方，慌忙回軍來救。行到遼水岸邊，忽然一聲炮響，左有夏侯霸，右有夏侯威，一齊殺出。卑、楊二人無心戀戰，奪路而逃，迎面遇上公孫淵大軍，會合一處，回馬再與魏兵交戰。卑衍出馬，與夏侯霸交鋒，不出幾個回合，被夏侯霸一刀斬了，遼兵大亂。夏侯霸驅兵掩殺，公孫淵引敗兵逃入襄平城，閉門堅守。魏兵將襄平四面團團圍住。

此時正值秋季，陰雨連綿，下了一個多月還不停止，平地的積水都有三尺多深，魏軍的運糧船自遼河口可以直抵襄平城下。司馬懿命令魏兵在泥水中堅持，半步不得後退。公孫淵在城中糧食用盡，只好宰殺牛馬為食，人心渙散。公孫淵派人到魏寨請降，司馬懿一口拒絕，只催令部下加緊攻城。公孫淵無奈，只得挑選了一千人馬，趁半夜偷開城門逃走。不出十里，正中司馬懿的埋伏，只得下馬投降。司馬懿下令將公孫淵父子斬首，帶兵進入襄平，出榜安民，慰勞三軍將士，隨即班師返回洛陽。

還未回到洛陽，突然接到魏主曹叡病危、召他火速入朝的詔命，司馬懿不敢怠慢，立刻直接趕奔許昌，入見魏主。曹叡把太子曹芳，大將軍曹爽，侍中劉放、孫資等人都召到御榻前，拉著司馬懿的手說：「我的幼子曹芳，年方八歲，還不能掌理國家。希望司馬太尉和各位元老舊臣，竭力輔佐，不要辜負了我的心意！」又對曹芳說：「司馬太尉和我不分彼此，你要像待我一樣敬重他。」曹芳年幼，上前抱住司馬懿的脖子不放。曹叡見了，不覺潸然淚下，只說了一句：「太尉不要忘記幼子今日相戀之情！」就再也發不出聲音，用手指指太子，便嚥了氣。司馬懿早已哭得說不出話來，跪在地上不停地叩頭。這是魏景初三年（西元二三九年）春正月下旬的事。

當下司馬懿、曹爽扶太子曹芳即皇帝位，改年號為正始元年。司馬懿與曹爽共同輔政。曹爽字昭伯，是曹真的兒子，自幼出入宮中，曹叡見他處世謹慎，很是器重。曹爽喜歡交遊，豢養的門客多達五百人，其中有五位以風雅著稱的名士：何晏、鄧颺、李勝、丁謐、畢軌，深得曹爽信任。另有大司農桓範，足智多謀，常在曹爽身邊出謀畫策，被人們視作曹爽的智囊。

曹爽對司馬懿十分尊敬，所有大事都會和他商量。何晏私下對曹爽說：「大權不可輕易交付他人，以免將來生出禍患。」曹爽說：「司馬太尉和我一同接受先帝臨終囑託，我怎麼忍心背棄他？」何晏便提起當年曹真和司馬懿聯手，與蜀軍作戰的往事，道：「您父親就是因為處處受司馬懿排擠，活活被氣死的。您怎麼還不明白呢？」曹爽這才幡然省悟。

曹爽與手下親信計議停當，就入奏魏主曹芳，說：「司馬懿功高德重，應該加封為太傅。」司馬懿此時擔任太尉，掌管天下兵馬的調動大權；太傅號稱是皇帝的老師，雖然名義上比太尉要高，卻沒有什麼實權。曹芳不明就裡，就答應了，從此魏國的兵權就全部掌握在曹爽的手中。曹爽任命弟弟曹羲為中領軍，曹訓為武衛將軍，曹彥為散騎常侍，各自統帥三千御林軍，可以任意出入禁宮。又用何晏、鄧颺、丁謐為尚書，畢軌為司隸校尉，李勝為河南尹，所有朝中政事，都由這五人與曹爽商議決定。於是曹爽門下賓客日盛。司馬懿稱病不出，兩個兒子也都退職閒居。曹爽每日與何晏等人飲酒作樂，所用衣服器皿與皇家無異。又經常與何晏、鄧颺等人外出圍獵。他弟弟曹羲提醒說：「兄長手握重權，還經常外出遊獵，倘若被別人趁機暗算，後悔都來不及了。」司農桓範也這麼說。曹爽不以為然，還呵斥他們說：「兵權掌握在我的手裡，有什麼可怕的！」

轉眼過了十年。這一年，魏主曹芳改年號為嘉平元年。曹爽一直獨掌朝政，好久沒有司馬懿的消息。恰好他的親信李勝被曹芳新任命為荊州刺史，曹爽就叫李勝去向司馬懿辭行，藉機打探他的動靜。司馬懿接到門吏的通報，就對兩個兒子司馬師、司馬昭說：「這一定是曹爽對我不放心，派李勝來打探我的病情虛實。」於是故意蓬頭散髮，圍著被子坐在床上，旁邊還叫兩個婢女扶持著，然後才請李勝進來。李勝來到床前行禮，說自己奉命出任荊州刺史，特來拜辭。司馬懿故意答道：「并州靠近北部蠻荒地帶，要做好防禦準備。」李勝告訴他：「我是出任荊州刺史，不是并州。」司馬懿問道：「你剛從并州來？」李勝大聲道：「是江漢上游的荊州！」司馬懿也恍然大笑，道：「哦，你是從荊州來的。」李勝無奈，只得問床前伺候的親隨：「太傅怎麼病成這個樣子了？」親隨回答：「太傅耳聾了。」李勝就叫人取來紙筆，寫給司馬懿看，司馬懿看了，笑笑說：「我病得耳朵聽不清了。此去多多保重。」說完，用手指指自己的嘴巴。旁邊的婢女端過湯來，司馬懿把嘴湊過去喝湯，湯水淅瀝嘩啦流了一前襟。司馬懿帶著哭腔說：「我眼看活不了多久了。兩個兒子都不成器，你要見到大將軍，務必請他多多看顧！」說完這幾句話，就氣力不支，倒在床上呼呼地喘粗氣。李勝回去，把見到司馬懿的情景詳細說給曹爽，曹爽大喜，說：「這老傢伙一死，我就澈底安心了！」

而那邊司馬懿一見李勝離去，立刻坐起身來，對兩個兒子說：「李勝回去，把我現在的樣子一說，曹爽肯定不會再顧忌我了。只等他出城打獵的時候，我們就動手。」

沒過幾天，曹爽請魏主曹芳去高平陵祭祀先帝，朝中大小官僚，皆隨駕出城，曹爽帶著三個兄弟和心腹親信也傾巢出動，藉機到郊外圍獵作樂。司農桓範在半路上攔在馬前勸阻曹爽，說：「主公總領禁軍，不該兄弟一起離開都城。萬一發生變故，就危險了。」曹爽不聽。

司馬懿得知曹爽離開京城，立刻開始行動。他先派親信官員到各個軍營接管了曹氏兄弟的兵權，然後帶著幾位老臣入宮去見郭太后，控告曹爽奸邪亂國，應該治罪。郭太后一個女人，哪裡見過這個陣勢，嚇得連忙答應。司馬懿一面和太尉蔣濟、尚書令司馬孚等人一同上表奏報魏主曹芳，一面親自帶人占據了武器庫，在城中搜捕曹爽同黨。曹爽手下司馬魯芝、參軍辛敞聞知事變，帶了幾十名手下闖出城門，向曹爽報信去了。司馬懿得知消息，急忙派人去捉桓範，不料桓範也已搶先一步騙開城門逃走了。司馬懿聽說「智囊」漏網，大驚失色。蔣濟寬慰他說：「曹爽就像一匹無用的劣馬，捨不得馬槽中的幾顆料豆，桓範的計謀一定不會被他採納。」司馬懿便找來侍中許允、尚書陳泰，對他們說：「你們去見曹爽，就說我司馬懿沒有別的意思，只是想收回兵權而已，叫他不必過慮。」又派和曹爽關係不錯的殿中校尉尹大目帶著蔣濟的親筆信隨後趕去，保證不會傷害曹氏兄弟的性命。

此時曹爽正在郊外圍獵，飛鷹走犬，玩興正濃，忽然得到報告，說城中發生變亂，太傅司馬懿有表章上奏。曹爽聽了大吃一驚，差點從馬背上墜落下來。等回過神來，手足無措，只得回頭問兩個弟弟：「現在該怎麼辦？」曹羲說：「我早就勸過兄長，你就是不聽。司馬懿狡詐無比，諸葛孔明都鬥不過他，何況我們兄弟呢？不如把自己捆綁起來去向他求饒，或許可以留下性命。」話音未落，參軍辛敞、司馬魯芝趕到了。曹爽急忙向他們打聽城裡的情況，二人告訴他說：「城中把守得像鐵桶一樣嚴密，太傅親自帶兵屯紮在洛河浮橋邊，您回去是不太可能了，最好趕緊另想辦法。」正說話間，司農桓範飛馬趕來，對曹爽說：「司馬懿已經發動政變，請將軍趕快護衛著皇帝到許都去，調集外地的兵馬討伐叛逆。」曹爽說：「我的一家老小都在城中，我怎麼能到別處去呢？」桓範道：「大難臨頭，你還指望能苟且偷生嗎？如今皇帝在你身邊，你以天子的名義號令天下，哪個敢不響應？難道你還想自己回去送死嗎？」曹爽聽了，更加拿不定主意，只是一個勁地掉眼淚。桓範又說：「從這裡到許都，不過兩、三天的路程。許都城中的糧草，足夠支撐好幾年。城南不遠，就駐紮有一營將軍屬下的軍馬。我已經把大司馬的印章帶來了，請將軍立即動身，再晚就來不及了！」曹爽說：「你們別再逼我了，讓我仔細想想。」

不久，侍中許允、尚書陳泰趕到。二人對曹爽說：「太傅只想削去將軍的兵權，沒有別的意思。將軍請及早回城吧。」曹爽一語不發。又過了一會兒，殿中校尉尹大目也趕到了。尹大目說：「司馬太傅指著洛水立誓，絕沒有其他企圖。我帶來了蔣濟太尉的書信，對將軍的處分是剝奪兵權，退歸相府。」曹爽有些相信了，桓範卻說：「形勢已經非常危急了，千萬不要輕信外人的話，自投死路！」這一夜，曹爽手握寶劍，左思右想，一會兒嘆氣，一會兒流淚，從黃昏直到天亮，始終狐疑不決。桓範進帳，催促他當機立斷，曹爽卻最終把寶劍一丟，嘆道：「我決定不起兵了，情願棄官回家，做個富家翁算了！」桓範非常失望，哭著走出大帳，感嘆道：「曹子丹一生以智謀自負，哪會想到他的三個兒子，竟像豬崽一般無能！」

於是曹爽交出大司馬印綬，託許允、陳泰二人先帶給司馬懿。眾軍見曹爽沒了將印，都四下散去，只有幾名忠心的下屬還跟隨著他。來到洛河浮橋邊，司馬懿傳令，教曹爽兄弟三人暫且各自回家，其餘的人都被押入監牢，聽候皇帝敕旨。曹爽兄弟三人回家之後，司馬懿下令用大鎖鎖住宅門，限制他們出入。又命曹宅附近的居民輪番看守。曹爽心中忐忑不安。曹羲給曹爽出了個主意，叫他以家中缺糧為名，寫信向司馬懿借糧。如果司馬懿同意借糧，就表明他沒有加害性命的意思。曹爽就派人拿著自己的書信去見司馬懿。司馬懿看了信，立刻叫人把一百斛糧食運到曹爽府內。曹爽認為司馬懿不會殺他，就澈底放了心。

此時司馬懿已先將宦官張當捉下獄中問罪。張當供認曾與何晏、鄧颺、李勝、畢軌、丁謐等五人同謀篡逆。司馬懿錄取了張當的供詞，將何晏等人捉來，審問明白，用長枷釘了，打入死牢。城門守將司蕃也舉報說：「桓範假稱皇上的詔命騙開城門，還到處宣揚太傅謀反。」司馬懿說：「誣告他人什麼罪名，就按什麼罪名治他的罪。」將桓範也下入獄中。將各種證據都搜集齊了，司馬懿下令押出曹爽三兄弟，與一干從犯一起拉到鬧市上砍了腦袋。然後又誅滅了他們全家，將所有家產財物都抄沒入庫。

魏主曹芳封司馬懿為丞相，又賜給他加九錫的禮遇，讓司馬懿和他的兩個兒子司馬師、司馬昭共同執政，司馬懿推辭不掉，只得接受下來。洛陽的局面穩定之後，司馬懿忽然想到，曹爽的親族夏侯霸還守備在雍州等處，手握重兵，必須及早做出處置，以防他作亂。於是請魏主下詔，調夏侯霸回洛陽議事。夏侯霸得知消息，索性帶領本部三千兵馬造起反來，卻被雍州刺史郭淮和副將陳泰兩路夾攻，殺得大敗。夏侯霸奪路逃出，兵卒已損折了一大半，思前想後，沒有別的辦法，便逃入漢中，向鎮守在那裡的蜀漢大將姜維投降。

第五十七回　姜維連弩敗司馬　丁奉冒雪破胡遵

姜維早已從探馬口中得知魏國內亂的消息，見夏侯霸主動來投，非常高興，設宴款待。席間，姜維向夏侯霸打聽，魏國現在有哪些傑出人物？夏侯霸說：「老一輩人才都已日漸凋零，倒是新近有兩個年輕人，聰明有為，如果將來掌握了軍權，肯定是吳、蜀兩國的心腹大患。」姜維問是哪兩個人，夏侯霸道：「一個姓鍾，名會，字士季，是太傅鍾繇之子，現任祕書郎。鍾會從小就機敏過人。有一次，鍾繇帶著兩個兒子去見文帝（曹丕），當時鍾會只有七歲，他哥哥鍾毓八歲。鍾毓見到皇帝，緊張得汗流滿面，而鍾會卻神態自若，對答如流，讓文帝感到非常驚奇。年紀長大一些後，喜歡研讀兵法，對用兵韜略爛熟於心，司馬懿和蔣濟都很欣賞他；另一人姓鄧，名艾，字士載，現在丞相府中做事。鄧艾很小時就失去了父親，但志向很高，每次經過高山大川，都要觀察地形，指指點點，哪個地方可以駐兵，哪個地方可以囤糧，哪個地方可以設下埋伏，說得頭頭是道。人們都背地裡取笑他，只有司馬懿認為他是個奇才，軍機大事常會徵求他的意見。這兩個人不可小視。」姜維聽了一笑，說：「這些乳臭未乾的小孩，不值一提！」

於是姜維帶著夏侯霸到成都去見後主，述說曹魏發生內亂，人心不穩，請求出兵伐魏，完成諸葛丞相的遺志。尚書令費禕表示反對說：「最近蔣琬、董允等人相繼去世，國內缺乏得力的治理人才，不宜輕易挑起戰爭，還是等待合適的時機再說吧。」姜維爭辯說：「這話不對。

人生如白駒過隙，轉眼即過，照這樣一天天拖延下去，什麼時候才能恢復中原呢？」費禕說：「《孫子兵法》上說：『知彼知己，百戰百勝。』我們比諸葛丞相差得很遠，諸葛丞相尚且不能恢復中原，何況我們呢？」姜維說：「我在隴上生活過多年，很了解羌人的心理；只要得到羌人的幫助，即使不能收復中原，至少可以把隴西地區奪到我們手中。」後主便批准了姜維的請求。

姜維同夏侯霸回到漢中，召集部將商議出兵。姜維一面派人去和羌人結盟，一面令句安、李歆二將，先到麴山前面，一東一西，築起兩座大城，為大隊軍馬出征做準備。

句安、李歆剛剛築好城池，魏國的雍州刺史郭淮已經得到探報，派副將陳泰帶了五萬人馬前來奪城。兩軍打了一仗，蜀兵人少，敗進城去。陳泰帶兵將兩城四面圍住，郭淮也趕來增援，指揮兵士們將周圍河流一一築堰堵塞。城中本已缺糧，又被斷了水道，軍心大亂，幾次殺出城來取水，都被魏軍殺退。句安只得棄了東城，與李歆會合在一處。兩人商議，決定留句安守城，由李歆捨命殺出，向姜維大軍求救。

一天夜裡，突然下起了大雪，李歆帶了幾十名勇士，開城衝擊，拚死殺出重圍，隨行的軍士都戰死了，李歆身負重傷，單人獨騎奔往漢中。走了兩天，正與姜維大軍相遇。李歆伏地訴說了前方的困難處境，姜維說：「我因為等候羌兵，遲了幾天，讓你們受苦了。」便派人把李歆送回漢中養傷。

姜維和夏侯霸商議，如果等羌兵趕到再出兵，恐怕麴山兩城都保不住了。不如趁魏兵主力都在麴山攻城，後方空虛，率大軍從牛頭山直取雍州。郭淮、陳泰一定回兵來救雍州，麴山那邊自然就解了圍。二人商議定了，姜維就親自領兵往牛頭山進發。

走到牛頭山下，忽然聽到前軍一陣發喊，說有魏兵截住去路。姜維慌忙親自趕到軍前察看，只見魏將陳泰正在陣前立馬大叫：「你們想偷襲雍州，我在這裡已等候多時了！」姜維大怒，挺槍縱馬，直取陳泰。陳泰揮刀相迎。戰了不到三個回合，陳泰轉身敗走，退上牛頭山，卻把蜀軍的進路死死攔住。姜維在山下紮了營寨，每日派兵挑戰，魏軍只是不出。夏侯霸道：「敵人用的是誘兵之計，必定另有打算。此處不是久留之地，不如暫且退兵，再想辦法。」說話間，忽報郭淮帶領一支人馬取了洮水，斷了蜀軍糧道。姜維大驚，急忙傳令退兵，自己親自斷後。陳泰分兵五路趕來。姜維退到洮水，郭淮又引兵殺來，把蜀兵圍得鐵桶一般。姜維奮死殺出一條血路，逃奔陽平關，兵馬已經損折大半。

不料前面又有一軍殺到，為首大將，生得圓面大耳，方口厚脣，左眼下有個黑瘤，瘤上生著幾十根黑毛，正是司馬懿的長子、驃騎將軍司馬師。原來司馬懿得到郭淮的報告，便派司馬師帶領五萬大軍來助郭淮，未到雍州，得知郭淮已經擊退蜀兵，司馬師料定姜維必由陽平關回川，便預先趕到半路上截擊。姜維見是司馬師，怒喝一聲：「小子怎敢阻擋我的去路！」拍馬挺槍，直取司馬師。不過三合，殺敗了司馬師，脫身直入陽平關。司馬師引兵前來奪關，剛到城下，猛聽得一聲號角，城頭突然冒出上百名弓弩手，一拉弓就有上千枝箭，齊向魏軍射來。原來這是孔明傳下的「連弩箭法」，一發能出十枝箭，箭頭上都塗了毒藥，十分厲害。魏軍猝不及防，連人帶馬被射死了許多。司馬師僥倖逃脫性命，帶著人馬撤回洛陽。此時麴山城中蜀將句安，見援兵遲遲不至，便開城降了魏國。姜維也損折了好幾萬兵馬，收拾殘軍回漢中休整去了。

轉眼到了魏嘉平三年（西元二五一年）秋天，司馬懿得了重病，知道自己將不久於人世，漸漸沉重，便把兩個兒子司馬師、司馬昭叫到病床前，囑咐道：「我死以後，你二人要好好管理國政，凡事小心，小心……」話沒說完就嚥了氣。魏主曹芳得知消息，下令將司馬懿隆重安葬，又封司馬師為大將軍，司馬昭為驃騎上將軍，兄弟二人總攬了曹魏的軍政大權。

第二年四月，吳主孫權也在建業病逝，終年七十一歲。此時陸遜、諸葛瑾等一班老臣都已先後去世，東吳一應大小事務都由諸葛瑾的兒子諸葛恪掌握。諸葛恪便立太子孫亮為帝，大赦天下，改年號為建興。消息傳到洛陽，司馬師兄弟覺得有機可乘，便奏明魏主曹芳，調動三十萬大軍，以司馬昭為大都督，統領征南大將軍王昶、征東將軍胡遵、鎮南都督毌丘儉，分三路進攻東吳。

當年十二月，魏兵來到東吳邊界。司馬昭令胡遵為先鋒，進攻東吳重鎮東興郡；王昶、毌丘儉各領一萬兵馬，隨後接應。那東興郡有左右兩座關隘，城牆高厚堅固，又趕上天降大雪，氣候寒冷，胡遵一連攻打了好幾天，始終攻不下來。

這一天，又是一個雪花飄飛的天氣。胡遵不能進兵，正和幾名部將在營中飲酒解悶。忽然有人來報，說江面上有三十隻戰船駛來，估計是東吳的援兵到了。胡遵出營察看，見船隻已經陸續靠攏岸邊，每隻船上不過有一百來人，不禁笑道：「不過三千個人，有什麼可怕的！」便不以為意，依舊回營喝酒。

那邊東吳船上領兵的是老將丁奉。他命令各船在岸邊一字兒排開，大聲對部將們喊道：

「大丈夫立功名、取富貴，就在今天！」說完，命眾軍脫去衣甲，卸了頭盔，放下長槍大戟，只每人隨身帶著一把短刀。岸上的魏兵見他們這副模樣，都放聲大笑，不去做任何準備。忽然三聲連珠炮響過，丁奉手舞短刀，第一個躍上岸來。三千吳軍隨在丁奉身後，一齊吶喊著衝入魏寨，見人就砍，見人就殺。魏兵措手不及，匆忙應戰。魏將韓綜來不及拿槍，隨手拔起帳前樹立的大戟，剛要還手，早被丁奉飛身搶到跟前，手起刀落，將他砍翻在地。魏將桓嘉從左邊轉出，挺槍來刺丁奉，被丁奉閃身避過，就勢挾住他的槍桿。桓嘉丟下槍，轉身要逃，丁奉把手一揚，短刀脫手飛去，正中桓嘉左肩。桓嘉往後便倒，被丁奉箭步趕上，一槍刺死。三千吳兵在魏寨中左衝右突，殺得魏兵七零八落。胡遵急忙跳上馬背，奪路而逃。魏兵紛紛擁上浮橋逃生，不料浮橋突然折斷，許多人落水而死；其餘被吳兵殺倒在雪地上的，更是不計其數。

這一仗魏軍損兵折將，還丟掉了無數車仗、馬匹、軍器。司馬昭眼見挫動了銳氣，只得率領三路軍馬，退回魏境。此時諸葛恪也親率大軍來到東興，重賞了有功將士，決定乘勢進取中原，一面派人入蜀，請姜維出兵夾攻，一面調齊二十萬大軍，直撲魏國新城。不料新城的魏軍防守十分頑強，諸葛恪指揮大軍圍攻了三個多月，還是沒有攻下。諸葛恪心中焦躁，便親臨城下督戰，嚴令眾將全力猛攻，限期破城。

鎮守新城的是魏國牙門將軍張特。眼看吳軍攻勢猛烈，城中快要堅持不住，張特想了一個計策，派一名能言善辯的文官，捧著城中的戶籍帳冊去見諸葛恪，對他說：「魏國的法律規定：守城的將領遇到敵人圍攻，如果堅持到一百天還沒有救兵來援，獻城投降的，家族不受連帶處罰。如今將軍已經攻打了九十多天，請再寬容幾日，等湊滿一百天，便當獻城投降。現在先將冊籍送上。」諸葛恪信了使者的話，便收回軍馬，暫時停止攻城。張特用緩兵計贏得了時間，立即令兵士連夜拆下民房，將城牆破損的地方修補完備。第二天，張特登城大罵道：「我城中還有半年糧食，怎肯降你東吳！有不怕死的儘管來攻吧！」諸葛恪這才知道上當，不由惱羞成怒，催動兵馬加緊攻城。城頭亂箭齊發，諸葛恪躲避不及，額頭上中了一箭，翻身落馬。眾將慌忙把他救回大寨。

此時已是盛夏，天氣炎熱，吳軍很多將士都生了病，如今見到主將受傷，更加軍心渙散，逃跑、投降的士兵越來越多。諸葛恪養好了箭傷，不顧眾將勸阻，又要攻城，卻見部下軍士面色黃腫，各帶病容，知道無力再戰，只好傳令收兵回吳。魏將毌丘儉乘機帶兵隨後掩殺，吳兵大敗而歸。

諸葛恪回到建業，因為打了敗仗，心中羞愧，託病不肯上朝。又害怕別人背後議論，在朝廷中安插了很多祕密黨羽，監視百官的言行。發現有對自己不滿的官員，便多方羅織他的罪名，輕則發配遠方，重則殺頭示眾。一時間，搞得東吳朝野內外，人人自危。掌管御林軍的將領孫峻、太常卿滕胤等人平日與諸葛恪不和，乘機祕密奏請吳主孫亮，要將諸葛恪除去。孫亮說：「我一看到諸葛恪就害怕得不得了，早就想把他除掉了。你們既然有這分忠心，就悄悄地去幹吧。」孫峻等人得到孫亮的同意，就以孫亮的名義請諸葛恪赴宴，把諸葛恪騙進宮中，事先埋伏下的武士一齊出動，就在酒席宴上把諸葛恪殺了，屍首用蘆席包裹，扔到城南門外石子崗亂塚坑中。從此東吳的軍政大權落入孫峻手中。

再說姜維在成都接到諸葛恪書信，約他共同伐魏，便入朝奏明後主劉禪，決定再起大兵，北伐中原。蜀漢延熙十六年（西元二五四年）秋，將軍姜維起兵二十萬，令廖化、張翼為左右先鋒，夏侯霸為參謀，出陽平關殺入魏境。夏侯霸建議應先連結羌人，進攻南安。隴上各郡，以南安錢糧最為豐富，得了南安，就有了進取中原的根據。姜維連聲贊同，便派郤正為使者，帶著金珠、蜀錦去結好羌王。羌王得了禮物，答應出兵五萬，與蜀軍在南安城下會合。

此時魏左將軍郭淮已經得到探報，派人向司馬師告急。司馬師便命輔國將軍徐質為先鋒，以司馬昭為大都督，領兵來救隴西。走到董亭，正遇姜維的大軍。徐質手持開山大斧，出馬挑戰。蜀將廖化、張翼先後迎戰，都不過幾個回合就敗下陣來。徐質把大斧一揮，驅兵掩殺過來，蜀兵抵擋不住，一連敗退了三十多里，才穩住陣腳。

姜維與夏侯霸商議說：「徐質十分勇猛，該用什麼計策擊敗他呢？」夏侯霸建議明日詐敗，把徐質引進埋伏圈中，設法擒他。姜維卻搖頭道：「司馬昭是司馬懿的兒子，不會不知兵法，要是見到地形複雜，一定不肯來追。我發現司馬昭很喜歡斷人糧道，不如就用這一招誘他，不但可斬徐質，連司馬昭都逃不了。」於是喚來廖化、張翼，面授機宜，叫他們分頭準備；同時傳令各營軍士在道路上撒下鐵蒺藜，寨外多排鹿角，擺出一副持久戰的架勢。徐質每天引兵挑戰，蜀兵只是堅守不出。

這一天，司馬昭接到哨馬報告，說蜀兵正在鐵籠山後用木牛流馬搬運糧草。司馬昭就把徐質找來，對他說：「上次擊退蜀軍，就是因為切斷了他們的糧道，如今不妨依法炮製。你今夜帶領五千兵馬去截斷他的糧道，蜀兵自會退去。」徐質領令，天黑之後，便帶兵往鐵籠山出發。來到山前，果然看見二、三百名蜀兵，驅趕著一百多頭木牛流馬，在運送糧草。魏兵一聲吶喊，衝上去攔住道路，蜀兵慌忙丟下糧草，四散逃走。徐質分撥一半人馬押送糧草回寨，自己帶領一半人馬追趕蜀兵。追了不到十里，前面的道路被蜀兵丟棄的車仗塞斷了。徐質令軍士下馬搬開車仗，忽見兩邊山林一齊著起火來。徐質知道不好，急忙勒馬回走，不料後路也被車仗堵住了。徐質冒著煙火縱馬衝出，卻聽一聲炮響，左有廖化，右有張翼，兩路軍馬一齊殺來。魏兵大敗。徐質隻身殺出重圍，已是人困馬乏。正在奔走，前面又有一支兵馬殺到，為首大將正是姜維。徐質驚慌失措，被姜維一槍刺中坐馬，跌下馬來，蜀兵一擁而上，竟將他亂刀砍死。

那一半押糧回營的魏兵，也被夏侯霸攔住，都投降了。夏侯霸叫蜀兵穿上魏兵的衣甲，打著魏軍旗號，從小路趕奔魏寨。魏軍見是本部兵馬回來，開門放入，蜀兵就在寨中砍殺起來。司馬昭大驚，慌忙上馬，棄寨逃走。蜀兵從四面圍殺上來，前有廖化，後有姜維，司馬昭左衝右突，找不到退路，只好收拾殘兵，退上鐵籠山據守。

這鐵籠山上下只有一條路，四面都是懸崖峭壁，難以攀登。姜維察看了地形，吩咐蜀軍守住路口，要把司馬昭困死在山上。山上只有一眼泉水，只夠百人飲用，而此時司馬昭手下還有六千多人，根本無法滿足飲水的需求，人馬又飢又渴。司馬昭幾次組織魏兵突圍下山，都被姜維擋了回去。司馬昭走投無路，不禁仰天長嘆道：「我這回要死在鐵籠山上了！」

此時郭淮正在南安與羌兵相持，得知司馬昭被困在鐵籠山上，便要提兵來救。副將陳泰卻說：「我軍一動，羌兵一定乘虛襲我後路，不但救不了大都督，連南安也保不住。只有先擊退羌兵，才可解救鐵籠山之圍。」並獻上一條詐降計。郭淮用了他的計策，將羌兵誘入魏軍的埋伏中，羌兵先鋒俄何燒戈落入陷坑，自刎而死，羌王迷當也被魏兵生擒活捉。郭淮用好言勸降了羌王，讓魏兵換上羌人的裝束，夾雜在羌王的人馬中做為前隊，自己親率魏軍主力隨後，星夜趕奔鐵籠山來救司馬昭。

三更時分，來到鐵籠山下。羌王先派人通報姜維，說自己領兵來助，姜維大喜，吩咐羌兵在寨外屯紮，請羌王進寨相見。姜維和夏侯霸親自到中軍帳外迎接。羌王還未來得及說話，混雜在羌人中的魏兵就突然殺將起來，衝入寨中。蜀兵猝不及防，被殺得四分五落，各自逃生。姜維大吃一驚，急忙上馬逃走，手中沒有兵器，只有腰間一副弓箭，匆忙之間，還把箭壺裡面的箭都掉落了，只剩下空壺。

姜維朝山間小路逃走，背後郭淮引兵趕來，見姜維手無寸鐵，便驟馬挺槍緊追不捨。眼看快要追上，姜維虛拽一下弓弦，郭淮聽見聲響，慌忙躲閃，卻不見箭到。一連十多次都是如此，郭淮料定姜維沒有箭了，便掛住鋼槍，拈弓搭箭，望姜維射來。姜維看準來箭，側身閃過，伸手接住，順手把箭扣在弓弦上，等郭淮追近，瞄準他的面門用力射去。郭淮應弦落馬。姜維回馬來殺郭淮時，大隊魏軍已經趕到，姜維來不及下手，只拔得郭淮長槍，飛馬走了。魏兵不敢追趕，急救郭淮回寨，拔出箭頭，血流不止。此時司馬昭已下了鐵籠山，親自來探望郭淮，見他已經神智昏迷，挨到天明，竟傷重死了。

姜維折了許多人馬，一路退回漢中。雖然打了敗仗，但射死郭淮，殺死徐質，也挫了魏國的銳氣，將功補罪。而司馬氏兄弟經過這兩次征吳禦蜀的戰役，在魏國的權勢地位也更加穩固了。

第五十八回　伐中原姜鄧雙鬥智　戰祁山蜀魏大交兵

魏嘉平六年（西元二五四年），司馬師廢掉魏主曹芳，改立高貴鄉公曹髦為帝，改年號為正元。第二年正月，魏揚州都督、鎮東將軍毌丘儉不滿司馬師專權廢主，與揚州刺史文欽在淮南起兵。司馬師調動三路大軍，親征淮楚平叛。二月，毌丘儉兵敗被殺，淮南平定，而司馬師因臉上肉瘤迸裂，回到許昌不久，就發病死去。曹髦任命司馬師的弟弟司馬昭為大將軍、錄尚書事，入朝主政。

消息傳到成都，姜維認為司馬昭初掌重權，人心不穩，正是收復中原的大好時機，便奏請後主劉禪，請求再次興兵伐魏。劉禪准奏。姜維回到漢中，召集眾將商議。征西大將軍張翼勸道：「蜀國土地狹小，財力不足，不宜主動出擊，還是據險自保為好。」姜維嘆道：「當年諸葛丞相出山之前，就已料定天下三分的局面，但他仍然六出祁山，進取中原。我受了丞相遺命，只能繼續他未完成的事業，盡忠報國。死生成敗，都只能置之度外了。」他認為前幾次師出無功，原因在於征發軍隊過多，行動遲緩，決定這次只帶領五萬輕騎，突襲洮西南安，打魏兵一個措手不及。

魏國的雍州刺史王經得到姜維出兵的消息，帶領馬步兵七萬前來迎擊。雙方在洮水邊惡戰一場，姜維用埋伏計大敗王經，一直追殺到狄道城下。王經閉城死守，姜維接連攻打了好幾天，還是沒有攻下。正在心中鬱悶，忽然流星馬來報，說魏征西將軍陳泰、兗州刺史鄧艾分兩路來救王經，姜維大驚，忙找來夏侯霸商議。夏侯霸說：「我以前和將軍說過，鄧艾自幼精通兵法，熟悉地理，如今領兵前來，是個難對付的勁敵。」姜維道：「敵軍遠道而來，我們不等他站住腳，就主動出擊。」於是留下張翼繼續攻城，命夏侯霸引兵迎陳泰，自己親自領兵去迎擊鄧艾。剛走出不到五里，忽聽東南方一聲炮響，鼓角震地，火光沖天，姜維登高一看，只見周圍到處都是魏兵旗號，不覺驚呼：「中了鄧艾的計了！」連忙派人通知夏侯霸、張翼撤圍退兵，自己親自斷後，向漢中退去。一路上只聽得背後鼓聲不絕，也不知魏軍到底有多少人馬。

鄧艾解了狄道之圍，魏主曹髦加封他為安西將軍，領東羌校尉，和陳泰一起統領雍、涼各州兵馬。陳泰設宴為他慶賀。席間，陳泰料蜀軍不敢再來。鄧艾笑道：「我料姜維很快還會再來。」陳泰問是什麼緣故。鄧艾道：「蜀兵雖退，實力未受損傷；出入乘船，不愁疲勞；穀麥已熟，不必運糧；而且我軍分守各地，蜀軍可以集中攻擊，所以一定會來。」陳泰聽了佩服地說：「將軍真是料敵如神啊！」

且說姜維退回劍閣，派人打探，才知道陳泰、鄧艾總共只有不到兩萬兵馬，沿途的二十多處烽火，都是鄧艾在虛張聲勢，不禁萬分懊悔。這一天，他大設宴宴，會集眾將，商議再次出兵伐魏。眾人勸道：「洮西一戰，已讓魏人知道了將軍的厲害，何必又要出兵呢？萬一有個閃失，不就前功盡棄了嗎？」夏侯霸也說：「鄧艾已升任安西將軍，一定會加緊防備，我們不能輕敵。」姜維厲聲道：「你們不要長他人銳氣、滅自己威風！難道我還怕鄧艾不成？我這次偏要先取隴西，看看我和鄧艾到底誰最厲害！」眾人見姜維決心已定，都不敢再勸。於是姜維親自率領前部，令眾將隨後跟進，再次殺奔祁山。

走到半路，探馬來報，報說魏兵已先在祁山紮下了九座大寨。姜維不信，親自帶了幾名隨從登山眺望，果然看見祁山前面九個寨子首尾相連，像一條長蛇一般。姜維看了也不禁暗自稱讚：「看來鄧艾的本領，不在我恩師諸葛丞相之下。」回頭喚過副將鮑素，吩咐說：「魏兵既有準備，鄧艾一定就在軍中。你打著我的旗號在這裡紮下營寨，每天派人到魏營哨探，去一回就換一番衣甲、旗號，把鄧艾引住。我卻帶領大軍悄悄離開，經由董亭去偷襲南安。」說完留下五千人馬，自引大軍往南安進發。

過了幾天，鄧艾見蜀兵每天派好幾班人馬輪流過來哨探，卻一直不來挑戰，心中奇怪，便登山窺望蜀營。見每次出寨哨探的都是同樣的人馬，只是更換了衣甲，鄧艾猛然省悟，慌忙回寨找到陳泰，說：「姜維不在這裡，一定是偷襲南安去了。請陳將軍趕快帶兵打下蜀寨，然後趕到董亭去截斷姜維後路。我親自帶人去救南安，趕在蜀軍前面占領武城山。姜維去不了南安，一定會改取上邽。我再在段谷埋伏下兩支軍馬，定能擊敗姜維。」陳泰嘆道：「我鎮守隴西二十多年，都不如將軍這麼熟悉地理，簡直是神機妙算！將軍趕快去吧，這裡交給我了！」

於是鄧艾領兵日夜兼程，直奔武城山。紮下營寨，蜀兵還未趕到，鄧艾便令兒子鄧忠、帳前校尉師纂各帶五千兵先去段谷埋伏。不久，姜維大軍過了董亭，來到武城山前，正要派兵搶占地勢，忽聽山上一聲炮響，喊聲大震，鼓角齊鳴。山頭出現無數魏軍旗幟，中央一面黃旗，繡著一個大大的「鄧」字。轉眼間，魏兵分幾路衝下山來，勢不可當，蜀軍前隊措手不及，被殺得潰不成軍。等到姜維急率中軍人馬前去援救時，魏兵已經退上山去。姜維殺到山下挑戰，魏兵並不下來。欲上山衝殺，山上滾木炮石一齊打下，防守十分嚴密，一時也攻不上去。耗到天黑，姜維打算在山下紮寨，魏兵又整夜衝擊騷擾，還放火燒掉了蜀軍的車仗。兩軍混戰了一夜，蜀軍的營寨始終建不起來。

姜維只得退回舊寨，與夏侯霸商議說：「既然南安不好得手，不如先取上邽。南安的糧草都屯放在上邽，只要得了上邽，南安不攻自破。」便留下夏侯霸在武城山牽制鄧艾，姜維親領精兵猛將連夜去取上邽。快天亮的時候，來到段谷。姜維見此處山勢狹峻，道路崎嶇，擔心會有埋伏，剛要令人先去哨探，猛聽得喊聲大震，師纂、鄧忠兩軍從山後殺出。姜維邊戰邊退，又被鄧艾攔住退路，三路夾攻，蜀兵大敗。多虧夏侯霸帶兵趕到，這才殺退魏兵，救出姜維。

姜維還想再回祁山，夏侯霸道：「祁山大寨已被陳泰打破，鮑素陣亡，全寨人馬都退回漢中去了。」姜維只好傳令退軍。蜀軍不敢再走董亭大路，匆忙從山僻小路撤退。後面鄧艾緊追不捨，姜維叫大軍先行，他親自斷後。走出沒有多遠，陳泰又帶領一支人馬攔住去路。魏兵齊聲吶喊，將姜維困在垓心。姜維人困馬乏，左衝右突，不能脫身。正在危急時刻，蕩寇將軍張嶷帶領幾百人馬殺入重圍，救出姜維，張嶷自己卻被魏兵亂箭射死。這一仗蜀軍將士損失慘重。姜維回到漢中，立刻上表請罪，劉禪按照當年孔明失街亭的先例，貶姜維為後將軍，代行大將軍職務。

轉眼過了兩年。姜維在漢中，每日操練軍馬，準備再次伐魏。又從蜀漢年輕將領中提拔起蔣舒、傅僉兩位智勇兼備的小將，委以重任。蜀漢景耀元年（西元二五八年），姜維忽然接到探報，說魏國鎮東大將軍諸葛誕連結東吳，起兵討伐司馬昭，司馬昭集合起魏國大部分兵力，和魏太后、魏主一同出征去了。姜維大喜，道：「我這次大事成功了！」便上表奏明後主，準備再次興兵伐魏。中散大夫譙周聽到消息，嘆道：「近來後主沉溺於酒色，信任宦官黃皓，不理國事，只圖歡樂；姜維又不體恤將士的辛勞，三番五次地出兵征伐，這樣下去，蜀國就危險了！」便寫了一篇〈仇國論〉，寄給姜維，勸他打消出兵的念頭，保境安民。姜維看了勃然大怒，把譙周的來信扔到地上，對眾將說：「真是書獃子的見解！我們不去伐魏，魏國就會來打我們，到時候靠什麼保境安民！」於是調齊軍馬，再取中原。

姜維探聽到魏軍的糧草都屯在長城，決定先取長城，奪了糧草，然後再直取中原，便率領大軍翻過沈嶺，直奔長城而來。鎮守長城的魏將，是司馬昭的族兄司馬望。城內糧草雖多，人馬卻少。司馬望得知蜀兵來攻，急忙和王真、李鵬二員副將，帶兵出城迎敵。兩軍擺開陣勢，魏將王真挺槍出馬，蜀陣中傅僉出迎。戰了約莫十個回合，傅僉賣個破綻，王真便挺槍來刺，傅僉側身閃過，就勢將王真擒過馬來，回馬便走。魏將李鵬見了，縱馬掄刀來救王真。傅僉故意放慢步伐，等李鵬靠近身後，突然把王真扔到地上，抽出四稜鐵　，回身衝著李鵬的面門就是一　，打得李鵬眼珠迸出，死於馬下。王真也被蜀軍亂槍刺死。姜維驅兵大進。司馬望連忙退回城中，閉門不出。

第二天一早，蜀兵擁到城下，用火箭火炮打入城中。城中平民的草屋一點就著，轉眼燃成一片火海。姜維又命人在城下堆滿乾柴，一齊放火。一時烈焰沖天，魏兵在城內嚎啕痛哭，不戰自亂。長城眼看就要被蜀軍攻陷了。

姜維正在督促將士加緊攻城，忽然聽到背後喊聲大震，回馬看去，只見一支魏兵吶喊著衝殺過來。姜維便令後隊改作前隊，親自站在門旗下面等候。只見魏陣中衝出一員二十來歲的小將，挺槍縱馬，厲聲大叫道：「認得鄧將軍嗎？」姜維暗想：「這一定是鄧艾了。」便親自出馬來迎。二人抖擻精神，戰了三、四十個回合，不分勝負。姜維見那小將軍的槍法並無半點破綻，想用計智取，便撥轉馬頭，朝左邊山路逃去。那小將縱馬追來。姜維掛住鋼槍，悄悄摘下雕弓，搭上羽箭，回頭就是一箭。那小將眼尖，早已看見，把身子望前一伏，躲過羽箭，飛馬追來。姜維回頭一看，小將已到身後，挺槍刺來，連忙一閃，那槍從姜維肋旁擦過，被姜維用力挾住。那小將棄了長槍，回馬逃走，姜維連呼：「可惜！」撥馬趕來。追到魏軍陣門前，忽見一將提刀出馬，擋住姜維，大叫：「姜維休趕我兒，鄧艾在此！」姜維大吃一驚，才知道剛才的小將是鄧艾的兒子鄧忠。姜維有心再戰鄧艾，又怕坐馬乏了氣力，便舉槍指著鄧艾說：「我今天認識你們父子了。暫且各自收兵，來日決戰。」鄧艾看見地形不利，也就答應了。於是兩軍各自退兵，鄧艾在渭水邊下寨，姜維在兩山之間安營。

鄧艾察看了蜀兵安營的位置，就派鄧忠分兵入城，協助司馬望防守，囑咐他「只宜固守，不可出戰。等關中援兵趕到，蜀兵的糧草也就快用光了，那時三面夾擊，必獲全勝」。同時派人飛馬去向司馬昭求救。姜維令人來下戰書，約來日決戰，鄧艾口頭答應，到了約定的時間卻偃旗息鼓，閉營不出。一連五、六天都是如此。傅僉提醒姜維說：「鄧艾一定另有詭計，要提早防備。」姜維笑道：「他不過是想挨到司馬昭的救兵趕到，對我三面夾擊罷了。我這就派人給東吳送信，讓他們併力攻打，不讓司馬昭分兵。」正說著，忽然探馬來報，說司馬昭攻下壽春，殺了諸葛誕，吳兵吃了敗仗，都退回江東去了。司馬昭已經班師回到洛陽，很快就要帶兵來救長城了。姜維大驚，嘆道：「這次伐魏又沒指望了。」便傳令由步兵護送著軍器、車仗等軍需物資先退，留下馬軍斷後，連夜退回漢中。鄧艾怕有埋伏，也不去追趕。

此時吳國的軍政大權落在孫峻的兒子孫綝手中。此人飛揚跋扈，濫殺大臣，搞得吳國上下人人自危，雞犬不寧。就在這一年，他廢掉了吳主孫亮，改立瑯琊王孫休為君。不久，又因小事遷怒孫休，打算將他也廢黜了。左將軍張布實在看不過去，就聯合老將丁奉，設計誅殺了孫綝。

吳國平定了內亂，又派使者入蜀通好。使者回到江東，孫休詢問蜀中最近有什麼動向，使者奏道：「蜀中現在得勢的是宦官黃皓，公卿百官大多看他的臉色行事。朝堂上聽不到正直的聲音，鄉野間卻隨處可見飢餓的百姓，君臣苟且偷安，渾然不知大禍就要臨頭呢。」孫休聽了，感嘆地說：「要是諸葛武侯還在世上，一定不至於到這種地步！」便派人給劉禪送去一封書信，提醒劉禪，說司馬昭很快就會篡魏自立，到時為了炫耀威風，一定會出兵入侵吳、蜀，兩國都應該早做準備。姜維得知消息，欣然上表，請求再次出師伐魏。

蜀漢景耀元年（西元二五八年）冬天，姜維親率蜀兵二十萬殺出祁山，在谷口紮下三座大寨。鄧艾領兵來拒，登高觀看，不覺大喜。原來鄧艾事先估算好蜀軍來時可能下寨的地方，早已暗暗挖好了地道，如今蜀軍左寨正好紮在地道口上。鄧艾回到寨中，立刻命令鄧忠、師纂各領一萬兵衝擊蜀營，又命副將鄭倫帶領五百名掘子軍，在當夜二更直接從地道進入蜀寨偷襲。到了半夜，魏軍突然出現在蜀軍的左寨中。守寨的將領王含、蔣斌措手不及，正要迎戰，寨外鄧忠又引兵殺到。內外夾攻，王、蔣二將奮死抵敵不住，只得放棄營寨逃走。鄧忠就勢向蜀軍的中央大寨殺來。姜維在帳中聽到左寨大亂，料定是內應外合，急忙上馬，立在中軍帳前，傳令道：「倘若敵兵來到營邊，不用問話，只管用弓弩射殺！有不聽號令的，立刻斬首。」同時傳令右營，也不許擅自出動。魏兵一連衝擊了十幾次衝擊，都被亂箭射回。一直殺到天明，魏兵也沒有攻下中央大寨。鄧艾只得收兵回寨，讚嘆道：「姜維深得孔明之法，臨變不亂，的確是個將才！」

姜維擊退了魏軍，王含、蔣斌收聚起敗兵，都來向他請罪。姜維道：「這不是你們的過失，是我不明地理，中了鄧艾的詭計。」撥了軍馬，讓他們再去安營。姜維又令人掩埋了戰死的士兵，把地道填堵嚴實，然後派人去魏營下戰書，單挑鄧艾來日交鋒。鄧艾欣然應戰。

第二天，兩軍在祁山前面擺開陣勢。姜維按照孔明的傳授，布下一個八卦陣。鄧艾見了，也照樣擺出一個八卦陣來。姜維問他會不會變陣，鄧艾把令旗一招，變出八八六十四個門戶。姜維笑道：「變得雖然不差，敢和我的八卦陣較量嗎？」鄧艾道：「有什麼不敢！」兩軍就互相圍攏上來。雙方剛接觸在一起，姜維在中間一揮令旗，蜀軍忽然變成長蛇捲地陣，四面喊聲大震，將鄧艾困在垓心。鄧艾不識此陣，心中大驚，在陣中左衝右突，不能脫身。眼看蜀兵漸漸逼近，齊叫：「鄧艾趕快投降！」鄧艾不禁仰天長嘆道：「我一時只圖逞能，中姜維的計了！」正在危急，司馬望帶領一彪軍馬從西北角上死命殺入陣中，救出鄧艾。此時祁山前的九座魏寨都被蜀兵奪了，鄧艾只好帶領敗兵，退到渭水南岸下寨。

鄧艾謝過司馬望相救之恩，得知他幼年遊學於荊南，曾師從崔州平、石廣元學習過陣法，就請他次日再去和姜維鬥陣，奪回祁山營寨。司馬望為難地說：「我學的那點皮毛，恐怕不是姜維的對手。」鄧艾笑道：「明天只要將軍用鬥陣牽制住姜維，我悄悄領一支軍馬偷襲祁山，定能奪回九座舊寨。」司馬望大喜，便令人到蜀營下戰書，約姜維明日鬥陣。

姜維看到戰書，微微一笑，提筆批了，打發來人回去。然後召集眾將，問道：「魏將明明知道諸葛丞相陣法的厲害，卻偏要班門弄斧，來和我鬥陣法，你們看出其中有什麼詭計嗎？」廖化說：「必是一面騙我們鬥陣法，一面從背後偷襲寨子。」姜維笑道：「我也這樣想。」便令張翼、廖化帶領一萬人馬先去山後埋伏。

第二天，姜維點起九寨大軍，在祁山前列開陣勢。司馬望也帶兵前來。兩軍相遇，姜維指著司馬望說：「既然你約我來鬥陣法，就先布個陣勢給我看。」司馬望布了一個八卦陣。姜維笑道：「你抄襲我的陣法，有什麼希奇！你知道這個八卦陣有多少種變化嗎？」司馬望道：「我既然會布此陣，當然知道變化。此陣有九九八十一變。」姜維笑道：「你試著變一變給我瞧瞧。」司馬望指揮魏兵變了幾變，又來到陣前問姜維：「你識得我的變化嗎？」姜維冷笑道：「這個陣法共有三百六十五種變化，你才識得多少！」司馬望知道自己不曾學全，勉強爭辯道：「我不信，你變給我看。」姜維道：「你叫鄧艾出來，我就變給你看。」司馬望道：「鄧將軍自有妙計，沒工夫和你鬥陣！」姜維哈哈大笑道：「他有什麼妙計，不過是讓你在這裡和我鬥陣，自己繞道山後去偷襲我的寨子罷了！」司馬望大吃一驚，剛要進兵混戰，卻見姜維用鞭梢一指，兩翼的蜀兵一齊衝殺過來，殺得魏兵棄甲拋戈，各逃性命。司馬望逃到半路，見橫路裡又湧出一支散兵，幾個將士攙扶著鄧艾走來。一問才知中了蜀軍的埋伏，先鋒鄭倫被廖化一刀斬了，鄧艾自己也身中四箭，只帶著百來名殘軍殺出重圍。

二人回到渭南寨中，商議退敵之策。司馬望道：「聽說近來蜀主劉禪寵信宦官黃皓，日夜沉溺於酒色，不如派人潛入成都施用反間計，讓劉禪召回姜維。」鄧艾覺得這個辦法不錯，就命謀士黨均帶上金珠寶物，到成都去結交黃皓，散布流言，設法讓蜀主召回姜維。同時傳令緊閉營門，堅守不戰。

姜維一連幾天在陣前挑戰，卻不見鄧艾出兵，心中正在猜疑，忽然後主派人傳來詔命，叫他立刻班師撤軍。姜維不知成都發生了什麼變故，只得下令由廖化、張翼斷後，各路人馬依次退往漢中。鄧艾見蜀兵退去，領兵追趕，見蜀兵旗幟整齊，隊伍不亂，嘆道：「諸葛武侯的兵法，姜維學到了！」不敢再追，收軍回祁山去了。

姜維回到成都，問後主為什麼突然宣召退兵。後主道：「只因將軍長期在外征戰，怕將士們過於辛苦，所以召你們回來休息，沒有別的意思。」姜維痛心地說：「將士們好不容易攻下了祁山，眼看大功告成，如今半途而廢了！陛下一定是中了鄧艾的反間計了。」後主自知理虧，默然不語。姜維又勸了幾句，見劉禪聽不進去，只得嘆息著走出朝堂，自回漢中休整去了。

第五十九回　姜伯約屯田避禍　鍾士會興兵伐蜀

魏甘露五年（西元二六〇年），司馬昭唆使親信賈充、成濟，殺死魏主曹髦，朝中忠於曹魏的大臣幾乎都被司馬昭剷除乾淨。賈充等人勸司馬昭索性取代魏國，自己做皇帝。司馬昭卻說：「周文王沒有自己稱王，魏武帝也沒有自己稱帝，我要學他們。」賈充等人聽了，知道他要把帝位留給兒子司馬炎，就不再多勸。六月，司馬昭改立常道鄉公曹奐為帝，改元景元，自封為丞相、晉公，曹氏的天下已完全掌握在司馬昭的手中了。

消息傳到蜀中，姜維高興地說：「我又有機會伐魏了。」便奏准後主，起兵十五萬，以廖化、張翼為先鋒，分三路出兵，直出祁山會合。此時鄧艾正在祁山寨中訓練人馬，聞報蜀兵三路殺到，便召聚眾將商議。參軍王瓘遞上一張字條，說：「我有一計，寫在這裡，請將軍決定。」鄧艾接過字條看了，笑道：「此計雖妙，只怕瞞不過姜維。」王瓘堅持要去。鄧艾便同意了，撥了五千兵馬給他。

王瓘連夜帶兵趕往斜谷，迎上蜀兵前隊哨馬。王瓘叫道：「我是魏國降兵，趕快報告你們主帥！」哨馬連忙報知姜維。姜維令將魏兵攔在寨外，只叫為首的魏將來見。王瓘進帳，拜伏在姜維面前，哭訴說：「我是魏國尚書王經的姪子王瓘。司馬昭弒君滅主，將我叔父一家也滿門抄斬，我對他痛恨入骨，特帶本部五千兵馬來降，願助將軍剷除奸黨，為叔父報仇雪恨。」姜維高興地說：「你來得正好。我有幾千輛糧車現在川口，你帶三千人去，幫我運來祁山，留下兩千人為我帶路，我今晚就去攻打祁山魏寨。」王瓘心中大喜，以為姜維中計，高興地領命去了。姜維把留下的兩千魏兵撥在傅僉部下，隨軍聽用。夏侯霸得到消息，匆匆趕來，對姜維說：「將軍怎麼能輕信王瓘的話？我在魏國的時候，從未聽說過王瓘是王經的姪子。其中多半有詐，請將軍細察。」姜維笑道：「我早知道王瓘是詐降，故意將計就計罷了。」見夏侯霸還不明白，姜維又解釋道：「司馬昭是一代奸雄，才智不輸曹操，既然殺了王經全家，怎能還讓他的親姪子在外帶兵？可見投降是假的。我已經布置好了。」

過了幾天，果然伏兵捉得一名奸細，身上帶著一封王瓘給鄧艾的密信，約定八月二十日從小路運送糧草回寨，請鄧艾派兵在　山谷接應。姜維將送信人殺了，卻把信中的日期改作八月十五日，派人扮作魏軍，把信送往魏營。同時命人把現有糧車上的糧食都卸下來，裝上乾柴茅草等引火物，用青布罩好，叫傅僉帶著營中兩千投降的魏兵，打著運糧的旗號上路。姜維卻和夏侯霸各領一軍去山谷中埋伏。

卻說鄧艾收到王瓘的密信，心中大喜，立刻調遣人馬準備。好不容易盼到八月十五日，便親自率領五萬精兵直奔　山谷中而來。遠遠就看見無數糧車，接連不斷，在山凹中行進。鄧艾勒馬細看，果然都是魏兵。鄧艾見天色已晚，怕中埋伏，正在猶豫，忽然兩騎馬飛奔而來，報說：「王將軍將糧草運出蜀兵的防區，被姜維發覺，已派人馬從背後趕來，請將軍及早救應。」鄧艾大驚，急忙催兵前進。

此時已到初更時分，月明如晝，鄧艾聽到山後吶喊聲不斷，只道是王瓘正在山後廝殺，急忙趕來救援。剛剛轉過山腳，忽然樹林中衝出一彪軍馬，蜀將傅僉縱馬攔住去路，大叫：「鄧艾匹夫！你中了我家主將之計，還不早早下馬受死！」鄧艾大驚，勒馬便退。只見那些糧車一起著起火來。蜀兵見到火光，一齊從兩邊殺出，殺得魏兵七零八落，只聽漫山遍野，到處都是蜀兵的吶喊聲，都叫：「拿住鄧艾的，賞千金，封萬戶侯！」嚇得鄧艾慌忙丟掉坐騎，混雜在步軍之中，爬山越嶺而逃。姜維、夏侯霸只顧找騎馬的大將捉拿，不料被鄧艾徒步逃走了。

再說王瓘祕密約好了鄧艾，事先將糧草車仗整備停當，正在專心等候，忽然有漏網的魏兵跑來報告說：「事已洩漏，鄧將軍大敗，下落不明。」王瓘大驚失色，忙使人哨探，回報。蜀兵已分三路圍殺過來。王瓘見四下走投無路，把心一橫，命手下一把火將糧草車輛全都燒了，帶領殘兵殺出一條血路，直奔漢中殺去。姜維沒有料到王瓘不退反進，連忙縱軍追趕。王瓘因兵將很少，生怕被追兵趕上，便一邊走一邊放火，將幾十里棧道及途經的關隘全都燒燬了。姜維連夜從小路趕到前面，將王瓘包圍在黑龍江邊。王瓘眼看無路可走，投黑龍江而死。

姜維雖然勝了鄧艾，卻損失了許多糧車，又被燒燬了棧道，只好帶兵退回漢中。鄧艾吃了敗仗，主動上書請罪。司馬昭見他屢立戰功，不忍心處罰，反而厚賜了鄧艾許多財物，又調撥五萬精兵歸他統率。

蜀漢景耀五年（西元二六二年）冬十月，蜀國大將軍姜維派人搶修好了棧道，又將軍糧兵器、水路船隻準備妥當，便上表奏報後主，再次出兵伐魏。大將廖化勸阻道：「連年征伐，軍民不寧，將軍何必強不可為而為之呢？」姜維怒道：「當年諸葛丞相六出祁山，忠心為國；如今我八次伐魏，難道是為了自己的私利嗎？我決心已下，誰也攔阻不住！」便命廖化留守漢中，以夏侯霸為先鋒，點起三十萬大軍，逕向洮陽殺來。

早有探馬報入祁山寨中。鄧艾正與司馬望談論兵法，接到報告，便商議迎敵之策。司馬望道：「姜維詭計多端，恐怕是裝作要打洮陽，暗地來取祁山吧？」鄧艾卻說：「這次姜維真的是要取洮陽了。前幾次出兵，姜維都先攻擊我們糧食充裕的地區，而洮陽沒有糧食，姜維料想我們只守祁山，不守洮陽，所以想先乘虛攻取洮陽，屯糧積草，連結羌人，再作長遠打算。」司馬望道：「那我們該怎樣應對呢？」鄧艾道：「我們分兵兩路去救洮陽。你帶領一支人馬埋伏在洮陽城內，偃旗息鼓，大開四門，照我的計策行事；我另領一軍到離洮陽二十五里的侯河埋伏，截斷蜀軍後援，可獲大勝。」於是二人留下偏將師纂守祁山大寨，各自分兵出發。

卻說蜀軍先鋒夏侯霸領兵來到洮陽城下，見城門大開，城上並無一桿旌旗，心中疑惑，不敢貿然入城，對眾將說：「恐怕其中有詐。」眾將都道：「眼見得是座空城，只有些普通百姓，聽說大軍來到，都棄城逃走了。」夏侯霸不放心，親自騎馬繞到城南觀看，果然看見許多百姓，扶老攜幼，匆匆向西北方向逃走。夏侯霸大喜道：「果然是座空城。」便一馬當先衝入城中。剛到甕城邊，忽聽一聲炮響，城上鼓角齊鳴，旌旗遍豎，夏侯霸大驚道：「我中計了！」慌忙回馬，身後的吊橋已經升了起來。城上亂箭齊下，將夏侯霸和過橋的五百蜀兵，一齊射死在城壕邊。

司馬望帶兵從城內殺出，蜀兵前部大敗而逃。不久姜維大軍趕到，殺退司馬望，在城邊紮下營寨。姜維得知夏侯霸中計身死，嗟傷不已。當夜二更，鄧艾率領一軍悄悄從侯河趕來，殺入蜀寨，司馬望也從城中殺出，兩下夾攻，蜀兵大敗。姜維左衝右突，拚命殺出一條血路，退後二十多里，重新下寨。蜀兵連敗兩陣，軍心搖動。姜維號令全軍將士：「勝敗是兵家常事。

北伐成敗，在此一舉，有敢妄言退兵者，立斬不饒。」張翼獻計道：「魏兵主力都在這裡，祁山一定空虛。將軍可在這裡牽制鄧艾，我帶一支人馬去取祁山。攻下祁山，便可長驅直入，直取長安了。」姜維連稱妙計，便令張翼帶領後軍去取祁山，自己領兵到魏營挑戰。

鄧艾見姜維吃了幾場大敗仗，不僅絲毫沒有退兵的意思，反而一連幾天主動上門挑戰，不禁心中納悶。仔細一想，猛然省悟，忙把長子鄧忠找來，吩咐道：「姜維一定分兵取祁山去了。師纂兵少，不是蜀軍對手，我要親自去救他。這裡就交給你把守，切不可輕易出擊。」

當夜二更，鄧艾帶領三千精兵突然殺奔蜀營。姜維令將士堅守營寨，不可擅自出擊。只見魏兵殺到營前，突然掉轉方向走遠了。姜維對眾將說：「鄧艾虛張聲勢，一定是去救祁山了。」便留下傅僉守寨，親自點起三千兵馬，去追趕鄧艾。

卻說張翼率兵攻打祁山，守將師纂兵少，眼看支撐不住，忽然鄧艾援兵趕到，殺敗蜀兵，把張翼包圍在祁山腳下。正在危急關頭，姜維帶領生力軍趕來，和張翼兩下夾攻，把鄧艾逼回到祁山寨中。姜維指揮兵馬將魏寨四面圍住，每日全力攻打。

眼看魏寨指日可下，忽然一連接到劉禪三道詔命，令姜維火速班師。姜維無奈，只得傳令各路軍馬，緩緩退兵。回到漢中，安頓好軍馬，姜維便隨使者到成都來見後主。不料後主一連十天不曾上朝。姜維心中疑惑，每天到東華門外等候。

這一天，遇見祕書郎郤正，姜維便問：「皇上召我班師，究竟為了什麼事？」正嘆道：「大將軍還不知道嗎?朝中有個右將軍閻宇，沒有任何本事，就憑著巴結黃皓，做了大官。黃皓想讓閻宇帶兵立功，就奏請皇上召回大將軍，把兵權交給閻宇。不料後來聽說鄧艾十分厲害，閻宇害怕了，這件事就這樣擱置下來了。」姜維聽了，怒不可遏，恨道：「我非殺了這奴才不可！」郤正連忙勸解說：「大將軍繼承諸葛丞相的事業，責任重大，千萬不要亂來！倘若得罪了皇上，反倒更不好辦了。」姜維口中答應，心裡仍然憤憤不平。

第二天，後主劉禪正與黃皓在後園飲酒作樂，姜維帶著幾名隨從逕直闖入宮中。黃皓見情勢不對，慌忙躲到假山背面去了。姜維來到劉禪面前，哭奏道：「我把鄧艾困在祁山，陛下連降三詔，召我回朝，不知為了何事？」劉禪默不作聲。姜維又說：「黃皓偷奸取巧，玩弄權勢，請陛下及早把他殺了，朝廷才能清平安定。」劉禪勉強笑道：「黃皓不過是個奴才，他能玩弄多大權勢？你何必和他過不去呢？」姜維連連叩頭請求：「陛下今日不殺黃皓，大禍就不遠了！」劉禪有些惱怒，耐著性子說：「愛卿怎麼連一個宦官都容不下呢？」便命近侍把黃皓叫過來，當面向姜維賠禮謝罪。黃皓拜倒在姜維面前，一把鼻涕一把淚地哀求說：「我只知早晚侍奉聖上，從來沒有干預國政。將軍不要輕信外人讒言，饒我一條小命吧！」姜維無奈，只得氣沖沖地退出皇宮，去找郤正商量。

郤正聽姜維敘說了經過，驚道：「將軍這麼一鬧，禍在眼前了！將軍一倒，國家也就完了！」姜維也有些懊悔，道：「請先生教我一個保國安身的辦法。」正想了想，說：「隴西有一個叫沓中的地方，土地十分肥沃。將軍不如奏請皇上，到沓中屯田去。一來可以積儲軍糧，二來可以掌握兵權，不怕暗算；而且進可以圖謀隴右，退可以保護漢中，是一個保國安身的好辦法。」姜維大喜，連連稱謝。

第二天，姜維就上表奏明後主，請求允許他效仿諸葛丞相，到沓中屯田，後主立刻准奏。

姜維回到漢中，召集眾將，令胡濟守漢壽城，王含守樂城，蔣斌守漢城，蔣舒、傅僉同守陽安關，防備魏兵進犯。安排完畢，他就帶著八萬精兵，到沓中墾荒種麥去了。

鄧艾得知姜維在沓中屯田，便派細作潛入漢中，將蜀軍分布的地形一一畫成圖本，差人奏報晉公司馬昭。司馬昭召集眾謀士商議說：「姜維屢次進犯中原，是我的心腹大患，要想個辦法除掉他。」賈充道：「姜維深得孔明傳授，很難對付，不如派人把他刺殺了，省得勞師動眾。」從事中郎荀勗反對說：「如今蜀主劉禪沉溺酒色，信用黃皓，大臣人人自危。姜維在沓中屯田，不過是避禍罷了。如果趁此機會派大將伐蜀，定能無往不勝，何必用刺客呢？」司馬昭滿意地說：「這個辦法最好。只是不知派誰為將合適呢？」荀勗便舉薦鄧艾為主將，鍾會為副將。司馬昭大喜，立刻派人把鍾會找來。

鍾會應召入見，司馬昭故意試探道：「我想讓你領兵去伐東吳，你看怎樣？」鍾會說：「主公的本意不是伐吳，而是伐蜀。我已經把攻蜀的圖本帶來了。」司馬昭展開一看，圖上詳細標明著可以安營下寨、積草屯糧的去處，從哪裡進兵，在哪裡退守，都標示得清清除楚楚。司馬昭看了，高興地說：「不愧是一員良將！我想讓你和鄧艾合兵伐蜀，怎麼樣？」鍾會道：「蜀中道路很多，進兵的路線不只一條，最好我和鄧艾分路進兵，更加保險。」司馬昭當即任命鍾會為鎮西將軍，都督關中人馬，直出駱谷，進兵漢中；任命鄧艾為征西將軍，都督關外隴上各路人馬，進攻沓中，牽制姜維。兩路共起大軍四十萬，約期進兵。

鍾會接受了鎮西將軍的任命，回到營中，就以伐吳為名，差人到各州督造大船。司馬昭猜不出他的用意，就把鍾會找來，問道：「你從旱路伐蜀，造大船幹什麼？」鍾會答道：「蜀國要是聽聞我軍進攻，必然要向東吳求救。我先大造聲勢，作出伐吳的姿態，讓東吳不敢輕舉妄動。用不了一年，蜀國被滅了，船也造好了，再順勢伐吳，不是水到渠成了嗎？」司馬昭聽了，連聲稱讚他想得周到。

魏景元四年（西元二六三年）秋七月初三日，鍾會出師。司馬昭親自送出城外，目送大軍遠去，方才回城。謀士邵悌私下對司馬昭說：「我看鍾會這個人，志大心高，不該讓他獨掌兵權。」司馬昭笑道：「我怎會不知道？不過這裡面另有一番道理。現在朝廷上下都說不可伐蜀，說明大家心中都有怯意，只有鍾會提出伐蜀的具體方略，證明他毫無怯意。心無怯意，就一定能擊破蜀國。蜀國一破，蜀人就喪失了勇氣，鍾會即使想造反，蜀人也沒膽量幫助他。至於魏兵，得勝後都急著返回故鄉，更不會和鍾會一起作亂。所以根本不必擔心。這話只有你我兩個人說說，千萬不可洩露出去！」邵悌聽了，心悅誠服。

魏國出兵的消息很快傳到沓中，姜維急忙上表申奏後主，請求劉禪趕快調左車騎將軍張翼領兵守護陽安關，右車騎將軍廖化領兵守陰平橋。這兩處都是漢中門戶，一旦失守，漢中不保。同時趕緊派使者去向東吳求救。此時後主改景耀六年為炎興元年，每天與宦官黃皓在宮中遊樂，接到姜維的表奏，就召來黃皓商議。黃皓道：「這是姜維想冒功求賞，故意危言聳聽，陛下不要理他。」劉禪於是放心縱樂。姜維多次送來告急文書，都被黃皓隱匿不報，因此誤了大事。

此時鍾會大軍，已浩浩蕩蕩進入蜀境，只一戰，便奪下南鄭關，一路殺至陽安關下。守關蜀將傅僉與副將蔣舒商議拒敵之策，蔣舒主張堅守，傅僉主張迎擊，便留下蔣舒守關，自領三千兵馬殺下關來。鍾會指揮魏兵將傅僉團團圍住，傅僉捨命殺出重圍，退到關下，卻見關上已豎起魏家旗號，原來蔣舒見魏兵勢大，已經獻城投降了。傅僉大罵蔣舒貪生怕死，聚攏殘兵翻身殺回魏軍陣中，左衝右突，直到坐下馬倒，身中數槍，才拔劍自刎。鍾會得了陽安關，繳獲了大量的糧草、軍器，十分高興，督促大軍星夜前進，很快就占領了整個漢中。

第六十回　入西川二士爭功　破東吳三國歸晉

姜維在沓中得知魏兵大舉進攻漢中，連忙派人送信給廖化、張翼、董厥等將，叫他們分兵接應，一面聚集沓中兵馬，準備自行出兵。剛要起兵，忽報鄧艾帶領十萬魏軍向沓中殺來。姜維又氣又急，親自帶兵迎敵，雙方纏鬥了好幾十天，互有勝敗，姜維始終無法脫身。

姜維正在苦思對策，忽然流星馬到，報說：「鍾會打破了陽安關，守將蔣舒歸降，傅僉戰死，樂城守將王含、漢城守將蔣斌也相繼獻城投降，漢中已經失守了。」姜維大驚，急忙傳令，拔寨起程，趕去爭奪漢中。

走到半路，哨馬來報：「魏雍州刺史諸葛緒已經占據陰平橋，截斷了通往漢中的歸路。」姜維略一遲疑，鄧艾又帶兵從背後追殺上來。姜維進退無路，索性轉道孔函谷，擺出一副要反取魏國雍州的樣子。諸葛緒得知消息大吃一驚，生怕丟失了自己的防地，要受朝廷責罰，急忙率領大軍回援雍州，只留下一小部分兵士把守陰平橋頭。姜維進入谷道，走了大約三、四十里，估計魏兵已經中計，便突然回師殺向陰平橋，一下子殺散了諸葛緒的守橋兵馬。等諸葛緒得到消息趕回，姜維的兵馬早在半天之前就過橋而去了。

姜維領兵過了陰平橋，正好遇到張翼、廖化帶領人馬前來接應。三人合兵一處，正要去奪漢中，忽報鍾會、鄧艾分兵十餘路殺來。姜維見敵眾我寡，難以抵敵，只好下令退守劍閣，阻擋魏兵入川的道路。

把守劍閣的輔國大將軍董厥，將姜維等人迎到關上，哭訴劉禪聽信黃皓讒言，不肯發兵抵抗的經過。姜維道：「大家放心，只要有我姜維在，絕不容魏國吞併蜀國。我們暫且守住劍閣，慢慢尋找退敵的辦法。」董厥道：「此關雖然可守，怎奈成都無人，倘若被敵人偷襲，該如何是好？」姜維道：「成都山險地峻，易守難攻，不必多慮。」正在議論，忽報諸葛緒領兵殺到關下，姜維大怒，帶著五千精兵殺下關來，衝入魏軍陣中，所向披靡，殺得諸葛緒大敗而逃，魏軍死傷無數。姜維繳獲了許多馬匹器械，收兵回關。

此時鍾會親率大軍，已經來到離劍閣二十里遠的地方紮下營寨。諸葛緒收拾敗軍，主動來向鍾會請罪。鍾會怒道：「我令你守把陰平橋，截斷姜維歸路，為什麼沒有守住？如今又不聽我的號令，擅自進兵，招致如此大敗！」喝令左右將他推出斬首。監軍衛瓘勸道：「諸葛緒雖然有罪，可他是鄧艾將軍部下，還是交給鄧將軍處理，免得傷了和氣。」鍾會道：「我奉皇上明詔、晉公鈞命，領兵伐蜀，便是鄧艾有罪，也當斬首！」眾將紛紛上前苦勸，鍾會這才傳令，將諸葛緒用囚車解往洛陽，交給司馬昭發落；將諸葛緒的兵馬收編在自己部下。

鄧艾得知此事，不禁勃然大怒，恨道：「鍾會和我官品相等，我久鎮邊疆，為國家立下多少功勞，他怎敢妄自尊大，目中無人！」長子鄧忠勸道：「小不忍則亂大謀，父親若和他不睦，反誤了國家大事。請父親暫且容忍一下。」鄧艾聽從了鄧忠的話，勉強把悶氣憋在心裡。

這一天，鄧艾應約來見鍾會商議軍機。鍾會聽說鄧艾只帶了十多名隨從前來，便特意挑選了幾百名精壯武士，從帳內一直排列到帳外。鄧艾見鍾會軍容十分整齊，心中暗自不安，便故意用話頭試探道：「將軍攻下漢中，為國家立了大功。不知打算如何去取劍閣？」鍾會反問道：「將軍有什麼高見嗎？」鄧艾再三推說沒有辦法，鍾會卻不住地追問。鄧艾只好答道：「照我看來，不如帶領一支軍馬，從陰平小路出漢中德陽亭，出其不意直取成都。姜維必定撤兵去救，將軍乘機奪取劍閣，便可大功告成。」鍾會高興地說：「真是一條妙計！就請將軍趕快領兵出發，我在這裡專候捷報！」二人喝了幾杯酒，盡歡而別。

鍾會回到自己的大帳，對手下眾將說：「人人都說鄧艾有能耐，今天一見，也不過是個庸才罷了！」眾將問他為何這樣說，鍾會道：「陰平小路，一路都是高山峻嶺，蜀國只要用一百來人守住險要，切斷其歸路，鄧艾的人馬就非得餓死不可。我們只從大道進軍，還怕攻不下蜀地嗎？」於是命令手下趕製雲梯炮架，一心要攻破劍閣關。

再說那邊鄧艾，在騎馬回營的路上，忽然回頭問隨從道：「你們覺得鍾會待我怎樣？」隨從答道：「從他的神情觀察，好像對將軍的建議很不以為然，只是隨口敷衍而已。」鄧艾笑道：「他料我不能取成都，我偏要去取！」回到本寨，師纂、鄧忠等一班將士都來探聽消息，鄧艾對大家說：「我真心誠意地把自己的想法告訴他，他卻把我看作庸才。他現在奪了漢中，以為自己立了天大的功勞；要不是我出兵沓中牽制住姜維，他哪能這麼容易成功？我現在就去奪取成都，一旦成功，功勞比取漢中大多了！」於是下令連夜拔寨，望陰平小路進兵。早有人報知鍾會，說：「鄧艾真的去取成都了。」鍾會暗暗嘲笑鄧艾不夠理智。

鄧艾一面派使者趕回洛陽，將自己的計畫密報司馬昭，一面把部下眾將召集到帳前，問道：「我如今要乘虛去取成都，和眾位一起建立一番不朽的功業，你們願意跟隨我嗎？」眾將都高聲響應道：「願遵軍令，萬死不辭！」鄧艾便令兒子鄧忠帶領五千壯士先行，不穿衣甲，各執斧鑿器具，逢山開路，遇水搭橋，以便大軍通過。然後親自挑選了三萬精兵，各帶乾糧、繩索進發。每走一百來里，就留下三千兵馬就地紮寨。

鄧艾自這年十月從陰平出發，一直穿行在杳無人跡的崇山峻嶺之中，前後走了二十多天，行程七百多里，沿途陸續留下兵馬駐紮。最後到了摩天嶺下，只剩下二千人馬。這裡道路更加崎嶇，戰馬已經無法過去，鄧艾便帶頭步行。好不容易爬上山嶺，卻見鄧忠和開路的壯士都在那裡哭泣。鄧艾上前一問，才知山嶺的另一側都是懸崖峭壁，無法開路，壯士們覺得前面的辛苦全白費了，所以失聲痛哭。鄧艾把大家招攏在一起，懇切地說：「我們歷盡千辛萬苦來到這裡，已經走了七百多里，眼看江油城就在前面，哪有退兵的道理？大家不如和我一起賭一把，如果僥倖能夠成功，我願與大家共享富貴。」眾人都道：「願聽將軍號令。」鄧艾便叫大家先把軍器扔下崖去，然後找來一條氈毯裹在自己身上，帶頭從懸崖上滾落下去。將士們有氈毯的就仿效鄧艾的樣子，沒有氈毯的就用繩索束在腰間，攀著峭壁上的樹枝，一個接一個地落了下去。就這樣，鄧艾、鄧忠和手下的二千軍士都安然翻越了摩天嶺，來到西川腹地。

江油城守將馬邈得知漢中失守後，雖然每日也練兵備戰，但依仗著有姜維大軍把守劍閣關，並沒有把軍情放在心上。這一天操練完人馬回家，正和妻子飲酒閒話，忽然家人慌張張跑來報告，說「魏將鄧艾帶著兩千多人，不知從哪裡突然冒了出來，現在已經殺進城中了」。馬邈驚慌之下，連忙獻城投降。鄧艾用馬邈為嚮導官，又把留在陰平小路上的人馬都調到江油會齊，乘勝進攻涪城。涪城守將毫無防備，也開城投降了。

消息傳到成都，劉禪忙召黃皓詢問。黃皓還想掩蓋過去，無奈此時各地的告急文書已經像雪片般飛來，趕往成都求救的使者絡繹不絕。劉禪這才慌了手腳，忙召百官升朝商議。眾官面面相覷，誰也沒有好辦法。後來郤正舉薦行軍護衛將軍諸葛瞻領兵拒敵，劉禪連忙派人去召諸葛瞻。

這諸葛瞻字思遠，是諸葛亮的兒子，兵法、武藝無不精通，深得孔明家傳。後來劉禪把女兒嫁給他，封他為駙馬都尉，因不滿黃皓專權，託病在家。此時應召來見後主，劉禪拉著他的衣袖，哭請他看在孔明的情面上，救救自己。諸葛瞻慨然答應，當即領了七萬人馬，以長子諸葛尚為先鋒，奔赴綿竹阻擊魏兵。

諸葛瞻來到綿竹，與魏軍前鋒打了兩仗，殺傷魏兵一萬多人。鄧艾接到敗報，親自帶兵趕來，在城外設下埋伏，大破蜀軍。諸葛瞻、諸葛尚父子拚死抵抗，先後戰死在綿竹城下。綿竹一失，成都門戶大開，鄧艾乘勝進兵，很快就殺到成都城外。

劉禪見鄧艾已經兵臨城下，驚惶失措，急忙再召文武商議。大臣們有的主張逃亡南方，有的主張投奔東吳，光祿大夫譙周卻主張開城降魏。他說：「南方蠻族部落曾多次造反，逃往那裡定遭不測；吳弱魏強，將來只有魏國可能吞併吳國，吳國不可能吞併魏國，我們現在向吳國稱臣，將來一旦吳國被魏吞併，陛下還得再向魏國稱臣，反而多受一番羞辱。不如索性降魏，還可保住性命。」劉禪一聽，覺得挺有道理，便決定出城投降。他的第五個兒子劉諶哭著請求劉禪背城一戰，等待姜維從劍閣回援，劉禪不僅聽不進去，反而喝令近臣將劉諶趕出宮門。

第二天，劉禪命人在城頭豎起降旗，又令譙周等人捧著降書、玉璽，到雒城向鄧艾請降。鄧艾大喜，當即寫了回信，好言撫慰，約定十二月初一日，蜀國君臣獻城出降。到了那一天，劉禪把自己倒縛在囚車上，率領太子、諸王及群臣六十多人，出城十里迎接魏軍。鄧艾扶起劉禪，親手為他解去綁繩，燒掉囚車，攜手進入成都。安撫好成都百姓，鄧艾一面派人赴洛陽報捷，一面命太僕蔣顯趕往劍閣，勸說姜維歸降。

蔣顯來到劍閣，入見姜維，傳達後主敕命，令他率軍歸降。姜維又驚又怒，半晌說不出話來。帳下眾將得知這個消息，個個氣得咬牙切齒，鬚髮倒豎，紛紛拔出刀劍，大呼：「我們在這裡為皇上流血賣命，他卻反而先投降了，這成什麼道理！」全軍上下無不嚎啕痛哭，聲音傳出好幾十里。姜維見大家仍然心向蜀漢，便好言安慰道：「你們不必擔心，我有一計，管保可以恢復漢室江山。」於是把自己的想法悄悄和眾人說了，隨即傳令在劍閣關上豎起降旗，姜維親自帶著張翼、廖化、董厥等人，來到鍾會寨中投降。

鍾會大喜，連忙令人迎接入帳。鍾會一見姜維，便故作埋怨道：「伯約怎麼來得這麼晚啊？」姜維流著眼淚，神情嚴肅地回答：「全蜀的軍隊都在我手裡，現在來降，都覺得太快了！」鍾會聽了肅然起敬，連忙走下座位，以禮相見，將姜維待為上賓。姜維乘機挑撥鍾會說：「聽說將軍自從領兵以來，戰無不勝，司馬氏能夠像今天這樣強大，都是將軍的力量，所以我甘心歸順。要是遇上像鄧艾那種人，我寧願和他決一死戰，絕不會投降的。」鍾會聽得十分受用，便和姜維折箭為誓，結為異姓兄弟，叫他照舊統領蜀中舊部。姜維心中暗喜。

卻說鄧艾得了成都，下令在綿竹築了一座高臺，表彰自己的戰功。又寫文書奏報司馬昭，請求封劉禪為扶風王。過了一段時間，司馬昭派人來到成都，封鄧艾為太尉，封他的兩個兒子為亭侯，隻字不提封劉禪的事。司馬昭私下卻寫了一封親筆信，派監軍衛瓘轉交鄧艾，告誡他凡事要預先奏報，不可自作主張。鄧艾看了，不高興地說：「常言道：『將在外，君命有所不受。』晉公既然讓我帶兵出征，幹嘛又要阻擋我權宜行事呢？」便寫了一封軟中帶硬的回信，派人送回洛陽。

司馬昭看了鄧艾的回信，吃驚不小，忙把賈充找來商議道：「鄧艾居功自傲，任意行事，謀反的苗頭已經露出來了，該怎麼辦呢？」賈充建議他加封鍾會官爵，利用鍾會牽制鄧艾。司馬昭便加封鍾會為司徒，同時派人送密信給監軍衛瓘，叫他暗中監視這兩支人馬，防備發生變亂。

鍾會接受了封賞，便與姜維計議說：「鄧艾功勞比我大，官位比我高，晉公卻命我約束他，這件事你怎麼看？」姜維道：「鄧艾不過是靠冒險僥倖成功，現在要封蜀主為扶風王，明擺著是要籠絡蜀人之心，圖謀造反。晉公懷疑的有道理。」說到這裡，姜維請鍾會摒退左右，從衣袖中取出一幅地圖交給鍾會，說：「這是諸葛武侯傳下來的西川形勢圖。西川這個地方，土地肥沃，物產豐富，先主劉備就在這裡開創了一代帝王霸業。如今落到鄧艾手裡，他怎麼能不高興得發狂呢？」鍾會讓姜維說得心動，忙問：「怎樣才能除去鄧艾呢？」姜維附耳低語一番，鍾會大喜，便照姜維的計策，派人上書司馬昭，說鄧艾專權跋扈，結好蜀人，遲早要反。又令人在半路截下鄧艾的表奏，按照鄧艾的口氣，篡改成傲慢無禮的話語，做為他要謀反的佐證。

司馬昭見了鄧艾的表章，勃然大怒，當即下令，叫鍾會入成都擒拿鄧艾；又命賈充帶領三萬人馬由斜谷出兵入蜀，自己和魏主曹奐隨後御駕親征。西曹掾邵悌勸道：「鍾會的兵馬比鄧艾多五、六倍，對付鄧艾綽綽有餘，何必您親自去呢？」司馬昭笑道：「你忘了上次我倆說的話嗎？你當時就說鍾會必反。我這次出兵，不是為了鄧艾，是為了防備鍾會啊！」邵悌也笑道：「我是怕您忘了，所以有意提醒一下。」

鍾會接到司馬昭的命令，便和姜維商議，派監軍衛瓘去收鄧艾，想借鄧艾的手殺掉衛瓘，同時坐實鄧艾的反情。衛瓘卻自有計策，先連發幾十道檄文到成都，申明自己奉詔收捕鄧艾，與他人無關；然後備好兩部囚車，連夜趕到成都。鄧艾父子還在睡夢中，就被衛瓘帶著的武士從床上捉了起來，打入囚車。鍾會、姜維帶領大隊人馬隨後趕到，下令將鄧艾父子送赴洛陽。

鍾會進入成都，將鄧艾的軍馬都收編在自己部下，聲威大震。姜維乘機慫恿鍾會擁兵自立。兩人一拍即合，每日在一起密謀大事。姜維暗地送信給劉禪，請他再忍耐幾天，自己一定設法恢復蜀漢江山。

正月十四日，鍾會正與姜維密謀，忽然接到司馬昭的書信，說他已親率大軍進駐長安，來助鍾會。鍾會大驚道：「我的兵馬比鄧艾多好幾倍，晉公明知道這點小事我能獨自辦好，卻親自帶兵趕來，這是疑心我了！」於是打定主意造反，在西蜀割據自立。鍾會請姜維協助他，約定事成之後，共享富貴。姜維正想趁亂舉事，便答允道：「我甘願效勞，只怕眾將不服。」鍾會道：「明天就是元宵佳節，我把眾將請來赴宴，在酒席上把話挑明，有誰不服，就當場殺了！」姜維聽了，暗自歡喜。

第二天，鍾會、姜維二人備好宴席，請眾將喝酒。飲了幾杯，鍾會突然放聲大哭。眾將驚問緣故。鍾會道：「郭太后臨終前曾給我一封遺詔，讓我剷除司馬昭，保護魏國社稷。你們各位都要幫我！」眾將大驚，面面相覷，沒人應聲。鍾會拔出寶劍，逼著眾人畫押答應，然後把眾人都軟禁在蜀宮中，派兵嚴加看守。又叫人在宮裡挖下一個大坑，準備將不肯服從的將領統統殺死，埋在坑中。

不料消息已經走漏出去。監軍衛瓘得知此事，立刻整頓人馬，來救眾將。大隊魏軍衝進蜀宮，四下放火，與鍾會、姜維廝殺。鍾會身邊只有幾十名親信衛士，寡不敵眾，轉眼就被亂箭射死。姜維往來衝殺，奮力砍倒幾名魏將，身上已受了重傷。姜維眼見大勢已去，仰天長嘆：「我的計謀眼看就要成功了，卻功虧一簣，可惜啊！」便拔劍自殺了。

鄧艾部下舊將見鍾會、姜維已死，便連夜去追救鄧艾。衛瓘生怕鄧艾得救，自己性命難保，急忙派護軍田續帶領五百騎兵隨後趕去。田續趕到綿竹，正遇鄧艾父子被放出囚車。鄧艾見是自己的老部下，毫不防備，被田續一刀斬了。鄧忠也死在亂軍之中。

魏軍失了主將，一時互相殘殺，成都大亂。蜀國的降將張翼、關彝等人，也都被魏兵所殺。直到十多天後，賈充帶兵趕到成都，出榜安民，才逐漸平靖下來。賈充留衛瓘鎮守成都，自己帶著後主劉禪和一班降臣譙周、郤正等人返回洛陽。

司馬昭見到劉禪，厲聲斥責他荒淫無道，應該處死，嚇得劉禪面如土色，不知道說什麼好。文武官員紛紛求情，司馬昭便免了劉禪的死罪，封他為安樂公。降臣樊建、譙周、郤正等都封為侯爵。又下令將黃皓凌遲處死。

第二天，劉禪等人親自到司馬昭府中拜謝。司馬昭設宴款待。酒席中間，司馬昭故意安排蜀人表演蜀國樂舞，蜀官看了都不勝感傷，掩面流淚，只有劉禪嬉笑自若。司馬昭見了，對賈充說：「天下怎麼會有這麼沒心肝的人！即使諸葛孔明還活著，也不能保他長久，何況姜維呢？」便問劉禪：「還思念蜀國嗎？」劉禪答道：「這裡很快樂，不想蜀國了。」過了一會兒，劉禪起身更衣，郤正跟到廊下，對他說：「你怎麼能回答不想蜀國呢？如果他再問你，你就哭著回答：『先人的墳墓都在蜀地，無時無刻不在想念那裡。』他就會放你回去了。」劉禪牢牢記在心裡，重新入席。喝到微微有些醉意的時候，司馬昭果然又問：「還思念蜀國嗎？」劉禪就照著郤正教的話回答了，可是想哭卻沒有眼淚，只好把眼睛閉起來。司馬昭問：「你說的怎麼像是郤正的話呀？」劉禪驚訝得睜開眼睛，答道：「你怎麼知道？」說得司馬昭和左右的大臣們都哄笑起來。司馬昭因此覺得劉禪還很誠實，就放心留他在洛陽養老了。

司馬昭滅了蜀國，朝中大臣們說他立了大功，奏請魏主曹奐，進封司馬昭為晉王。兩年後，司馬昭病死，世子司馬炎繼位。不出兩月，就廢掉曹奐，自立為帝，改國號為晉。這一年，是吳國甘露元年（西元二六五年）。此時的吳國已經十分衰落，吳王孫皓又是一個貪婪凶戾的暴君，弄得國內民不聊生，對晉朝構不成任何威脅。又勉強支撐了十幾年，終於在晉武帝咸寧六年（西元二八〇年）被晉滅掉。中國歷史上的三國時代就這樣結束了。